절대종사

절대종사 3

송명섭 판타지 장편 소설

초판 1쇄 찍은 날 § 2003년 5월 1일
초판 1쇄 펴낸 날 § 2003년 5월 10일

지은이 § 송명섭
펴낸이 § 서경석

편집장 § 문혜영
편집책임 § 김희정
편집 § 장상수 · 유경화
마케팅 § 정필 · 강양원 · 이선구 · 김규진 · 홍현경

펴낸곳 § 도서출판 청어람
등록번호 § 제1081-1-89호
등록일자 § 1999. 5. 31
어람번호 § 제1-0380호

주소 § 경기도 부천시 원미구 심곡1동 350-1 남성B/D 3F (우) 420-011
전화 § 032-656-4452 팩스 § 032-656-4453
http://www.chungeoram.com
E-mail § eoram99@chol.com

값 7,500원

ISBN 89-5505-646-X (SET)
ISBN 89-5505-649-4 04810

절대종사

송명섭 판타지 장편 소설

3 두 번째 열쇠

도서출판
청어람

CONTENTS

3 두 번째 열쇠

주요 등장인물

■ 이스

주인공. 영검(靈劍)을 깨우쳐 적을 찾을 수 없을 정도로 강한 능력자. 스스로는 욕심이 많아 신선(神仙)이 되지 못했다고 생각한다. 중원을 활보할 당시 철검무적(鐵劍無敵)이라는 별호로 불렸으나 리켄에게 '이스'라는 이름을 받는다. 이클립스, 리켄과 함께 파괴신을 부활키 위한 여행을 시작한다.

■ 리켄

에인션트 급 레드 드래곤으로 세이트란 대륙에 분포하는 드래곤들 중 최강을 자랑한다. 영역에 들어온 이스를 처단하려 하지만 결국 볼모와 비슷한 처지로 함께 여행하게 된다. 다혈질이고, 급하며 어린아이처럼 행동하나 마음 깊은 곳에 따스한 마음이 숨어 있다.

■ 이클립스

마족 최강의 전사. 이스, 리켄과 함께 파괴신을 부활시키고자 여행하며 인간에 대한 생각이 조금씩 변화한다. 천계에 대한, 특히 마왕이었던 아버지와 형 세이제리스의 원수인 천계의 수장 에리엘에게 깊은 원한을 품고 있다. 천계라면 듣는 것만으로도 살기를 뿜어댈 정도이다.

■ 에이프릴

노예에게조차 멸시당하고 천대받는 하프 엘프로 노예로 팔려간 어머니를 되찾기 위해 갖은 고생을 마다하지 않지만 상황이 여의치 않다. 하지만 막상 돈을 구해 찾아간 어머니는 그녀를 냉대하며 다시는 찾아오지 말라고 말한다. 황도에서 만난 이스와 함께 파괴신의 부활을 위한 여행에 동참한다.

■ 에이라

마왕의 힘과 에이프릴의 피로 만들어진 전사. 에이프릴의 지난 기억과 생명을 공유하고 있으며 그녀의 곁에서 떠나지 않고 지키는 보디가드. 그 누구보다 에이프릴을 아끼며 그녀를 위해서라면 무엇이든 가리지 않는다.

■ 에리엘

천계의 수장. 이클립스의 아버지인 전대의 마왕과 형 세이제리스를 죽인 실력자로 지난 세 번에 걸친 마계와의 전쟁을 모두 승리로 이끌어 자신감과 자존심이 대단한 여전사.

■ 카린느

귀엽고 깜찍한 외모와는 달리 천계 서열 2위라는 엄청난 실력자. 마계 서열 3위인 킬리오드와 친분이 돈독하지만 조금도 내색하지 않는다.

■ 사이나

'아이들의 섬'에서 살고 있는 작은 요정들의 여왕. 그녀만의 공간에서는 막강한 능력을 발휘하는 아이들의 섬 주인이다. 도도하고 냉정하며 차가워 보이지만 의외로 따스한 마음을 가지고 있다. 이스와 만난 이후 그의 어깨 위에 앉아 함께 여행한다.

■ 미넬

황금 나무의 숲에서 살고 있던 영원불멸의 존재라는 하이 엘프. 라이제스에 의해 일족 모두가 죽임을 당하고 아이까지 죽자 이스 일행에 합류한다. 상당한 검술 실력과 마법 실력을 겸비했다.

■ 킬리오드

마계 서열 3위. 자신을 만들어준 마왕보다 이클립스를 더욱 존경하고 따르는 마족. 카린느를 대하는 태도가 각별하지만 그 역시 내색하지 않는다.

■ 세리아나

몸에 꼭 끼는 옷차림을 선호하며 말수가 거의 없다. 마계 서열 4위.

■ 앤디킬

190 가까이 되는 헌칠한 키에 다른 마족들보다 주먹 두 개 정도 길어 보이는 팔을 가지고 있다. 가냘픈 체구와 약해 보이는 얼굴이지만 마계 서열 6위의 실력자로 마왕을 아버지처럼 생각한다.

■ 듀라이미히 마르키드 대공

쿠르디르드 제국 최고의 권력을 쥔 실세였으나 대신관의 목걸이 사건에 휘말리며 실각의 위기에 처한다. 맹약의 대상인 다크 드래곤과 함께 범인을 찾으러 여행하던 중 부상을 입고 낙향한다.

■ 레오니아

모든 드래곤들의 수장인 드래곤 로드이자 리켄의 어머니. 마계와 은밀한 거래가 원인이 되어 이클립스와 마왕을 보호해 준다. 아들인 리켄을 드래곤 로드의 자리에 앉히기 위해 수단 방법을 가리지 않는다.

■ 드레이라

다크 드래곤의 수장. 일족의 미래를 위해 자신의 딸을 리켄에게 보낸다.

■ 디아루

다크 드래곤 일족의 수장인 '드레이라'의 딸. 무서운 겉모습과는 달리 일족을 위해 자신을 희생해 리켄과 결혼한다.

■ 쌔니

드래곤 로드의 비서 역할을 충실히 하는 요정.

■ 마지앙

의문의 남자 테라의 말을 따르는 자. 상당한 실력을 가지고 있는 듯하나

4국 연맹에서 충성을 받치던 테라에 의해 죽임을 당한다.

■ 크레이스

머리칼로 앞 얼굴을 온통 가리고 다녀 입술과 턱밖에 보이지 않는다. 테라에게 불만이 있으며 모종의 계획을 세운다.

■ 라이제스

언제나 도발적인 옷차림에 화려한 가면을 쓰고 다니는 의문의 여자. 리켄의 슬립 마법이 통하지 않을 정도로 대단한 능력을 가지고 있다.

■ 테라

항상 깊숙이 로브를 쓰고 다녀 같은 일행들조차 얼굴을 모른다. 어린아이처럼 작은 키에 왜소한 체구이지만 이클립스와 대등한 싸움을 펼칠 정도의 실력자이다. 가래 끓는 듯한 목소리 때문에 나이 역시 예측 불가능하다.

■ 리즈 2세

4국 연맹 중 미스투렐렌의 통치자. 왕국이 망한 이후 이스 일행과 합류, 제국 쿠르디르드에 도착한 이후 황제보다 더욱 강한 실력자가 된다.

■ 슈티악

다크 드래곤. 세이트란 대륙 최북단을 영역으로 삼고 있으나 리켄의 공포로부터 도망치기 위해 듀라이미히 마르키드의 도움을 수락한다.

■ 가리트

테라와 모종의 계약이 있는 의문의 사나이. 커다란 키에 리켄마저 감당하지 못할 정도의 실력자이다.

제23장 천계

쿠우우.

이글이글 타오르는 뜨거운 열기에 숨이 막힐 것 같은 화산, 거대한 육식 동물의 혀마냥 꿈틀거리는 용암이 지금이라도 당장 하늘로 뿜어질 것 같은 기세였다. 거대한 넓이를 자랑하는 대산맥 주변에서 오직 하나뿐인 화산은 실로 엄청난 위용을 자랑하고 있었다. 분화구의 넓이는 족히 몇백여 걸음이 넘어 보였으며, 분화구 속에서 뿜어져 나오는 열기는 하늘 높이까지 닿아 뜨겁게 이글거리고 있었다.

"어서 오세요."

기다란 타원형의 홀이 생기며 두 인물이 모습을 드러내자 사방으로 뻗친 짧은 금발 머리의 여인이 부드러운 미소로 맞이했다. 앙증맞고 귀여운 막내 동생 같은 외모였으나 천계 서열 2위라는 엄청난 실력자, 카린느였다. 천족들이 항상 입고 다닌다는 수영복 같은 옷 대신 발목까지 내려오는 하얀 실크 원피스 차림이었다.

"처음 뵙겠습니다, 이스라고 합니다."

"어서 오세요, 이스님. 우리 천계의 초대에 이렇게 흔쾌히 응해주셔서 감사드립니다. 카린느라고 불러주세요."

카린느의 밝은 미소에 이스 역시 인자한 미소를 머금으며 살짝 고개를 숙여주었다. 주변 어디에도 다른 천족들의 모습은 보이지 않았으며 오직 카린느만이 이스와 킬리오드를 기다리고 있었다.

"제 손을 잡아주세요. 천계로 가기 위해선 제 손을 잡아야 합니다."

"그러지요."

가벼운 인사치레가 끝나자 카린느가 이스를 향해 손을 내밀었다. 천족이 아닌 다른 자들이 천계로 가기 위해선 천족의 손을 잡아야 하는 모양이었다.

"카린느."

이스가 카린느에게 다가가 손을 잡으려 할 때였다. 그때까지 무표정한 얼굴로 조용히 카린느를 지켜보던 킬리오드가 그녀의 한 걸음 앞까지 다가왔다. 이스의 손을 잡으려던 카린느가 슬쩍 고개를 돌려 말했다.

"무슨 일이신가요, 킬리오드님?"

"이번 일은 결코 가벼운 것이 아니란 것쯤은 알고 있겠지?"

어린아이처럼 밝은 표정의 카린느와는 달리 킬리오드의 얼굴은 너무도 심각해 보였다. 그는 이클립스를 생각하고 있었다. 마계에서 마왕의 명령을 따르지 않는 유일한 존재이며 언제나 독자적으로 움직이는 마족 최강의 전사 이클립스.

킬리오드가 알기로 이클립스는 아무리 큰일이 벌어지거나 위험한 일이 생겨도 냉정함과 침착함을 잃지 않는, 명실상부한 마족 최강의 전사였다. 그런 그가 이스를 떠나보내며 보인 반응은 킬리오드의 상상을 훨씬 초월할 정도였다. 그렇기 때문에 만약 천계에 갔던 이스에게 좋지 않은 일이 벌어진다면 어떤 일이 벌어질지 모르는 일이었다.

"너무 걱정하지 마세요, 킬리오드님. 천계 8대 수호 전사의 명예를, 그리고 제 생명을 걸겠어요."

상큼하게 지어져 있던 미소를 지우며 카린느가 진지한 표정으로 고개를 끄덕이자 킬리오드의 얼굴에 드디어 만족스런 미소가 피어올랐다.

"이스님, 그럼 저는 잠시 후에 다시 이곳으로 오겠습니다."

"수고하셨소이다."

이스에게 허리를 숙여 보인 킬리오드는 한동안 아무런 말 없이 카린느를 바라보다 이내 기다란 차원 이동 홀을 만들고 사라졌다. 마계로 갔거나 이클립스에게 간 모양이다.

"허허허."

킬리오드가 사라지자 이스가 인자한 미소를 머금으며 카린느를 향해 고개를 돌려 말을 이었다.

"이 늙은이가 잘못 생각한 모양입니다그려."

"네? 무, 무슨?"

"지금까지 이 늙은이는 마족들과 천족들은 모두 철천지원수지간인 줄만 알았지 뭡니까. 허허허."

이스의 말에 카린느의 눈동자가 커다랗게 변해 버렸다. 또한 두 볼로 붉은 홍조가 피어올랐으며 사뭇 당황한 듯 말도 제대로 하지 못하고 머뭇거리고 있었다. 이스의 얼굴에 지어진 미소가 더욱 짙어졌다.

"이 늙은이가 제대로 본 모양인 것 같습니다그려."

카린느에게서 보여진 반응에 이스는 허허 웃는 얼굴로 고개까지 끄덕였다. 제법 냉정한 모습으로 침착을 유지하는 것 같았지만, 킬리오드와 카린느가 서로를 바라보는 눈망울이 이스가 보기에도 애틋하고 따스해 보였다. 그만큼 서로를 향한 마음이 각별하다는 의미였다.

"아주 오랫동안 우리 천계와 마계는 원수지간이었어요. 서로 죽여야 하고 죽임을 당해야 하는……."

이스의 말에 씁쓸한 표정으로 조용히 대꾸하던 카린느가 순간 깜짝 놀란 표정으로 입을 막으며 이스를 바라보았다. 지금까지 누구에게도 털어놓지 않았던 속마음을 처음 만난 자에게 말하고 있는 것이 놀랍다는 얼굴이었다. 이스는 더 이상 킬리오드와의 관계를 묻지 않고 손을 내밀었다.

"허허허, 어서 갑시다. 너무 늦으면 아니 될 것 같습니다."

"아! 아, 네……."

정신을 수습한 카린느가 황급히 대답하며 이스의 손을 잡았다. 순간 그녀와 이스 주위로 희끄무레한 빛이 나타나 둘의 몸을 휘감았고 순식간에 이스와 카린느의 모습이 없어졌다. 멀리서 봤을 땐 그저 빛이 번쩍이는 것 같았으나 실상은 빛이 나타나며 천계와의 공간으로 바뀌는 것 같았다.

"허어……!"

순식간에 변해 버린 주변 모습에 이스의 입에서 절로 기다란 감탄사가 흘러나왔다. 마계로 가기 위한 타원형의 차원 이동 홀을 통과할 때처럼 하얀 빛이 일렁였다고 생각된 순간, 주변 모습이 눈 깜짝할 사이에 바뀌었다.

천계.

보이는 모든 것이 온통 거무튀튀하고 평탄한 대지와 검회색 하늘이 가득하던 마계와는 달리, 천계에서 가장 먼저 보인 것은 구름 한 점 보이지 않는, 티끌 하나 없는 맑고 파란 하늘이었다.

"천계에 오신 걸 환영합니다."

"대단한 곳이로군요."

연신 고개를 끄덕이며 주변을 둘러보는 이스의 눈에 경탄의 빛이 역력히 드러났다. 보는 사람의 눈이 시리도록 파란 하늘 아래로 셀 수 없이 많은 섬들이 보였다. 둘레가 몇십여 걸음이 되지 않을 것 같은 작은 것도 몇몇 눈에 띄었지만 대부분은 수백 명이 살 수 있을 정도로 상당한 크기였으며, 보이는 하늘의 저 끝까지 셀 수 없이 많은 섬들이 가득 메우고 있었다.

또한 어떤 것은 사람들이 사는 곳의 섬과 똑같이 생겼지만 대부분 평탄하거나 완만한 구릉이 얹혀 있는 듯한 섬이었으며, 구릉 위로는 제국 쿠르디르드의 신전과 흡사한 외양의 건물들이 아름답게 세워져 있었다.

"허어, 보지 않았으면 믿지 않았을 것이야."

섬 밑으로는 하얀 구름이 끝없이 펼쳐져 있었으며 그 위로 보이는 무수한 섬들 모두가 하늘에 둥실 떠 있었다. 이스와 카린느가 도착한 곳은 둘레가 대략 오십여 걸음 정도 되는 작은 섬이었다. 평탄한 대지 위에 기하학적인 문양이 들어간 둥그런 모양의 두터운 대리석이 바닥에 깔려 있었으며 그 바닥 끝으로 대략 20미터가 넘을 것 같은 커다란 여인의 동상이 앞뒤, 좌우로 세워져 있었다. 네 개의 동상 모두가 무기를 들고 있었고 천계 전사들의 옷차림이었다.

"훌륭한 곳이로군요."

"천계로 들어오기 위해서는 반드시 이곳을 거치게 되어 있답니다. 인간계로 가는 것에는 다른 제약이 따르지 않지만요. 여기서 조금만 가시면 우리 천계의 수장이신 에리엘님께서 계신 곳이지요."

"그렇군요, 허허."

자리에 멈춰 선 채 놀랍다는 표정으로 주변을 둘러보는 이스의 앞쪽으로 두어 걸음 나서며 카린느가 살짝 허리를 숙여 보이면서 뒤를 가리켰다. 섬과 섬 사이로는 기다란 다리가 연결돼 있었다. 연결돼 있는 다리는 각각 모양이 다르고 형태가 달랐지만 아름답게 만들어져 있는 것에는 변함이 없었다.

"저를 따라오십시오, 이스님."

"고맙습니다."

주변 경관에 움직이지 않던 이스가 카린느를 따라 기다란 다리로 접어들었다. 바닥은 우윳빛 대리석으로 된 것 같았으며 손잡이는 은으로 이뤄져 있었고 다리의 길이는 족히 백여 미터가 넘을 것 같았다.

"킬리오드라는 분과는 언제부터 아는 사이셨습니까?"

느린 속도로 기다란 다리를 걸어가면서 이스가 지나가는 식으로 입을 열자 카린느가 난감하다는 표정으로 이스를 돌아보았다.

"그, 그게……."

잠시 고민하던 카린느가 흘낏 주변을 살펴보았다. 다른 이의 귀를 의식한 행동이었으나 다행히 주변 어디에서도 천족의 모습은 보이지 않았다. 수많은 섬에 가득한 신전 같은 곳에 있는 모양이었다.

"휴우, 그러니까 지금으로부터 9백 년 전이었지요."

길게 한숨을 내쉬며 카린느가 지난 이야기를 말해 나갔다.

간혹 인긴 세상에 지독한 흑마법사가 나타나 사람들을 학살하는 일이 벌어질 때, 그리고 그것을 인간들의 힘으로 극복할 수 없을 때에 천계에서 전사를 파견하는 일이 있었다.

천계 서열 2위인 카린느가 인간 세상으로 파견 나오는 일은 극히 드문 일이었지만, 어느 날 그녀와 상당히 친밀한 유대 관계를 유지하던 천계 전사 한 명이 의문의 죽임을 당한 일이 벌어졌다. 그것에 대한 조사차 인간 세상에 나온 카린느가 가장 먼저 발견한 것이 마족 킬리오드였다. 그를 처음 만났을 때 카린느는 그가 알고 있는 천계 전사에 대한 것을 물어보았고, 킬리오드는 씨익 웃으며 자신이 그를 죽였다고 대답해 주었다. 그에 분노한 카린느는 곧바로 장소를 바다 한가운데로 옮겨 결투를 신청했다.

지난 세 번에 걸친 마계와의 전쟁에서 승리한 천계였지만, 새로운 마왕의 친위대 중 최강의 전투력을 발휘하는 킬리오드는 카린느의 상상을 초월할 정도로 강한 힘을 발휘했다. 둘의 싸움은 7일 동안이나 계속됐고, 결국 서로 치명상을 입히지 못한 채 싸움이 종결됐다.

하지만 둘의 싸움은 거기서 끝나지 않았다. 지난 9백여 년 동안 둘은 인간 세상의 시간으로 한 달에 한 번 이상은 꼭 만났고 필연적으로 싸움이 이어졌다. 하지만 결과는 언제나 똑같았다.

"그렇게 오랫동안 만나다 보니 서로 조금 알고 지내는 사이일 뿐이에요. 오해는 말아주었으면 좋겠군요."

카린느는 무감정한 표정과 말투로 이야기를 마쳤다. 한 치의 흔들림이나 동요가 보이지 않는 얼굴이었다. 하지만 말을 잇는 그녀의 두 눈동자는 이스를 의식하는 빛이 역력히 드러났고 이스 역시 그것을 느낄 수 있었다. 이스는 낮은 웃음을 흘리며 입을 열었다.

"허허허, 이 늙은이가 겪었던 옛날이야기가 생각나는군요."

"네?"

갑작스런 엉뚱한 이야기에 무표정한 얼굴로 앞만 바라보던 카린느의 시선이 이스에게로 향해졌다. 인자한 미소를 머금으며 이스가 말을 이었다.

"아주아주 오래전의 일이었지요. 이 늙은이가 알고 있던 어떤 사내가 친구의 복수를 위해 몇 년 동안의 수련을 마치고 수소문한 끝에 원수를 찾았다지 뭡니까. 그런데 친구를 죽인 뛰어난 검객(劍客)이 다름 아닌 여인이었던 것이지요. 하지만 사내는 마음을 정하고 여인을 공격했고 여인도 사내와 죽기로 싸웠지요. 그런데 아무리 절기(絶技)를 펼쳐 공격하고 동귀어진(同歸於盡)의 수법을 사용해도 서로를 이길 수가 없었다지 뭡니까. 하지만 사내는 결코 물러서지 않았고 그렇게 싸움은 몇 년을 끌었지요. 허허허."

자신이 이야기했던 것과 비슷한 내용에 이스를 바라보던 카린느의 눈매가 가늘어졌다. 이상한 부분에서 끝을 맺었기에 다음이 궁금한 모양이다. 잠시 웃음을 흘리던 이스가 카린느를 마주 보며 말을 이었다.

"그렇게 몇 년 동안이나 죽기 살기로 싸우더니 결국 혼인을 하더군요. 허허허, 싸우다 정이 든 모양입니다."

"그것은 인간들에게나 해당되는 것이겠지요. 우리들은 마족과 천족……!"

이스의 말에 씁쓸한 미소를 머금고 고개를 흔들던 카린느가 다시금 화들짝 놀란 표정으로 입을 틀어막았다. 결국 정이 든 것을 시인한 것이나 마찬가지였다.

"이제 곧 에리엘님께서 계시는 곳에 도착합니다."

당황하던 카린느는 이내 냉정한 표정을 되찾으며 시선을 돌려 버렸고, 이스도 더 이상 카린느와 킬리오드에 관해 말하는 것은 실례라고 느끼곤 묵묵히 그녀의 뒤를 따랐다. 어느새 둘은 기다란 다리를 건너 나타난 커다란 섬의 중간 부근을 지나고 있었다.

"허어, 경치가 장관입니다. 허허허."

주위로 푸릇푸릇한 풀들과 커다란 나무 몇 그루가 보이고 바닥엔 작은 벽돌이 촘촘하게 깔려져 있었다. 쿠르디르드 제국 수도에서 보았던 빛의 신전이라는 건물과 비슷하게 생긴 집들이 상당수 보였지만, 아직 에리엘의 강력한 기운이 느껴지진 않았다. 이곳에는 에리엘이 기거하지 않는 모양이었다.

"이곳만 지나면 에리엘님께서 계시는 곳입니다."

섬 중앙을 통과하며 카린느가 조용하지만 침착한 목소리로 설명해 주었다. 하지만 그녀의 눈망울은 사뭇 흔들리고 있었다. 큰 눈망울과 사방으로 뻗친 머릿결 때문에 귀엽고 깜찍하다는 말을 많이 듣기는 했지만, 그녀는 천계 서열 2위의 무서운 전사였다. 또 그에 걸맞는 침착함과 냉정함으로 어떤 상황에 놓여져도 당황하지 않았다. 하지만 이스에게는 아니었다. 오늘 처음 만났고 이곳까지 오면서 보낸 시간이 고작이었다. 그런데 그런 그에게 속마음을 들켜 버린 것이 카린느로서는 도무지 이해가 가지 않았다.

"저곳인 것 같습니다만… 그런가요?"

"아… 아, 네?"

생각에 잠겨 있던 카린느가 이스의 말에 허겁지겁 대답하며 주변을 둘러보았다. 이스를 만난 이후로 당황스러운 일이 계속되는 것 같았다.

"네, 저곳이 맞습니다."

족히 몇십만 평방 미터가 넘을 것 같은 웅장하고 거대한 건물이 카린느와 이스 앞에 펼쳐져 있었다. 너무도 널따란 넓이 때문에 멀리서 봤을 땐 그다지 높지 않은 것처럼 보였으나 웬만한 5층 건물보다 높은 건물이었다. 이스가 봤던 대신전의 그 모양과 형태가 비슷한 건물이었다.

"호오……."

거대한 건물 입구로 향하는 계단 하나하나마다 발목까지 치렁치렁하게 내려오는 하얀 원피스 차림의 여인들이 양 옆으로 주욱 늘어서 있었다. 계단은 어림잡아 50계단이 넘어 보였으며, 늘어서 있는 여인들의 수도 백은 충분히 넘을 듯했다. 머리 색에 따라 계급이 있는 것인지 계단 윗부분의 여인들은 금발이었고 아랫부분의 여인들은 은발이었다.

"저분이시로군요."

가장 높은 계단 위로 대산맥에서 이클립스와 싸울 때 한 번 봤던 여인이 부드러운 미소를 머금고 이스를 바라보고 있었다. 발목까지 내려오는 웨이브진 기다란 금발 머리에 우윳빛으로 빛나는 새하얀 살결과 투명한 호수 같은 눈동자, 남자라면 한눈에 반할 여인, 천계의 수장 에리엘이었다.

"어서 오세요. 천계에 오신 걸 진심으로 환영합니다. 천계의 수장을 맡고 있는 에리엘이라고 합니다."

"이스라는 이름으로 불리는 늙은입니다. 이렇게 아름다운 곳에 초라한 늙은이를 초대해 주셔서 감사하기 그지없습니다."

카린느와 이스가 계단 가까이 다가가자 에리엘이 뛰듯이 다가오며 이스를 맞이했다.

둘은 잠시 상견례를 나눈 후 계단을 올라 거대한 건물 속으로 들어갔다. 수많은 여신들이 조각돼 있는 건물 외벽처럼 내부의 모습도 아름답고 정갈하며 티끌 하나 없이 깨끗했다. 가운데가 볼록하게 튀어나온 커다란 기둥들이 몇 걸음마다 세워져 있었으며, 벽으로는 기하학적인 문양과 그림들이 양각으로 조각돼 있었다. 천장엔 마족들을 몰살시키는 천계 전사들의 전투 장면이 마치 실제처럼 그려져 있었고, 바닥에는 새하얀 카펫이 깔려 있었다.

"솔직히 초대장을 보내기는 했지만 이렇게 직접 오실 줄은 미처 생각하지 못했어요.

길고 널따란 내부 복도를 지나 둥그런 원형의 공간이 나타나자 에리엘이 한쪽에 마련돼 있는 탁자를 향해 이스를 이끌었다. 둥그런 형태의 탁자와 의자, 차와 찻잔 모두가 티끌 하나 없는 순백색이었다.

"허허허, 참으로 아름다운 곳입니다. 초대에 응하지 않았더라면 이 늙은이가 크게 후회를 했을 성싶습니다."

에리엘의 인사치레에 이스 역시 다시금 인자한 웃음을 지어 보이며 자리에 앉았고 에리엘 역시 마주 자리를 잡았다.

"시간을 끌지는 않겠어요. 당신은 누구신가요? 우리 천계에서 볼 때 분명 마족은 아닌 것 같은데 어째서 그 더러운 마족들과 함께 행동하는 것인지 궁금하군요."

"허허허."

의자에 앉자마자 심각한 표정으로 입을 여는 에리엘의 눈빛이 날카롭게 빛나고 있었지만 이스는 그저 웃음을 흘릴 뿐이었다.

"대답하기 힘든 것인가요?"

"아닙니다, 아니에요. 다만… 이 늙은이가 드릴 말씀이 몇 가지 있군요. 그걸 먼저 대답해 주신다면 저도 수장께 모든 것을 거짓없이 말씀드리지요."

에리엘의 질문에 모두 대답한다면 자신의 물음에는 전혀 대답하지 않을 수도 있었다. 에리엘 역시 이스의 말에 어떤 의도가 담겨 있는지 알 수 있었다. 씨익 웃으며 에리엘이 찻잔을 들어 한 모금 마신 후 말을 이었다.

"호호호, 제가 손님을 모셔놓고 큰 실례를 범했군요. 그렇게 하지요. 먼저 말씀하세요. 시간은 많으니까요."

"흐음… 시간이 많다? 설마 이곳도 마계처럼 인간 세상보다 시간이 훨씬 느리게 가는 것입니까?"

이스를 바라보는 에리엘의 눈초리가 가늘게 변했다. 마계의 시간에 대해 알고 있다는 건 마계에 직접 갔었다는 말이기 때문이다.

"아니에요. 이곳은 인간 세상과 똑같은 시간이 흐르지요. 그 저주받은 마계와는 차원이 다르지요."

"허허허, 그렇군요."

너털웃음을 터뜨리기는 했지만 이스는 아쉽다고 생각했다. 이클립스와 일행들이 있는 인간 세상보다 시간이 느리게 간다면 그만큼 시간을 오래 끌지 않을 수 있었기 때문이다. 잠시 웃음을 흘리던 이스가 말을 이었다.

"그럼 먼저 말씀드리지요. 이 늙은이가 듣기로는 분명 천 년에 한 번씩인가… 마계와 천계가 전쟁을 한다고 하던데요? 그것도 상대방을 완전히 없앨 수 있는 것이 아닌 언제까지나 계속 이어지는 전쟁을 말입니다. 어찌하여 그러는 것인지 아무리 생각해 봐도 이 늙은이는 도무지 알 길이 없더군요. 서로의 공간으로 갈 수 있는 문이 열린다고 하지만, 굳이 싸울 필요까지 있는 것인지 물어보고 싶어서 이렇게 찾아왔습니다."

　마계의 주인이라는 마왕이 죽고 마왕에 의해 태어난 모든 마족들이 사라져도 시간이 흐른 후 다시 재건되는 마계, 그리고 천계 역시 비슷했다. 그동안 이스가 가장 안타깝게 생각했던 것이 바로 이것이었다. 서로에 대한 원한과 증오가 크고 깊다는 것은 알고 있었지만, 절대 끝나지 않는 싸움과 전쟁이라면, 상대를 완벽히 제압하더라도 시간이 흐른 뒤 다시 싸워야 하고 끊임없이 반복되는 일이라면 그것은 너무도 쓸데없는 낭비일 것이다.

　"호호호, 이스님께선 뭔가 착각하고 계시는 것 같군요. 우리는 마계와 마족에 대한 원한이나 증오는 없답니다. 천계는 그저 정의를 위해 싸울 뿐이에요."

　"정의라……."

　대수롭지 않다는 듯 곧바로 고개를 흔들며 대답하는 에리엘의 말에 부드럽게 지어졌던 이스의 미소가 사라졌다. 마치 안타까운 탄식을 토하듯 나직하게 '정의'를 중얼거리던 이스가 보일 듯 말 듯 고개를 저으며 말을 이었다.

　"수장께서는 '정의(正義)'라고 말씀하셨습니다만, 이 늙은이에겐 더욱 이해가 가지 않는 말이로군요. 그동안 저들이 사람들에게 못된 짓을 많이 했다고 듣기는 했습니다. 하지만… 하지만 수장께서 말씀하신 정의를 그 의미가 뜻하는 것처럼 올바로 실천하기 위해서는 서로간에 원한을 종식시키고 쓸데없이 살육만 일삼는 전쟁을 종식시키는 것이 올바른 정의가 아닐는지요. 천계가 이기거나 혹은 마계가 전쟁에서 승리하거나, 남는 것은 결국 서로에 대한 증오와 원한뿐이지 않습니까?

그것도 끝나지 않고 영원히 계속되는 것이고 말입니다."

"그렇게 생각할 수도 있겠군요."

느린 움직임으로 탁자 위에 놓여진 찻잔을 집어 들고 한 모금 마시는 에리엘의 눈초리가 매서운 빛을 발했다. 그녀가 생각했던 것보다 마계와 더욱 깊숙이 연관되어 있는 듯했다. 이스의 말이 이어졌다.

"이 늙은이가 이곳까지 온 것에는 조금 전에 말씀드렸던 이유 때문이지요. 듣기로 마계와 천계 간의 전쟁이 이제 2년 정도밖에 남지 않았다고 하던데요. 어떻습니까? 수장께서 말씀하신 것처럼 정의를 실천할 의향이 있으시다면 이 늙은이가 중재에 나서서 전쟁을 막아보도록 하겠습니다."

조용히 말을 잇는 이스의 목소리엔 누구나 느낄 수 있을 간절함이 배어 있었다. 그가 이곳에 온 커다란 이유가 바로 이것이었다. 쓸데없이 살육만 일삼는 전쟁을 막아보고 싶었다. 서로 간의 원한과 증오가 바다처럼 깊고 태산처럼 높아 얼굴만 맞대면 참지 못하는 걸 안 이스는 차라리 자신이 나서는 것이 좋다고 생각했다. 중간자 입장으로 마계와 천계 사이를 오가며 중재하고 설득한다면 더욱 좋은 결과를 낳을 수 있을 가능성이 높다고 판단한 것이다.

"호호호!"

절실함이 가득한 이스의 바람과는 달리 에리엘에게서 나온 것은 커다란 웃음이었다. 마치 아주 재미난 말을 들은 것처럼 에리엘은 고개를 한껏 젖히고 오랫동안이나 커다란 웃음을 터뜨렸다.

"수장께서는 이 늙은이의 말을 믿지 못하는 모양이십니다. 하지만 이 늙은이는 마계의 주인이신 마왕님과도 제법 친분이 있습니다. 그러니 이곳 천계만 원하신다면 이 늙은이가 죽기를 각오하고 최선을 다해 어떻게 해서든 전쟁을 막아보겠습니다. 서로 간의 원한이 깊다는 것은 알고 있지만, 언제까지나 전쟁이 계속되는 것은 천계나 마계를 위해서도 좋지 않을 듯싶습니다. 그렇지 않습니까?'

"마왕이 그렇게 말하던가요? 천계만 원한다면 전쟁을 하고 싶지 않다고요?"

다시 한 번 기분 좋은 웃음을 터뜨리는 에리엘에게선 비릿한 미소까지 엿보였다. 그녀는 이스의 말을 달리 해석한 것 같았다. 벌써 세 번이나 천계와의 전쟁에서 처참하게 패한 마계였다. 그러니 천계에 대한 두려움이 클 수밖에 없다고 생각한 모양이었다. 보일 듯 말 듯 고개를 흔들며 이스가 말을 이었다.

"솔직히 말씀드리자면, 이 늙은이 생각에는 앞으로 당분간 이곳 천계가 마계를 이기기는 힘들 것 같습니다."

"재미있는 말씀이로군요."

마계를 이기기 힘들다는 말은 즉, 이번에 있을 전쟁에서 천계가 패한다는 말이었다. 하지만 이스를 바라보는 에리엘의 표정에선 미소가 지워지지 않았다. 느릿느릿하고 조용한 이스의 말이 이어졌다.

"우리 진아… 아니, 이클립스라는 이름으로 불리는 녀석이 얼마 전에 커다란 기연을 얻어 믿기 어려울 정도의 성취를 보였습니다. 이 늙은이가 생각하기로도 이곳 천계에서 이클립스를 이길 수 있는 전사는 아무도 없을 것입니다. 그리고 만약 그 아이가 이곳 천계로 온다면… 아마도 천계 전사의 반수 이상이 한꺼번에 그 아이를 상대해도 많은 어려움을 겪을 것입니다."

항구 도시 미렐리아드에서 정신을 잃은 이후 이스의 흡마공(吸魔功)과 닥터 루드리오의 치료에 힘입어 깨어난 이클립스는 이스조차 믿기 힘들 정도의 힘을 선보였다. 마계 역사상 최고의 전사라는 찬사를 받는 그는 역시 역대 마왕 중 최강이라는 현 마왕과 비슷한 힘의 실력자였다. 하지만 의식을 되찾고 난 이후의 이클립스는 마왕의 힘을 몇 배나 뛰어넘었다. 마왕보다 더욱 강력한 이클립스가 함께라면 천계가 마계를 이기는 데에는 얼마나 많은 시간이 걸릴지 알 수 없었다.

"우리 천계에 그런 협박은 통하지 않아요."

드디어 에리엘의 얼굴에서 미소가 사라졌으며 눈매가 더욱 가늘어졌다. 불과 두 달 전에 맞서 싸워봤던 기억을 에리엘이 잊을 리 만무했다. 자신의 예상을 훨씬 상회하기는 했지만, 당시엔 이클립스를 다소 얕잡아 보았고 그것 때문에 방심했던 것뿐이라고 결론지었다. 그렇기에 이스의 말이 그저 허풍으로만 들리는 에리엘이었다.

"허어……."

어느 정도 예상은 했지만 단 한 마디도 믿어주지 않는 에리엘의 모습에 낮은 탄식을 토하는 이스였다. 오래전에 그가 활동했던 무림이나 이곳이나 별반 다르지 않은 것 같았다. 서로가 조금만 양보하면 될 것을 자존심과 명분에 가로막혀 고집을 꺾지 않았던 마교와 정파, 그리고 이곳 천계와 마계.

인간이 아닌 마족과 천족이라 한 가닥 희망을 걸었건만 아무리 봐도 에리엘이라는 천계의 수장은 다른 이의 말을 들어줄 자는 아닌 것 같았다. 또 마계와의 지난 세 번에 걸친 전쟁을 승리로 이끈 자신감이 마계에 대한 에리엘의 생각을 조금도 움직이지 못하게 하는 이유 중 하나일 것이다.

"이제 제가 질문할 차례인 것 같은데, 괜찮을까요?"

"그렇게 하십시오."

몇 가지 하고 싶은 말이 더 있었으나 이스는 선선히 고개를 끄덕이며 에리엘의 질문을 기다렸다. 지금까지 보여준 에리엘의 모습이 조금 더 물어보려는 이스의 마음을 꺼리게 하였다.

"두 가지만 대답해 주시면 좋겠군요."

"그리하지요."

"첫 번째, 당신은 누구신가요? 우연히 항구 도시 미렐리아드에서 그 많은 좀비들을 없애 버리는 장면을 목격했지요. 제가 볼 때 당신은 분명 인간인 것 같은데… 어떻게 그런 힘을 얻으신 것인지, 어느 나라 출신이신지도 궁금하군요."

천계의 수장 에리엘. 그녀의 능력은 마계의 주인인 마왕과 드래곤들의 지도자인 드래곤 로드와 실력의 차이를 구분할 수 없을 정도의 실력자였다. 그런 그녀가 보기에 이스의 겉모습은 그저 어디서나 볼 수 있는 노인이었다. 하지만 항구 도시 미렐리아드에서 보여준 그 엄청난 실력은 절대 보통 인간이 할 수 있는 것이 아니었다.

"허허허……."

두 가지 질문만 하겠다면서 한꺼번에 몇 가지나 물어오는 에리엘이었지만 이스는 웃으며 솔직히 대답해 주었다. 원래는 다른 공간에서 살던 사람이고 우여곡절 끝에 지금의 공간까지 도착한 일, 그리고 그곳에서 리켄과 이클립스를 만난 일들을 간략하지만 알기 쉽게 설명해 주었다.

"두 번째 질문을 하지요."

조용히 흘러나오는 에리엘의 목소리가 차갑게 느껴졌다. 이스의 말을 사실이 아니라고 생각한 모양인지 말을 잇는 에리엘의 입꼬리가 비릿한 미소를 띠고 있었다. 에리엘의 말이 이어졌다.

"드래곤과 마족, 그리고 당신. 도대체 무엇 때문에 함께 다니는 것인 가요? 인간 세상을 얻으려는 것은 아닌 것 같고……."

"허허허, 이런 보잘것없는 늙은이가 그런 것을 얻어 무엇 하겠습니까."

쓸쓸한 웃음을 흘리긴 했지만 이스는 이번에도 거짓을 섞지 않고 모든 사실을 솔직히 말해 주었다.

"뭐?!"

이스의 말이 이어지며 에리엘의 표정이 시시각각으로 변해갔다. 처음 파괴신을 부활시키기 위한 여행이라고 할 때에는 너무도 놀라 한껏 입을 벌렸던 에리엘의 얼굴이 리켄과 이클립스를 동원해 열쇠의 행방을 수소문하고 있다는 말에는 피식 하고 웃음을 터뜨렸다. 너무도 허무맹랑한 소리였기에 웃음을 참지 못한 것 같았다.

"당신의 힘이 대단하다는 건 인정하지만, 그 정도는 저도 할 수 있지요."

등받이에 몸을 기울이며 조용히 말하는 에리엘의 표정에선 자신감이 넘쳐 보였다. 그녀가 본 것은 항구 도시 미렐리아드를 가득 메운 좀비들을 일순간에 없애는 모습과 이클립스가 들어 있는 커다란 검은 구를 파괴하는 이스였다. 에리엘, 그녀는 항구 도시 미렐리아드보다 몇 배가 넘는 도시라도 일순간에 없애 버릴 수 있기에 이런 자신감이 있는 모양이다.

하지만 에리엘이 간과한 것이 있었다. 그 많은 좀비들을 없애면서도 사람들이 가득한 건물엔 조금의 손상도 주지 않은 점과 이클립스의 안전을 위해 조심을 기했던 이스의 배려였다. 에리엘의 말이 이어졌다.

"그리고 또 하나, 파괴신의 부활을 위한 열쇠들을 얻는다고 하셨는데… 만약 당신이 두 번째 열쇠를 얻고 세 번째 것을 얻으려 한다면…….”

“말씀하시지요.”

말을 멈춘 채 무서운 눈길로 바라보던 에리엘이 차를 한 모금 마신 후 조용한 목소리로 말을 이었다.

“당신은 우리 천계에 의해서 죽게 될 것이에요.”

인간이라고 하기엔 실로 놀라울 정도의 힘을 보여준 이스였지만 에리엘은 자신보다 조금 떨어지는 수준이라고 생각했다. 레드 드래곤인 리켄과 마족 전사 이클립스와 함께 있던 그이기에 어떤 식으로든 마계나 드래곤 종족들에게 힘을 얻었을 것으로 생각한 모양이다. 그리고 또 하나, 이스를 자신보다 강하다고 생각하지 못하는 것은 마계와의 세 번에 걸친 전쟁을 승리로 이끈 천계 최고의 수장이라는 자존심이 이스를 인정하지 못하게 하는 원인 중의 하나였다.

“허어, 그렇다면 이곳 천계에서도 파괴신에 대한 일들을 어느 정도 알고 있는 것입니까?”

에리엘의 협박에 가까운 말에도 이스는 미소를 잃지 않으며 말을 이었다.

“그… 미렐리아드라는 이름으로 불리는 항구 도시에서 우리들에게 메시지를 보내신 것도 그 때문인지요?”

“호호, 그렇다고 알고 계셔도 될 것 같군요.”

뭔가 숨기는 것이 분명했지만 상대방이 의도적으로 대답을 피한다면 더 이상 물어봐도 소용없을 것 같자 이스는 조용히 차를 들어 한 모금 들이켰다. 차라고 하기엔 지나치게 달짝지근하고 밍밍해 다시 뱉고 싶은 마음까지 들 정도였지만 이스는 꾹 참고 목구멍 안으로 넘겼다.

"아무래도 이 늙은이는 이만 가봐야 할 것 같습니다. 모든 말씀이 끝난 것 같으니 말입니다."

모든 것을 솔직히 밝혔음에도 상대는 아무것도 알려준 것이 없었고 이스의 말을 하나도 믿지 않았다. 또 초대장을 보내주었다면 손님으로 대하는 것이 기본적인 예의였다. 그런데도 마치 저급한 생물을 보는 듯 깔보는 말투와 행동에는 불편한 마음까지 절로 생겨날 정도였다. 이스는 더 이상 이곳에 있어봐야 시간만 허비될 것 같자 천천히 자리에서 일어섰다. 그러나 에리엘은 자리에서 시선만 올리고 있었다.

"자리에 앉으세요. 저는 조금 더 알고 싶은 것이 있어요."

"허허허, 이 늙은이가 드릴 말씀은 더 이상 없는 듯합니다. 이미 모든 것을 솔직하게 말씀드렸으니 말입니다."

낮은 웃음을 흘리는 이스였지만 그의 웃음은 즐거워 터뜨리는 것이 아니었다. 이런 경우는 처음이었다.

이스가 한창 무림을 활보할 당시 사람들에게 공포의 대상이었던 마교와 정파인들이 들어가면 시체조차 찾을 수 없다는 수왕교라는 곳이 있었다. 마교와 수왕교, 이 두 곳을 이스가 찾은 일이 있었다.

만나는 사람에겐 욕부터 튀어나오고 갖은 악랄한 수법을 동원해 상대를 음해한다는 마교와 수왕교. 하지만 두 곳 모두 소문과는 달리 기본적인 예의를 지켰으며 상대를 존중해 주었다. 어느 정도의 위협과 냉대는 존재했을망정 에리엘처럼 상대를 완전히 무시하고 깔보지는 않았다. 또한 손님으로 초대했다면 응당 그에 대한 최소한의 배려는 당연히 보여야 하지만 에리엘에게선 그런 것은 눈을 씻고 찾아봐도 찾을 수 없었다.

"앉으세요."

"수장께선 이 늙은이에게 알고 싶은 것이 있다고 하셨으나 그것은 상대방의 말을 믿고 나서야 가능하지 않겠는지요? 아무리 생각해 봐도 수장께선 이 늙은이의 말을 믿지 못하는 것 같은데 어찌하여 잡아두려는 것인지 모르겠군요."

불쾌하고 기분이 상할 수 있는 에리엘의 행동과 언행에도 이스는 조금도 내색하지 않았다. 초대장까지 받고 찾아온 손님이었고, 상대는 천계의 주인이었기에 최대한 예의를 잊지 않는 것 같았다.

"물론 당신의 말을 모두 믿지는 않아요. 하지만 참고는 충분히 할 수 있지요. 자리에 앉으세요."

"허허, 그것참……."

어쩔 수 없다고 생각한 이스가 고개를 설레설레 흔들며 다시 자리에 앉자 에리엘이 말을 이었다.

"마계에 대해 조금 더 확실히 알고 싶군요. 그들의 정확한 병력 상황과 현재 마왕의 힘에 대해서 자세히 말씀해 주시면 고맙겠어요. 그리고 또 하나, 리켄이라는 레드 드래곤과 함께하고 있던데, 혹시 그자가 드래곤 로드의 명령을 받고 그리 움직이는 것인가요?"

조용한 어조로 말하는 에리엘의 얼굴은 사뭇 진지하게 느껴졌다. 비록 방심해서 당하긴 했지만 이클립스의 위력은 만만치 않은 실력이었다. 그의 말처럼 전대의 마왕보다 훨씬 강한 힘이었다. 에리엘은 그와의 싸움이 있고 난 후부터 마왕에 대해 조사하려 백방으로 노력했었다. 이제 곧 있을 마계와의 전쟁을 대비해 상대를 정확히 파악하려는 의도였지만, 마계에서 움직이지 않는 마왕이었기에 단 하나의 단서도 알 수 없었다.

또 하나, 이클립스와 함께 움직이는 리켄이 문제였다. 비록 친구 사이라 함께 움직이는 것이라 하지만, 교활한 드래곤 로드가 어떤 명령을 내렸을지 모르는 일이었고 만약 드래곤들이 천계와 마계 사이의 전쟁에 합류한다면 천계의 패배로 끝날 것은 불 보듯 뻔한 일일 것이다.

드래곤들이 천계와 마계 사이의 전쟁에 합류하는 것은 절대 있을 수 없는 일이었지만 어떤 식으로든 도움을 줄 수 있을지도 모르는 일이었기에 에리엘은 그런 일들을 이스의 입을 통해서라도 알고 싶었다.

"어차피 이 늙은이가 말씀드려 봤자 믿어주시지도 않을 것이지만, 그것은 제가 알려 드릴 수 있는 것이 아니로군요."

에리엘의 말이 끝나자마자 생각할 것도 없다는 듯 고개를 흔드는 이스였다. 첩자나 정보원이라면 모를까 마계와 드래곤들에 대한 것들을 말할 순 없었다. 리켄을 제외한 다른 드래곤들은 모를까 마왕과 마족들은 이스를 위해 최선을 다해주었다. 커다란 은혜를 입었다고 할 수 있었다. 은혜를 입은 상대에게 위해가 되는 일을 그들의 적에게 말한다면 대장부가 아니라고 생각한 이스였다.

"이곳이 어디라고 생각하시나요?"

조용하고 부드러운 목소리였지만 에리엘의 낮아진 목소리와 날카로운 눈초리는 위협을 하고 있는 것이 분명했다. 이스 역시 입가에 지어진 미소를 지우며 대답했다.

"천계에서는 초대장을 받고 찾아온 사람을 정보원이라고 생각하는가 보군요?"

"흥!"

에리엘의 눈초리가 더욱 매서운 빛을 발했다. 마족인 이클립스와 드래곤인 리켄과 함께 있어서인지 천계의 무서움을 모른다고 생각한 에리엘은 이번 참에 무서운 힘을 보여줄 생각으로 천천히 자리에서 일어섰다.

"에리엘님."

에리엘이 자리에서 일어남과 동시에 멀리서 누군가가 그녀의 이름을 부르며 달려왔다. 수영복 같은 엷은 풀빛 옷차림에 짧은 금빛 머릿결의 여인이었다.

"흐음……."

달려온 여인에게 뭔가를 은밀히 전해 받은 에리엘의 한쪽 입꼬리가 미묘하게 올라갔다. 이스를 의식해 자못 대수롭지 않다는 듯 대꾸하고는 있었지만, 눈매가 더욱 가늘어지는 것이 뭔가 중요한 일이 있는 모양이었다.

"가자."

이스가 앞에 있음에도 에리엘은 한마디 말조차 하지 않은 채 그의 곁을 스쳐 지나갔고, 그 순간 이스의 주위로 손목 굵기의 하얀 기둥들이 촘촘히 솟아올랐다. 인간 세상에서나 볼 수 있는 철창과 빛깔만 다를 뿐 감옥에 갇힌 것이나 마찬가지였다. 이스가 어이없다는 눈빛을 머금으며 자리에서 일어났다.

"허어, 이것은 너무 심한 것 아닙니까? 초대장을 받고 찾아온 사람을 어찌 이리 대할 수 있습니까? 천계의 수장이라는 분께서 어찌 이리 함부로 행동하신단 말입니까?"

"우리 천계는 마족과 조금이라도 연관이 있는 자는 그 누구라도 용서치 않는다. 네놈의 어리석음이 이런 결과를 초래한 것이다."

이스의 말에 잠시 고개를 돌려 대답하던 에리엘은 곧 밖을 향해 빠른 속도로 걸어갔다. 뭔가 중요한 일이 있는 것 같았다.

"허허, 이것 참……."

하대와 철창에까지 가둔 에리엘의 행동은 절로 허탈한 웃음을 자아 내게 할 정도였다. 그러나 이스는 이내 고개를 흔들며 슬쩍 손을 들어 하얀 철창을 만져 보았다. 겉보기와는 달리 강철보다 몇백 배는 더 튼 튼하고 견고한 철창이었다.

"흐음……."

철창이 견고하고 촘촘하긴 하지만 이스를 막기엔 부족해도 한참이 나 부족했다. 하지만 이스는 이내 자리에 앉아 눈을 감았다. 마음만 먹 는다면 충분히 통과할 수 있는 곳이었는데도 지금은 그럴 마음이 없었 던 것이다.

"죄송합니다."

이스가 눈을 감고 잠시의 시간이 흘렀을 때 멀리서 누군가 빠른 속 도로 걸어오며 말했다. 카린느의 목소리였다.

"에리엘님을 이해해 주세요. 요즘 여러 가지 일로 신경이 예민하셔 서……."

철창 가까이 다가와 이스의 얼굴을 살피는 카린느의 표정이 마치 커 다란 죄를 지은 사람 같았다. 큰소리치며 함께 왔는데 이런 결과를 낳 았으니 모든 것이 자신 때문에 벌어진 일이라고 생각하는 듯했다.

"제가 이스님을 살피기 위해 남겨졌어요. 곧 꺼내 드리겠습니다. 죄 송해요."

"수장께선 언제쯤 돌아오실 것 같습니까?"

카린느가 하얀 철창을 잡고 뭔가를 중얼거리려 하자 그때까지 깊은 참선에 잠긴 것 같던 이스가 조용히 눈을 뜨며 자리에서 일어섰다. 놀 랍게도 그의 얼굴에선 보일 듯 말 듯한 미소가 어려 있었다. 졸지에 철 창에 갇혀 죄수 취급을 받고 있음에도 불쾌함이나 분노 같은 감정은 느껴지지 않았다. 또 억지로 미소를 짓고 있는 것 같지도 않았다. 마치 잔잔한 호수 위에 산들바람이 부는 것 같은 자연스러운 미소였다. 그런 이스의 모습에 더욱 창피한 듯 고개를 살짝 숙이고서 잠시 입을 열지 못하던 카린느가 조용히 말을 이었다.

"이번 일에 대해서는 저도 듣지 못했어요. 저는 이스님을 감시… 하라는 명령을 받았던 터라… 하지만 아무리 늦어도 2, 3일이면 도착하지 않을까 싶어요. 마계와의 전쟁 때를 제외하고 지금까지 에리엘님께서 3일 이상 천계를 비운 적은 단 한 번도 없었으니까요. 거의 대부분 하루 정도 걸리면 다시 돌아오셨어요."

"흐음, 그렇다면 이 늙은이는 이곳에서 잠시 기다리렵니다."

"네?!"

기다리겠다며 다시금 자리에 앉는 이스의 행동에 카린느가 깜짝 놀란 표정으로 외치듯 말을 이었다.

"천계에서 서열 5위 안에 드는 자가 아니고선 이 철창을 없앨 수 없어요. 에리엘님께서 돌아오신다고 해도 이스님을 그대로 보내주실 확률은 거의… 에리엘님께선 이스님을 절대 풀어주지 않을 겁니다."

격앙된 목소리로 말하던 카린느의 목소리는 오래가지 않았다. 거의가 아닌 100% 확실한 상황이었다. 한번 결정한 일을 다시 원래대로 돌린 적이 단 한 번도 없는 에리엘이라면 보지 않아도 알 수 있는 일이었다.

"너무 걱정하지 마시지요. 이 늙은이가 천계의 수장께 드리고 싶은 말이 있어 결정한 일입니다. 그리고 너무 늦어진다 싶으면 이 늙은이가 먼저 말씀드리지요."

"후우, 알겠습니다."

다시금 눈을 감아버리는 이스의 모습에 카린느는 어찌해야 할지 망설이다 이내 고개를 끄덕였다. 킬리오드와의 약속도 있었고, 에리엘이 돌아온다면 결코 이곳을 벗어나지 못할 것이라는 생각도 들었지만, 고요히 눈을 감고 있는 이스의 목소리가 너무도 부드럽고 태연했다. 인간 세상에서 어렵지 않게 볼 수 있는 초로의 노인이었지만, 가만히 눈을 감고 앉아 있는 이스가 마치 거대한 태산처럼 느껴졌으며 조용조용한 목소리에는 거부하면 안 될 것 같은 이상한 힘이 느껴졌다.

"후우……."

카린느는 긴 한숨을 내쉬며 힘없이 철창에 등을 기대었다. 빛의 신 '라 샤이테'의 후예이자 천계 서열 2위인 자신이 한없이 작게만 느껴졌다.

제24장 WHITE NIGHT

"언니, 어떻게 좀 해봐요."

에이라의 팔을 꼭 끌어안으며 에이프릴이 떨리는 눈초리로 이클립스와 리켄을 향해 고개를 돌렸다. 에이프릴과 에이라, 그리고 디아루와 사이나는 이클립스와 리켄이 앉아 있는 작은 탁자에서 백여 미터나 떨어진 곳에 옹기종기 모여 있었다. 이들이 이렇게 떨어져 있는 것은 이클립스와 리켄에게서 뿜어져 나오는 지독하다는 말조차 무색한 가공할 살기 때문이었다.

이스가 천계로 떠난 지 이제 6시간이 지나고 있었다. 이스가 떠난 직후부터 말문을 닫아버린 이클립스와는 달리 '괜찮아, 괜찮아, 이스가 누군데. 천계 자식들 수만이 덤벼도 죽음이지. 우헤헤' 하며 연신 나불대던 리켄조차 3시간이 지나자 이클립스처럼 조용히 입을 닫아버렸다. 그리고 다시 몇 시간이 흘렀을 때 이클립스와 리켄에게서 뿜어져 나오는 살기는 점차 강해지기 시작했고 그것을 견디지 못한 여인들은 밖으로 백여 미터나 몸을 빼야 했다. 지금은 디아루가 마법으로 이클립스와 리켄의 살기를 막고는 있었지만 너무도 강해 밖으로 백여 미터나 몸을 빼야 했다.

"언니!"

"하… 하하."

에이프릴의 부탁에도 에이라는 어색하게 웃음을 흘릴 뿐 조금도 움직이려 하지 않았다. 마왕의 힘과 에이프릴의 피로써 만들어진 그녀는 마왕의 4대 친위대에 버금갈 정도로 강력한 전사였다. 하지만 지금 보이는 이클립스와 리켄의 무서운 모습은 그녀조차 보는 것만으로도 소름이 돋을 지경이었다.

"휴우……."

싫어하는 기색이 역력한 에이라의 표정에 에이프릴은 낮은 한숨을 내쉬며 다른 일행들을 둘러보았다.

『감히 버릇없게!』

에이프릴과 눈이 마주친 사이나는 무섭게 눈을 부릅뜨며 에이프릴에게 호통 쳤고 디아루는 아예 눈을 감아버렸다. 둘 모두 귀찮은 듯한 행동을 보이긴 했지만, 내심 리켄과 이클립스를 마주할 용기나 나지 않았기에 이런 반응을 보이고 있었다.

"어서 빨리 할아버지가… 응?"

이스가 도착하기를 기다리며 중얼거리던 에이프릴이 순간 이상하다는 듯 왼편으로 고개를 돌렸다. 사이나와 디아루, 그리고 에이라는 벌써부터 에이프릴이 바라보는 곳으로 시선을 주고 있었다. 낮은 잡목들과 기다란 수풀들이 가득한 주변이었다. 해가 많이 기울어 조금씩 어두위지기는 했지만 에이라가 제법 커다란 모닥불을 지펴놓았기에 주변을 보는 것에는 어려움이 따르지 않았다.

푸스럭.

에이프릴이 고개를 돌리고 잠시 후 두 명 정도의 발자국 소리가 들리더니 풀숲이 흔들리며 누군가가 모습을 드러냈다. 30대 초반 정도로 보이는 두 명의 병사였다. 어깨와 가슴을 가리는 기본적이고 단순한 디자인의 갑옷 차림을 한 것이 계급이 낮은 병사인 것 같았다.

"오오~!"

한껏 인상을 찌푸리며 에이라가 지펴놓은 모닥불을 보던 병사들이 에이프릴과 일행들을 발견하고는 자리에서 멈춰 섰다. 손바닥만한 크기의 사이나는 나뭇가지 위로 올라가 병사들에게 보이지 않았으나, 붉게 타오르는 불빛을 받은 에이라와 디아루, 거기에 키와 몸이 훌쩍 커버린 에이프릴은 병사들에겐 숨이 멎을 정도로 아름답게 비춰졌다.

"이, 이곳에선 야영이 금지돼 있습니다. 그리고 지난달부터 산불 조심 강조의 달이라 저녁 6시 이후론 절대 불을 지필 수 없습니다. 그러니 신분증이나 허가서를 보여주셔야겠습니다."

짧은 머리에 턱수염을 기른 병사가 일행들을 향해 한 걸음 다가오며 날카롭게 주변을 둘러보았고 다른 병사 역시 마찬가지였다. 말은 에이프릴 일행들에게 하고 있었지만 병사들의 눈과 귀는 주변을 둘러보느라 정신이 없는 듯했다.

"죄, 죄송합니다. 저희들이 모르고……."

웬일인지 에이라와 디아루가 가만히 입을 다물고 있자 할 수 없이 에이프릴이 나서서 우물거리며 대답했다. 이스에게 검술 지도를 받고 지금까지 에이라와 함께 많은 대련을 거친 에이프릴의 실력은 상당한 수준에 도달해 있었다. 당황하지 않고 침착하게 배운 대로만 몸을 움직인다면 A급 정규 기사 네다섯 명은 혼자서도 충분히 이길 수 있는 실력이었다. 하지만 막상 병사들과 마주하자 그녀는 사뭇 움츠러든 모습이었고 말까지 더듬거렸다. 지금까지 살아오며 겪은 많은 일들 때문인 듯했다.

"흐음, 하프 엘프가 제법인걸."

"그러게 말이야."

병사들의 말투와 시선이 변했다. 천한 하프 엘프와 여자들밖에 보이지 않았기에 무언가 다른 마음이 생긴 모양이었다. 그도 그럴 것이 흑갈색 바지에 같은 색 실크 상의를 입고 있는 에이프릴의 모습이 모닥불 빛을 받아 더욱 아름답고 고혹스러워 보였다. 병사들로썬 이렇게 아름다운 하프 엘프는 본 적이 없을 것이었다.

"후후후, 신분증이 없다면 몸으로 때워야겠지."

"크흐흐, 그렇지."

혀를 내밀어 입술을 핥는 병사들의 의도는 누구나 알 수 있을 정도로 정욕으로 가득 차 있었다. 눈매가 매섭긴 했지만 검이나 다른 무기를 들고 있지 않은 디아루와 공부만 팠을 것 같은 지적인 얼굴의 에이라, 거기에 잔뜩 겁에 질려 버린 하프 엘프 에이프릴의 모습이 병사들에겐 딱 좋은 먹잇감으로 보인 모양이었다. 또한 주변 어디에서도 남자 일행들의 기척이나 모습은 보이지 않았다. 거기에 이곳은 다른 사람들이 거의 찾지 않는 산이었다. 두 병사는 서로를 바라보며 뭔가를 결정한 듯 고개까지 끄덕이고 있었다.

"실전을 할 수 있는 좋은 기회야, 에이프릴. 겁먹지 말고 그동안 언니하고 했던 대로만 하면 될 거야."

“에……?!”

에이라가 조용히 다가와 에이프릴의 어깨를 슬쩍 짚으며 미소와 함께 고개를 끄덕여 주었다. 그녀와 디아루가 나서지 않은 것은 모두 에이라의 생각이었다. 또 사내들에게 이클립스와 리켄을 볼 수 없도록 은밀히 마법을 건 것도 그녀였다. 그동안 실전 같은 대련을 무수히 거치긴 했지만 대련은 어디까지나 대련일 뿐이었다. 아무리 연습을 많이 하고 무수한 대련을 거쳤다고 하더라도 실전을 거치지 않는다면 언제 어떤 실수를 할지 모르는 일이었기에 에이프릴을 위해 기회를 마련한 에이라였다.

“하, 하지만…….”

“지금의 에이프릴이라면 저따위 것들은 충분히 이길 수 있어. 에이프릴은 다 좋은데 자신감이 너무 부족해. 앞으로 어떤 일이 있을지 모르는데 계속 이렇게 있다간 아무것도 되지 않아.”

“그, 그래도…….”

속삭이는 듯 부드럽고 조용조용한 에이라의 말에도 에이프릴은 검조차 꺼내지 못하고 몸을 더욱 움츠렸다. 쿠르디르드 제국 황도에서 지내며 에이프릴이 가장 무서워했던 사람이 바로 갑옷을 입고 다니는 병사들이었다. 도둑 길드원들도 무섭긴 했지만 그들에게는 도둑질하는 것만 들키지 않으면 상관없었다.

하지만 병사들은 달랐다. 그들은 아무런 잘못이 없음에도 하프 엘프만 보면 무자비한 구타를 퍼부었다. 더럽다, 혹은 냄새난다는 이유로 행해지기는 했지만, 그들에겐 스트레스를 푸는 대상일 뿐이었다. 에이프릴이 황도에 있을 당시 너무도 어린 외모 덕택에 무사할 수 있었지만 다른 하프 엘프들은 병사들의 성적 노리개로 전락한 경우가 숱하게 많았다.

"잘 들어, 에이프릴. 이스님께서 언제까지나 지켜주시지는 못할 거야. 오늘처럼 에이프릴을 놔두고 어딜 가실 수도 있을 거고. 그럼 그때마다 에이프릴 때문에 이스님께서 일을 못하실 수 있어. 그렇게 하고 싶지는 않지?"

"응."

지금까지 이스가 베풀어준 커다란 은혜와 따스한 정은 죽을 때까지 갚아도 모자랄 것이라고 생각했던 에이프릴은 이내 고개를 끄덕이며 슬그머니 검을 꺼내 들었다. 검을 잡은 두 손이 눈에 보일 정도로 떨리고 있었지만 그녀의 두 눈빛만큼은 조금 전보다 훨씬 안정돼 보였다.

"걱정하지 말고 자신을 믿어, 에이프릴. 지금까지 언니하고 함께했던 대련만 생각하고 싸우면 충분히 이길 수 있을 거야."

검을 고쳐 잡는 에이프릴의 모습에 에이라가 그녀의 어깨를 살며시 토닥여 준 후 뒤쪽으로 물러섰다.

"하하하."

"이것 참, 어이가 없군."

검을 들고 나서는 에이프릴의 모습에 두 병사는 곧 커다란 웃음을 터뜨리며 황당하다는 듯한 얼굴로 그녀를 바라보았다. 눈에 띄게 긴장한 얼굴과 엉거주춤한 자세. 누가 보더라도 검이라곤 한 번도 잡아본 적 없어 보이는 모습이었다. 병사들이 소속돼 있는 부대에서 가장 실력이 떨어지는 신참 병사가 오더라도 쉽게 이길 수 있을 것 같았다.

"저건 내 거야."

짧은 머리에 턱수염을 기른 병사가 서둘러 검을 꺼내며 에이프릴에게 성큼성큼 다가와 검을 휘둘렀다. 상대할 가치조차 없다는 듯, 그리고 최대한 몸에 상처를 입히지 않기 위해 아주 작은 힘만 사용해 느리게 휘두르는 검이었다.

챙—

"어엇!"

위력적이진 않았지만 제법 상당한 힘이 실려 있는 검을 에이프릴은 번개가 번쩍이는 것 같은 빠른 속도로 비껴 쳤다. 순간 병사의 몸이 휘청이며 한쪽 무릎이 땅에 닿았다. 그녀가 마음만 먹는다면 죽음을 피할 수 없을 병사였지만 에이프릴은 오히려 한 걸음 물러서 거칠게 숨을 골랐다. 이스와 에이라가 아닌 다른 사람과 그것도 언제나 무서워하던 병사와 대적하고 있자니 몸이 굳어버린 것 같았다. 단 한 번밖에 검을 움직이지 않았는데도 숨이 거칠어졌고 온몸에 땀이 주르륵 흘러내렸다.

"이, 이 하프 엘프가!!"

손목에 전해지는 지독한 고통에 잠시 정신을 차리지 못하고 멍하게 에이프릴을 바라보던 병사가 누런 이빨을 뿌드득 갈아대며 달려들었다.

채채챙! 채챙!

검과 검이 부딪치며 날카로운 소리와 불꽃이 튀겼다. 하급 병사치고는 제법 능숙하고 빠른 속도였지만 그의 검은 에이프릴의 옷자락도 스치지 못했다.

"이, 이게……!!"

뒤에서 느긋한 표정으로 지켜보던 병사가 검을 들고 합류했다. 형편없다고 생각했던 에이프릴의 실력이 만만치 않았고, 더 이상 시간을 끌고 싶진 않은 모양이었다. 단번에 기세를 꺾어버릴 생각인 듯했다.

"으.으……."

방어에만 전념하다 갑자기 다른 병사가 합류하자 에이프릴의 어깨가 더욱 굳어지고 움츠러들었으며 점차 뒤로 밀리기 시작했다. 이스나 에이라와 대련하며 방어뿐만 아니라 공격하는 법도 배운 그녀였지만 지금 같은 상황에서는 도저히 손이 나가지 않았다. 한 번도 사람을 베어보거나 죽여보지 못했기에 공격할 엄두를 내지 못하고 연신 뒤로뒤로 물러서는 에이프릴이었다.

"꺄악!"

십여 걸음이나 물러서던 에이프릴이 결국 튀어나온 돌에 걸려 넘어지고 말았다. 턱수염을 기른 병사가 에이프릴의 멱살을 거칠게 붙잡아 올렸다. 너무도 어렵게 제압해서인지 제법 화가 난 모양이었다.

"이게 감히……."

우선 강하게 뺨을 후려쳐 에이프릴의 기를 완전히 죽여 버리려던 병사의 움직임이 돌연 멈춰졌고, 옆에 있던 병사 역시 마찬가지였다. 뺨을 후려치고 옷을 벗기려 생각했는데 갑자기 온몸에 소름이 끼쳐 왔고 마비가 온 것처럼 몸이 움직이지 않게 된 것이다. 그러나 병사는 혼신의 힘을 기울여 고개를 돌렸다.

"머리 아파 죽겠는데, 시끄럽게……."

고개를 돌린 병사의 시선으로 붉은 머리에 헌칠한 사내의 모습이 보였다. 20대 초반 정도로, 병사가 소속된 왕국에서 가장 인기있는 연극 배우가 울고 갈 만큼 잘생긴 청년이었다.

리켄이었다. 천계로 간 이스에 대한 것과 앞으로의 일들을 고민하던 차에 갑자기 들려온 병장기 부딪치는 소리를 듣고 다가온 리켄이었고, 그 옆으로 벌레를 보는 듯한 표정을 한 이클립스의 모습도 보였다.

"아, 아아! 주, 죽을죄를······."

잘생긴 얼굴에 미간을 살짝 찡그린 것뿐인데도 심장이 밖으로 튀어나올 것처럼 쿵쾅거렸으며 몸이 저절로 떨려왔다. 병사는 무릎을 꿇고 용서를 구하려 했지만 그것은 마음뿐이었다. 몸은 돌이 되어버린 듯 움직이지 않았으며 너무도 입술이 떨려 말까지 제대로 나오지 않았다. 병사의 말이 끝나기도 전에 리켄이 손을 뻗어 두 병사의 머리를 움켜잡았다.

"그럼 죽어."

"끅."

"컥!"

잘 익은 토마토가 으깨지는 것처럼 머리가 순식간에 터져 버리며 두 병사의 몸이 힘없이 바닥으로 쓰러졌다.

"아······."

바로 앞에서 두 개의 머리가 터지며 피와 뇌수가 쏟아졌지만 에이프릴은 반쯤 입을 벌린 채 리켄을 바라보고 있을 뿐이었다. 리켄이 마법을 사용한 모양인지 사방으로 퍼지는 피와 뇌수는 에이프릴 주변으론 한 방울도 떨어지지 않았고 죽어 시체가 되어버린 두 병사들의 몸도 곧 땅속으로 사라져 버렸다.

"아아······."

리켄을 향해 뭔가를 말하려는 것 같았지만 입만 뻥끗거리고 있는 에이프릴이었다. 사람이 죽는 장면은 아니, 하프 엘프가 잔인하게 죽는 장면은 에이프릴도 자주 목격했었다. 사람들에게 반항하다 죽어간 하프 엘프들은 흔했기에 웬만큼 잔인한 것은 아무렇지도 않았다. 하지만 리켄을 바라보는 에이프릴의 떨리는 눈초리에는 다른 이유가 있었다.

너무도 냉정하고 차가운 리켄의 표정 때문이었다. 마치 원래의 그가 아닌 이클립스가 리켄으로 변장한 듯한 착각이 들 정도였다.

잠시 무표정한 얼굴로 에이프릴을 바라보던 리켄이 뒤쪽에 서 있는 디아루를 향해 고개를 돌리며 입을 열었다.

"야."

"아, 네."

나무에 등을 기대고 있던 디아루가 자세를 바로 하며 대답했다. 서두르는 기색이 완연했으며 사뭇 놀라고 긴장한 표정이었다. 높낮이가 느껴지지 않는 낮은 목소리로 미간이 살짝 좁혀진 채 온몸에서 지독한 살기를 흘리는 리켄의 모습은 5천 년이나 살아온 디아루조차 두려움이라는 단어가 떠오를 정도였다.

얼마 전 두 날개를 부러뜨릴 때 봤던 리켄과 지금의 그와는 천지 차이였다. 당시엔 지독할 정도로 강력한 느낌을 받긴 했지만 치욕스러웠을 뿐 두려움은 느껴지지 않았다. 하지만 지금은 눈곱만큼이라도 잘못한다면 곧바로 죽을 것 같은 공포가 느껴졌다.

"얼마나 지났어?"

"네? 무, 무슨……?"

"이스."

"아, 6시간이 조금……."

이렇게 변해 버린 리켄의 모습에 디아루는 역시 천계로 떠난 이스라는 노인 때문이라고 생각했다. 그녀가 이스와 함께한 시간은 얼마 되지 않았다. 그렇기에 디아루로선 리켄의 이런 반응이 이해가 가지 않았다. 어째서 인간을 걱정하는 것인지, 그리고 걱정 속에서 느껴지는 진한 그리움이 디아루의 머리로는 해석이 불가능했다.

"6시간이 조금이라……."

디아루가 했던 말을 조용히 되뇌이며 리켄이 이클립스를 향해 고개를 돌렸다. 이클립스는 아무런 표정이 없었다. 미간을 찌푸리거나 이를 앙다물지도 않은 얼굴이었다. 하지만 그의 얼굴은 지나치게 굳어 있었다.

"갈까?"

"그……."

리켄의 물음에 고개를 끄덕이며 '그래'라고 대답하려던 이클립스의 미간이 심한 굴곡을 만들며 잔뜩 찡그려졌다. 생각 같아선 지금이라도 당장 아니, 이스가 떠난 직후부터 천계로 찾아가고 싶었다. 하지만 이제 6시간밖에 지나지 않았다. 천계로 가기 위해 필요한 문을 드래곤 로드가 만들어준다는 것도 힘들지만 지금 곧바로 천계에 간다면 자신이 이스의 일을 방해할 수도 있었다.

"12시간… 쿡… 기다리자……."

마치 혼신의 힘을 쥐어짜 말하는 것 같은 이클립스의 목소리가 흘러나왔다. 1시간이 백 년보다 느리게 흐르는 것 같았지만 이런 결정을 내릴 수밖에 없었다. 하루 정도의 시간이 흐른 뒤라면 이스를 찾아갈 명분이 뚜렷하다고 생각했다.

"왜?!"

기다리자는 말이 떨어지기 무섭게 리켄이 눈을 부릅뜨며 이클립스의 멱살을 잡아 올리려 했지만 그의 움직임은 곧 멈춰졌다. 이클립스의 두 눈은 이미 핏빛으로 물들어 있었다. 터질 것처럼 쥐어진 주먹과 어깨 역시 부르르 떨렸으며 이도 부서질 것처럼 앙다물려져 있었다. 너무도 지독한 살기에 주변 수십여 미터에 가득하던 나뭇잎들과 풀잎들이 순식간에 누렇게 시들 정도였다.

"빌어먹을."

이클립스에게 팔을 뻗으려던 리켄은 낮은 욕지거리와 함께 고개를 돌려 버렸다. 이상했다. 지금까지 이스에게 볼모나 다름없이 끌려 다닌다고, 무슨 수를 써서라도 파괴신을 부활시키려는 일을 막아야 한다고 생각했다. 또 천계로 간 이스가 아예 돌아오지 않는다면 파괴신에 대한 것은 모두 잊어도 상관없었다. 그런데 이상하게도 가슴속에서 태양이 이글거리는 것 같았다. 만에 하나 천족에 의해 이스가 돌아오지 못한다면… 하는 생각을 하니 온몸이 터져 버릴 것 같았다.

"12시간."

뿌득 이를 갈며 리켄이 하늘을 향해 천천히 고개를 들었다. 지금 시각은 대략 저녁 6시. 앞으로 12시간을 더 보내려면 긴 밤을 완전히 지새야 했다. 다른 때에는 12시간이 아니라 120시간이라도 눈 깜짝할 사이에 지났었지만 오늘은 12시간이 마치 12년처럼 느껴지는 리켄이었다.

"젠장."

절로 흘러나오는 한숨을 숨기며 리켄은 낮은 욕지거리를 내뱉으면서 이클립스의 팔을 잡고 원래의 자리로 돌아갔다. 이클립스와 앞으로의 일에 대해 상의할 생각인 모양이었다.

"휴우."

석상처럼 움직이지 않은 채 두려운 눈초리로 리켄과 이클립스를 바라보던 네 여인 모두가 합창하듯 동시에 긴 한숨을 내쉬며 가슴을 쓸어 내렸다. 마족 최강의 전사와 드래곤 중 최강의 공격력을 자랑하는 리켄의 힘이 새삼 두렵게 느껴지는지 모닥불 주위로 모여드는 여인들 모두 멀찌감치 떨어져 있는 리켄과 이클립스를 몇 차례나 흘깃거렸다.

"에이프릴."

"으, 응?"

모닥불 앞에 앉아 떨리는 마음을 추스르는 에이프릴을 향해 에이라가 무거운 목소리로 말을 이었다.

"얼마 전에 말했던 것처럼, 앞으로 이스님이나 내가 어떻게 할 수 없는 일이 벌어질지도 몰라. 그런데 조금 전처럼 당황하고 망설인다면 이스님께서 애써 가르쳐 주신 검술이 필요없지 않니. 후우, 언니는 도무지 이해가 가지 않는구나. 죽일 수 있었던 때가 셀 수 없이 많았지 않니?

"하지만……."

잠시 마음을 추스르던 에이프릴이 침울한 표정으로 고개를 숙여 활활 타오르는 모닥불을 바라보았다. 두 병사와의 싸움. 분명히 이스나 에이라에 비한다면 아니, 둘과 비교할 수 없을 정도로 그들의 실력은 떨어졌다. 하지만 검이 제대로 움직이지 않았고 상대의 움직임 역시 확실히 보이지 않았다.

"많이 아프니까. 내가 검을 움직이면 많이 아플 테니까……."

"에이프릴."

마치 죄지은 사람 같은 에이프릴의 말에 에이라가 그녀의 어깨를 부드럽게 안아주었다. 첫 실전에서 이런 생각을 하는 사람은 아무도 없을 것이다. 지금까지 수많은 사람들에게 셀 수 없는 모욕과 학대를 당하고도 이렇게 아름다운 마음을 잃지 않았다는 것이 에이라의 마음까지 따스하게 하는 것 같았다.

"오늘은 일찍 자는 게 좋을 것 같아. 어서 자두렴."

12시간 이후라면 다음날 아침 6시 정도일 것 같았다. 아직 잠자리에 들기엔 이른 시간이었지만 언제 어떤 일이 일어날지 몰라 에이라는 조용히 자리에서 일어나 코트를 벗어 바닥에 깔아주었다. 잘 수 있을 때 자두는 것이 좋을 것 같았고, 조금 전에 두 병사와의 싸움 때문에 에이프릴이 상당히 피로해 보여서였다.

우우우우~

에이프릴이 자리에 누웠을 때 멀리서 늑대 울음소리가 들려왔다. 다른 때에 들었다면 언제 늑대가 덮쳐 올지 몰라 겁에 질려 전전긍긍했을 에이프릴이었지만, 지금은 이상하게도 이스의 얼굴이 떠올랐다. 늑대의 울음소리와 이스의 인자한 얼굴은 전혀 어울리지 않았지만, 마치 애절한 노래 같은 늑대 울음소리가 이스의 빈자리를 더욱 절실히 느끼게 했다. 에이라는 자리에 누운 에이프릴의 머리맡에 앉아 부드럽게 그녀의 머리를 쓰다듬었다.

"내일은 도시에 가서 간단하게 들고 다닐 수 있는 이동용 침구류를 사야겠어. 언제까지 코트만 덮고 잘 수는 없으니까."

"할아버지께서 돌아오시면 이런 곳에서 잘 일은 많지 않잖아. 그리고 할아버지께서 언제 돌아오실지도 모르는데… 도시에 있다가 할아버지랑 못 만나면… 여기 있다가 할아버지 돌아오시는 거 보고 싶어."

"호호호. 받들어 모시겠습니다, 공주님."

하얀 이가 보일 정도로 환하게 웃던 에이라가 에이프릴의 이마를 살며시 쥐어박았다.

우우우우~

멀리서 다시금 늑대 울음소리가 길게 들려왔다. 거대한 대산맥의 한

줄기라 그런지 늑대들이 제법 많이 사는 듯했다.

　우우우우~

　아우우우우~

　늑대 울음소리에 반응하듯 여기저기 먼 산등성이에서도 다른 늑대
의 울음소리가 들려왔다. 그것은 점차 멀리까지 이어지고 있었다.

　『이상한데?』

　나뭇가지 위에 앉아 있던 사이나가 날개를 파닥이며 에이라의 어깨
위로 내려앉았다. 그런 그녀의 미간이 사뭇 좁혀져 있었다.

　"뭐가요? 뭐가 이상한데요?"

　누워 있던 에이프릴이 벌떡 자리에서 일어나며 주변을 두리번거렸
다. 사이나의 목소리도 이상했지만, 어느새 일행들 모두가 둥그렇게
모여 있었다. 멀찌감치 떨어져 있던 이클립스와 리켄마저 모닥불 가까
이로 다가왔다.

　우우우우~

　연이어 늑대 울음소리가 들려왔다. 한두 마리가 아닌 셀 수 없이 많
은 늑대가 동시에 울음을 터뜨리고 있었으며, 마치 주위를 둘러싸고 있
는 모든 산이 늑대 울음소리로 가득 차 있는 것만 같았다. 에이프릴은
서둘러 자리를 정리하며 일어섰고 에이라 역시 조용히 일어나 에이프
릴 곁에 바짝 다가섰다.

　『심상치 않은걸?』

　"뭐가요, 사이나님? 늑대가 이상한 거예요?"

　연이어 이어지는 사이나의 무거운 목소리에 에이프릴은 겁먹은 표
정으로 주위를 주욱 훑어봤다. 멀리 도시에서 뿜어지는 불빛을 제외하
곤 보이는 것은 시커먼 어둠뿐이었다.

잠시 주변을 둘러보던 에이프릴이 에이라의 어깨에 앉아 있는 사이나에게 닿을 듯 가까이 다가가며 입을 열었다.

"사, 사이나님?"

"이, 이건?!"

사이나의 대답이 나오기도 전이었다. 이클립스에게서 갑작스레 이 갈리는 섬뜩한 소리가 울려 퍼졌다.

"이놈들이 도대체 무슨 짓거리를 하려고?!"

잔뜩 굳은 얼굴로 주변을 살피던 리켄 역시 바닥에 침을 뱉으며 투덜거렸다. 피부로 와 닿는 익숙한 느낌. 분명 기억이… 좋지 않은 기억 속에서 느꼈던 느낌이었다. 아니, 잊을래야 잊을 수 없는 기억. 항구도시 미렐리아드에서 좀비들이 쏟아지기 직전에 느낄 수 있던 지독한 기운이었다.

컹!

리켄과 이클립스가 미간을 잔뜩 찡그리며 주변을 둘러보고 있을 때, 한쪽 수풀이 흔들리며 시커먼 물체가 모습을 드러내곤 누런 이빨을 번뜩였다.

"느, 늑대……."

수풀을 헤치고 나타난 것은 늑대였다. 검회색 털로 뒤덮여 있는 늑대로 두 발로 선다면 사람보다 클 것 같았으며 덩치 역시 만만치 않았다. 또 송곳니 하나가 에이프릴의 새끼손가락 정도의 크기였고 두께도 상당했다.

"아악!"

모닥불 빛에 비친 늑대의 모습에 에이프릴이 잔뜩 몸을 움츠리고는 낮은 비명과 함께 뒤로 한 걸음 물러섰다. 살기 가득한 피처럼 붉은 눈동자와 타액으로 가득한 입 안의 누런 이빨. 겉모습은 보통의 늑대였으나 눈이 너무도 시뻘겋게 달아올라 있었다. 저녁에 불빛을 받으면 하얗게 빛나는 것이 야행성 동물의 눈이라는 건 에이프릴도 알고 있었지만, 지금처럼 핏빛을 머금는다는 것은 처음 보았다.

"의지(意志)를 지배당하고 있군요."

날카로운 눈매를 더욱 가늘게 치뜨며 디아루가 조용히 말을 이었다.

"우리들에게까지 이빨을 드러내는 걸 보면 우리와 비견할 만한 누군가에게 조종되는 것이 분명할 것 같아요."

드래곤이 둘이었고 마족 역시 둘이었다. 그것도 보통 드래곤이나 마족이 아닌 최강의 전사들이었다. 그런데도 어느새 주위를 둥그렇게 둘러싼 셀 수 없이 많은 늑대들은 이빨을 드러내며 으르렁거리고 있었다. 아무리 마법을 이용해 기척을 완벽히 감춘다고 해도 짐승들은 본능적으로 상대의 힘을 느낄 수 있었으며, 그 상대가 마족이나 드래곤이라면 절대로 접근하지 않거나 아예 보금자리까지 옮기는 경우가 대부분이었다. 하지만 디아루의 말처럼 일행들을 둘러싸고 있는 늑대들은 두려움이나 공포를 찾아볼 수 없었다. 의지를 완벽하게 상실하지 않는 한 절대로 있을 수 없는 일이었다.

"도대체······."

억눌린 듯한 목소리를 뱉으며 이클립스가 정신을 집중해 늑대들을 조종하는 자의 위치를 찾으려 했다. 항구 도시 미렐리아드에서 봤던 로브의 남자나 그 동료들 중 하나가 조종할 것이라고 생각하는 이클립스였다. 리켄의 말에 따르면 가면을 사용해 얼굴을 가리고 있는 여자가 더 있다고 하지만 현재로선 몇 명이 있을지 정확히 알 수 있는 방법이 없었다.

"음……."

이클립스는 곧 고개를 저으며 찾는 것을 포기했다. 보이는 모든 산이 모조리 늑대로 뒤덮여 있는 것 같았고 어디에서도 특별한 힘이 느껴지는 곳은 없었다. 산이 너무도 크고 웅장해서 그럴 수도 있고 어쩌면 항구 도시 미렐리아드 때처럼 지하에서 조종할 수 있었기에 특별한 힘이 느껴지지 않을 수도 있었다.

무서운 눈초리로 주변을 둘러보던 이클립스가 흘낏 리켄을 바라보며 입을 열었다.

"리켄 군, 움직이지 말고 여기서 기다리도록."

"야."

대답도 듣지 않은 채 이클립스는 몸을 날려 어둠 속으로 사라져 버렸다. 리켄이 멍한 표정으로 이클립스가 사라진 방향을 바라보다 디아루에게 다가갔다.

"어이, 마누라."

"아… 네?"

"여기서 움직이지 말고 기다려. 그리고 여기 있는 이 아이, 내 동생 같은 아이니까 잘 지켜. 만약 어떻게 되면 죽을 줄 알아."

에이프릴을 가리키며 말하던 리켄 역시 디아루의 대답을 듣지 않은 채 이클립스의 반대 편 어둠 속으로 몸을 날렸다. 비록 자신보다 약하긴 하지만 디아루의 공격력과 방어력은 무시할 수준이 아니었다. 또 마왕에 의해 태어난 에이라 역시 디아루에 뒤지지 않을 엄청난 실력자였다. 이런 둘이 있었기 때문에 에이프릴의 신변을 맡길 수 있었던 이클립스와 리켄이었다.

"어쩌다가 내 신세가……."

리켄이 사라진 방향을 죽일 듯이 노려보던 디아루가 결국 고개를 꺾으며 힘없이 중얼거렸다. 부부가 아니라 종이 된 것 같았다. 어머니인 드레이라의 요청을 수락하면서 이미 어느 정도는 각오하고 있던 일이긴 했지만, 고작 하프 엘프 따위를 지켜야 하는 일이 생길 줄은 몰랐다.

크르르르.

컹. 컹.

이클립스와 리켄이 사라지자 주위에 몰려 있던 늑대들의 으르렁거리는 소리엔 더욱 힘이 실리기 시작했다. 의지를 지배당했음에도 상대의 기세가 약해진 걸 느낄 수 있는 모양이었다.

"벌레 같은 것들이!"

갑자기 커진 늑대들의 울음소리에 디아루가 버럭 소리치며 불꽃이 튈 것 같은 무서운 눈길로 주변을 주욱 훑어보았다.

커컹!

커륵!

디아루의 시선이 지나감과 동시에 일행을 둥그렇게 둘러싸고 있던 늑대들의 몸이 수박처럼 터졌으며 사방으로 붉은 피가 파도처럼 몰아쳤다. 눈에 보이지 않는 마법으로 늑대들을 공격한 것 같았다. 디아루의 공격을 눈치 챈 다른 늑대들이 이빨을 드러내며 달려들었지만, 그녀의 근처에 와보지도 못한 채 모조리 허공에서 폭사됐다.

"대, 대단……."

몸이 터지고 피가 사방으로 퍼지는 장면이 잔인하고 끔찍하기는 했지만 불과 몇 초도 되지 않을 짧은 시간 동안 주위에 몰려 있던 늑대들 중 움직이는 건 단 한 마리도 보이지 않았다. 실로 어마어마한 위력이었다.

『쟤도 고생길이 훤하다. 남편한테 벌써부터 저렇게 쥐여서야…….』

콧김을 씩씩거리며 분노를 삭이고 있는 디아루의 모습에 사이나가 한심하다는 표정으로 고개를 흔들었다. 조금 전까지 잔뜩 긴장했던 그녀였지만 주위를 포위하고 있던 늑대들 모두가 사라지자 안심이 된다는 표정이었다. 사이나는 그녀만의 공간에서 벗어났기에 그저 하늘을 날아다니는 능력밖에 없어 이스가 사라진 이후 제법 조바심을 낸 것 같았다. 최강의 존재인 드래곤, 그리고 마족이라는 자들과 함께하기는 했지만 그들 모두가 있는 것보다 이스와 함께하는 것이 더욱 믿음이 갔기 때문이었다.

"아직 끝나지 않았어요."

안도하는 사이나의 목소리가 끝나기도 전에 에이라의 목소리가 이어졌다. 어느새 나타났는지 피와 시체가 가득한 주변으로 무수한 붉은 눈동자들이 일행들을 노려보고 있었다. 의지를 상실하고 광기로 가득 찬 늑대들이었으며 그 숫자가 전보다 몇 배는 많아진 것 같았다.

"에이프릴도 검을 꺼내."

"응."

일행들을 에워싼 늑대들은 한 마리 한 마리가 웬만큼 검을 능숙하게 다루는 기사들에게도 벅찬 상대였지만 디아루와 에이라가 있는 한 늑대들은 조금도 위협적이지 못했다. 에이라는 그러나 만약에 대비하며 에이프릴을 등 뒤로 감싸 안은 채 늑대들의 공격에 대비했다.

"이게 도대체 어떻게 된 일인지……."

리켄의 태도와 자신의 처지에 한동안 씩씩거리던 디아루였지만 이내 냉정을 되찾고 주변을 침착하게 살펴보았다. 끊임없이 들려오는 늑대들의 울음소리와 산 전체에 가득한 것 같은 늑대들의 움직임. 이것은 분명 보통 일이 아니었다. 5천 년을 살아온 그녀조차 이렇게 많은 숫자의 늑대들은 본 적이 없었다.

컹. 컹.

우우우우.

처음엔 애처롭게까지 들리던 늑대 울음소리가 이제는 온몸에 소름이 돋을 정도로 섬뜩하게 느껴졌다.

캬오~

오랫동안 으르렁거리던 늑대들이 일시에 덤벼들었다. 그러나 이번에는 일행들의 누구도 움츠러들거나 위축되지 않았다.

슈우우우.

에이프릴과 여인들이 늑대들을 도륙하고 있던 때 이클립스는 어느새 다섯 개의 커다란 봉우리를 넘고 있었다.

"허……."

한참 동안 허공을 날아가던 이클립스가 어이없다는 듯 낮은 탄식을 토하며 자리에 멈춰 섰다. 지금까지 그가 지나쳐 온 다섯 개의 거대한 봉우리 모두에 셀 수 없이 많은 숫자의 늑대들이 가득 차 있었기 때문이다.

"난감하군."

허공에서 팔짱을 낀 채 멈춰 선 이클립스는 어떻게 해야 할지 생각을 정리했다. 항구 도시 미렐리아드 때에는 좀비들이 쏟아지는 구덩이에서 로브의 사내를 찾을 수 있었지만, 지금은 어디로 가야 할지, 어떤 방법으로 찾아야 할지 좀처럼 좋은 생각이 떠오르지 않았다.

"그나저나… 이상한 놈들이지 않은가?"

아무리 생각에 생각을 거듭해도 이렇다 할 방법이 떠오르지 않자 이클립스는 결국 고개를 저으며 다시금 주변을 둘러보았다. 항구 도시 때에는 좀비였고 이번엔 늑대들이었다. 도대체 무슨 이유로 이런 이상한 짓거리를 하는 것인지, 이런 많은 숫자로 무엇을 하려는 것인지 그 어느 것도 제대로 드러난 것이 없었다.

"서, 설마?!"

잠시 주변을 둘러보던 이클립스가 뭔가에 놀랐는지 깜짝 놀란 표정으로 비명 같은 외침을 토해냈다.

"두, 두 번째 열쇠와 연관이 있는 것인가?!"

로브의 남자와 가면을 쓴 여자. 인간을 초월한 그들이 파괴신을 부활시킬 수 있는 첫 번째 열쇠, 대신관의 목걸이를 훔친 자들이 거의 확실할 것이라고 생각했다. 그렇다면 지금 일어나는 이상한 현상과 얼마 전에 파괴됐던 항구 도시 미렐리아드의 일은 연관이 있을 것 같았다. 그저 재미 삼아 하는 일이라고 하기엔 너무도 커다란 일이었기 때문이다.

번쩍!

"응?"

멀리 떨어져 있는 도시에서 불빛이 번쩍이자 상념에 잠겨 있던 이클립스가 슬쩍 고개를 돌렸다. 그가 바라보는 도시의 이곳저곳에서 커다란 불길이 치솟고 있었으며, 산에서 도시까지 검은 띠가 주욱 이어지고 있었다. 산에서 울어대던 늑대들이 어느새 도시를 습격하는 모양이었다.

"이번에도 도시인가?"

이클립스가 바라보는 도시만이 아니었다. 동서남북에 위치한 도시들 모두에서 치솟는 불길이 보였다.

"어째서지?"

자신이 만난 로브의 사내와 리켄이 만났다는 가면의 여자가 벌이는 행태가 이클립스는 도무지 이해가 가지 않았다. 그들은 분명 믿을 수 없는 힘을 가지고 있었으며 마음만 먹는다면 좀비들이나 늑대들이 아니더라도 충분히 도시 하나쯤은 없앨 수 있는 대단한 능력자들이었다. 만약 도시의 파괴나 사람들의 목숨이 걸린 것이라면 늑대들이나 좀비들을 이용하는 것은 상당히 귀찮고 힘든 일일 것이었다. 그럼에도 이런 일들을 한다는 것은 뭔가 이유가 있을 것이 분명했다.

"빌어먹을!"

생각에 생각을 거듭해도 결론이 나지 않자 이클립스는 한껏 미간을 찡그린 채 멀리 보이는 도시를 향해 날아갔다.

크르르르.

컹~

"꺄아아악~"

이클립스가 도시에 도착했을 때 그곳은 이미 전쟁터처럼 변해 있었다. 성문을 부수고 들어온 무수한 늑대들과 처참하게 죽어가며 비명을 터뜨리는 사람들, 그런 사람들 사이에서 혼신의 힘으로 맞서 싸우다 죽어가는 병사들. 들불처럼 솟구치는 불길. 피와 살육이 난무하는 전쟁터보다 더욱 처참하고 끔찍한 장면들이 끊임없이 이어지고 있었다.

"이런……!"

항구 도시 미렐리아드의 3분의 2정도 크기의 도시였다. 이클립스가 알고 있기로 이곳은 분명 4국 연맹 중 동쪽에 자리한 '미스마르드' 라는 명칭의 작은 왕국이었다.

미스마르드 왕국과 주변에 위치한 세 왕국을 일컬어 사람들은 '4국 연맹'이라고 불렀다. 미스마르드, 미스투렐렌, 미스제뮤크, 미스파세인.

이 4개 국은 모두 세이트란 대륙의 다른 왕국들보다 크기가 작고 군사력이 약해 아주 오래전부터 마치 한 국가처럼 움직였다. 그렇기 때문에 각각의 이름보다 4국 연맹이라는 명칭으로 불리고 있었다.

"후후후."

도시의 상공에서 잠시 멈춰 서서 어이없다는 표정으로 주변을 둘러보던 이클립스에게서 돌연 낮은 웃음소리가 흘러나왔다. 또한 그의 눈초리가 점차 가늘어지며 입술도 비릿한 미소를 머금고 있었다.

슈우우우.

무서운 눈초리로 비릿한 웃음을 흘리던 이클립스의 신형이 순간 쏟아진 화살처럼 도시 중앙을 향해 눈부신 속도로 날아갔다. 왕국이라고 하기엔 턱없이 작은 도시의 중앙 부근엔 작지만 제법 훌륭하게 지어진 성(城)이 아름다운 자태를 뽐내고 있었다. 도시의 거의 대부분에 불길이 치솟고 사람들의 비명으로 가득한 반면, 깊고 넓은 해자가 방패처럼 버티고 있는 성은 아직까지 무사했다. 의지를 상실해 흉포하게 움직이는 늑대들도 깊은 해자를 넘지 못하고 으르렁거리거나 이내 발을 돌려 버렸다. 개나 늑대는 깊은 강도 건널 수 있었으나 해자에 어떤 조치를 취해놓은 듯, 가끔 물을 건너는 늑대들 모두가 얼마 가지 못하고 하얀 연기를 내뿜으며 바닥으로 가라앉았다.

"성을 사수하라! 무슨 일이 있어도 성만큼은 지켜야 한다!"

"창고에서 화살을 모두 꺼내오고, 놈들이 만약 해자를 건너 덤벼든다면 아끼지 말고 퍼부어라!"

"빌어먹을… 성문을 흙으로 완전히 막아버려라! 조금이라도 틈새가 보이는 성벽 역시 완전히 막아버려라!"

늑대들을 피해 성에 있는 것인지, 아니면 원래부터 성에 배치된 병력인지는 알 수 없으나 성벽 위로 대략 천여 명의 병사들이 보였으며 지휘관으로 보이는 자들의 외침이 끊임없이 터져 나왔다.

평소 훈련이 제법 잘돼 있는 듯 갑작스런 늑대들의 습격에도 병사들의 움직임은 절도가 있었고 능숙해 보였다. 하지만 병사들 모두 눈물을 흘릴 것 같은 얼굴들이었다. 자신들의 왕국이고 삶의 터전이었으며 각자의 집이었을 도시 전체가 거센 불길에 휩싸여 있으니 참담한 심정이리라.

"큭!"

"으으……."

무기를 쥔 손을 부들부들 떨며 이를 앙다물어 봤지만 눈물을 흘리는 병사들의 숫자가 점차 늘어갔다. 그러나 성곽에 가득한 병사들과 성 내부를 둘러보는 병사들 모두 정작 중요한 것은 잊고 있었다.

"크크크."

성 중앙에 위치한 높이 솟은 첨탑 위로 깊숙이 로브를 둘러쓴 인물이 도시를 둘러보며 낮은 웃음을 흘리고 있었다. 깡말랐을 왜소한 체구에 적당한 키의 사내, 마지앙이라는 이름으로 불리는 사내였다. 그는 즐거운 듯 연신 낮은 웃음을 흘리며 하나밖에 없는 손으로 턱을 쓰다듬고 있었다.

"이번만큼은 반드시. 크크크."

도시에서 거세게 타오르는 불길의 모습에 마지앙은 아주 만족한 것

같았다. 로브 밑으로 보이는 두터운 입술이 양 옆으로 한없이 벌어져
있었고 연신 웃음이 흘러나왔다.

"유흥을 깨서 미안하군."

"어억?!"

갑작스레 마지앙의 뒤쪽에서 이클립스의 신형이 나타났다. 순간 웃
음을 흘리던 마지앙이 경악에 가까운 비명을 터뜨리며 몸을 돌리려 했
다.

"끄억!!"

고개를 돌려 상대를 확인하려던 마지앙에게서 고통에 찬 비명이 터
져 나왔다. 이클립스의 하얗고 기다란 손이 어느새 마지앙의 뒷목을
거칠게 틀어쥐고 있었던 것이다.

"오랜만이지?"

"끄억, 끄아아악~"

뒷목을 움켜쥔 이클립스가 무서운 미소를 머금으며 눈빛을 빛내자
마지앙에게서 숨이 끊어질 것 같은 비명이 터져 나왔다.

"끄아아… 컥!"

하나밖에 없는 팔로 목을 움켜잡고 있는 이클립스의 손을 뿌리치려
발버둥 치던 마지앙의 몸이 이내 추욱 늘어졌다. 고통을 이기지 못하
고 기절한 모양이었다.

"재미난 녀석이군."

늘어진 마지앙의 상태를 확인하던 이클립스가 깊숙이 뒤집어 쓰고
있는 로브를 뒤로 젖혔다. 방심해서 당하긴 했지만 자신을 그토록 위
험에 빠뜨리게 한 자의 얼굴을 확인하고 싶었다.

"호오~"

로브가 뒤로 벗겨지며 드러난 마지앙의 얼굴은 40대 중, 후반 정도로 보이는 사내의 얼굴이었다. 여기저기 탈색된 것 같은 짧은 금발에 뭉툭한 코와 툭 튀어나온 광대뼈. 대륙 어디에서나 어렵지 않게 볼 수 있는 평범한 아저씨의 얼굴이었다.

"응?"

사내의 한쪽 눈이 이클립스의 시선에 들어왔다. 눈 양 옆이 조금이지만 찢어져 빨갛게 변해 있었고 덕지덕지 피가 엉겨붙어 있었다. 이클립스는 마법을 이용해 마지앙의 한쪽 눈을 벌려봤다. 역시 그의 생각대로 사내의 눈동자는 보이지 않았다. 원래부터 없는 것이 아닌 얼마 전에 통째로 뽑힌 듯한 모습이었다.

"재밌어지는군."

말과는 달리 이클립스의 미간이 점차 가늘어져 갔다. 그가 없애 버린 것은 마지앙의 팔이지 눈이 아니었다. 또 사내의 눈 상태로 봤을 때 분명 항구 도시 미렐리아드 사건 이후에 당한 상처인 듯했다. 스스로가 했을 수도 있고 다른 이의 지시에 의해 당했을 수 있었으나 한 가지는 분명했다. 바로 이 사내보다 높은 누군가가 있다는 것이다.

"그럼 시작해 볼까."

치지지지.

이클립스의 얼굴에서 섬뜩한 미소가 나타난 순간, 마지앙의 몸 주위로 건장한 사내의 팔뚝만한 검은 기류가 듣기 싫은 소리를 내며 넝쿨처럼 그의 몸을 둘러싸 뱀처럼 꿈틀거렸다. 마지앙의 입에서 절로 비명이 터져 나왔다.

"끄… 끄으… 어억?!"

몸을 둘러싸고 있는 검은 기류에 자극받은 마지앙이 고통스런 신음을 터뜨리며 힘겹게 눈을 뜨자 이클립스가 비릿한 미소와 함께 입을 열었다.

"오랜만이지?"

"어… 어어……?!"

마지앙의 하나뿐인 눈은 찢어질 것처럼 커다랗게 떠졌다. 자신의 팔을 잘라 버리고 끔찍한 고통을 안겨준 마족, 지금까지 몇 번이나 악몽에 시달리게 한 장본인을 그가 잊을 리 없었다.

"크흐흐, 반갑지 않은가? 나는 반가워서 네놈을 찢어 죽이고 싶을 정도라네."

"어, 어떻게?!"

믿어지지 않는 모양인지 마지앙의 두툼한 아랫입술이 심한 경련을 일으키며 부들부들 떨리고 있었다. 항구 도시 미렐리아드의 지하를 둥 그렇게 둘러싸고 있던 검은 막은 마지앙이 만든 것이 아니었다. 어떤 마법을 이용해 만드는 것인지 몰랐으나, 그 위력만큼은 웬만한 드래곤들조차 죽음을 피할 수 없을 정도로 강력하고 위력적이었으며 서열이 높은 마족들 역시 마찬가지였다. 하지만 상대는 털끝 하나 다치지 않은 모습이었다. 아니, 그때보다 더욱 강력한 힘이 느껴졌다. 그렇다면 상대는 마지앙의 상상을 초월하는 고위급 마족일 확률이 높았다.

"꿀걱."

슬며시 마른침을 삼킨 마지앙은 이클립스가 자신의 상대가 아니란 걸 느낄 수 있었다. 밧줄처럼 몸을 둘러싸고 있는 검은 기류와 목을 감싸고 있는 가느다란 손가락의 어마어마한 힘, 아름답고 이지적이지만 심장을 꿰뚫을 것 같은 무서운 눈매. 마지앙은 도망가야겠다고 생각하며 머리를 굴렸다.

"네놈의 워프가 빠를까, 내 손가락이 네놈의 목을 꿰뚫는 것이 빠를까? 크흐흐, 이거 재미있겠는걸."

"컥!!"

마지앙의 의도를 눈치 챈 이클립스가 목을 잡고 있는 손에 슬며시 힘을 가했다. 순간 마지앙은 머리 속이 하얗게 변하는 것 같은 착각에 빠졌다. 목을 죄어오는 손아귀 힘도 힘이었지만 몸을 둘러싸고 있는 검은 기류에서 번개에 맞은 듯한 끔찍한 고통이 밀려들었다.

"자, 그럼 우리 하나하나 문제를 풀어봐야지? 네놈에겐 물어보고 싶은 것들이 너무 많거든. 대답만 잘하도록. 그러면 목숨만은 살려줄 것이니."

첨탑 아래쪽에서 마지앙의 비명을 들은 병사들이 오래전부터 몰려들어 이클립스가 서 있는 첨탑 위를 웅성거리며 바라보고 있었으나 이클립스는 전혀 개의치 않고 음산한 웃음을 흘리고 있었다.

제25장 대결

"지랄이로구만."

이클립스가 미스마르드 왕국에 있을 때 리켄은 그 반대 편에 위치한 미스투렐렌이라는 왕국 근처 상공에 떠 있었다. 미스마르드 왕국처럼 미스투렐렌 역시 늑대들의 습격에 시달리고 있었다. 도시 이곳저곳이 거센 불길에 휩싸여 있었고 사람들의 비명 소리 역시 끊이지 않고 이어지고 있었다.

"이스가 봤으면 또 난리났었겠네."

이클립스처럼 리켄 역시 지금 일어나는 현상에 대해서 조사하기 위해 이곳까지 왔다. 늑대들에게서 느껴지는 기운이 항구 도시 미렐리아드에서의 좀비들과 너무도 비슷한 느낌이었기에 가면을 쓴 여자나 그와 비슷한 동료를 찾을 심산이었다. 하지만 어디에서도 이상한 낌새나 기적이 느껴지진 않았다.

"잠깐 구경이나 해볼까?"

거대한 세이트란 대륙에서 4국 연맹이 차지하는 비율은 없다고 해도 과언이 아니었다. 다른 도시들보다 작은 왕국이었고 살고 있는 사람들 역시 많지 않았다. 드래곤인 리켄에게도 이렇게 작고 볼품없는 도시 따위가 멸망하거나 없어진다 해도 아무런 느낌이 들지 않는 그저 단순한 볼거리에 불과할 뿐이었다.

인간들 역시 마찬가지였다. 셀 수 없이 많은 인간들이 고통에 찬 비명을 지르고 울부짖으며 죽어간다 해도 지나가는 일밖에 되지 않았다. 지금도 그랬다. 그 어디에도 이상한 곳이 없자 리켄은 에이프릴이 걱정돼 돌아가려 했다. 하지만 그 순간 이스의 웃는 얼굴이 떠올랐다. 최강의 공격력을 자랑한다는 에인션트 급 드래곤과 마족 최강의 전사를 아무런 기척도 없이 죽일 수 있는 능력자면서도 인간들에 대한 아니, 생명에 대한 애착이 어이없을 정도로 대단했다. 몸을 돌려 돌아가려던 리켄은 어느새 느린 속도로 미스투렐렌 왕국을 향해 날아가고 있었다.

"흐음, 왕창도 밀려드네."

미스투렐렌 왕국의 외곽은 제법 높다란 성벽으로 둘러싸여 있어 의지를 상실해 보통 이상의 힘을 발휘하는 늑대들이라 해도 결코 넘을 수 없을 높이였다. 하지만 늑대들은 가장 약했던 남쪽 성문을 부수고 도시로 들어갔으며 지금도 여전히 밀려들고 있었다.

콰콰쾅!

남쪽 성문 가까이 도착한 리켄은 곧 팔을 휘저었고, 그에 따라 붉은 불기둥이 기다란 줄을 형성하며 진입하는 늑대들 위에서 작렬했다. 곧 커다란 폭발음이 터져 나오며 도시로 달려들던 늑대들 모두가 순식간에 재로 변해 죽어버렸다. 또한 남쪽 성문 앞으로는 넓고 깊은 구덩이가 생겨났다. 가로세로가 백여 걸음이 훨씬 넘는 커다란 크기였으며 깊이는 넓이의 몇 배가 넘을 정도의 구덩이였다. 리켄은 마법으로 성 밖에서 진입하던 모든 늑대들을 죽였는데 앞으로 다시 들이닥칠 수 있는 일이었기에 만약에 대비한 조치였다.

"에구, 내가 뭐 하는 짓인지 원……."

아무런 상관도 없는 인간들을 위해 쓸데없이 힘을 낭비한 것이 못마땅한지 리켄은 고개를 흔들며 투덜거렸다. 하지만 말은 그렇게 하면서도 그의 몸은 미스투렐렌 왕궁 안으로 날아가고 있었다.

"거참, 그것도 못 버티고 죽나."

늑대들이 도시로 들이닥친 지 대략 한 시간 정도가 흐른 뒤였다. 그런데 미스투렐렌 왕국에선 살아 있는 사람의 기척이 거의 느껴지지 않았고 그나마 느껴지는 기척 역시 오래가지 않아 사라져 버렸다. 능숙한 기사조차 한 마리를 상대하기 버거운 상태에서 밀물처럼 그것들이 밀려들었으니 반 시간도 채 버티지 못한 채 너무 쉽게 당한 모습이었다.

"아무래도 이스한테 옳은 것 같네. 쳇."

도시 안에서 살아 있는 인간들을 찾지 못한 리켄은 곧장 중앙에 솟아 있는 왕궁으로 몸을 날렸다. 그나마 왕궁 부근에 사람들의 기척이 제법 느껴졌기에 살릴 수만 있다면 조금이나마 도움을 줄 생각이었다.

화르르르.

하지만 리켄이 미스투렐렌 왕궁에 도착했을 땐 이미 왕성에서도 불길이 거세게 치솟고 있었고, 많은 병사들의 시체가 성을 가득 메우고 있었다.

해자는 보이지도 않았고, 왕궁 외곽을 둘러싸고 있는 성벽은 2중으로 되어 있기는 했지만 그 높이가 고작 3미터 정도밖에 되지 않았다. 왕궁과 성벽 모두에 아름다움을 추구해서인지 외양은 작품이라고 할 수 있을 만큼 뛰어났지만 성벽으로서의 구실은 전혀 하지 못할 높이였다. 리켄이 놀랄 정도로 보통 이상의 힘을 발휘하는 늑대들에겐 아무런 방해도 주지 못할 것들이었기에 피해가 클 수밖에 없었다.

'두 명.'

연병장과 성곽에 처참하게 뜯겨져 있는 시체들을 지나치는 리켄의 움직임은 속도를 더해갔다. 많은 수의 늑대들이 시체들을 게걸스레 먹다 리켄을 발견하고는 누런 이빨을 드러내며 달려들었으나 모두 수박처럼 몸이 으깨지며 나가떨어졌다.

'쳇, 이제 한 명인가?'

비행 마법을 이용해 연병장을 지나고 둥그런 형태의 궁성 내부로 들어섰을 때 둘 중 하나의 기척이 사라졌다. 리켄은 비행 마법을 최대한 강하게 펼쳐 속도를 높였다.

"까아아악!"

제법 기다란 복도가 끝나고 둥그런 연회실로 보이는 공간이 나타났을 때 여인의 찢어지는 듯한 비명이 터져 나왔다.

"젠장!"

리켄의 입에서 절로 욕지거리가 튀어나왔다. 주변을 스치는 내부 장식 모두에 붉은 선혈이 덕지덕지 묻어 있었고, 바닥엔 갑옷 차림의 기사들과 고급 옷차림의 시체들이 즐비하게 늘어져 있었으며, 무수한 늑대들이 그 시체들 위에서 게걸스럽게 뜯어 먹고 있었다.

"까아악!"

둥그런 연회실 구석 부근에서 다시금 비명이 터져 나왔으며, 대여섯 마리의 늑대가 비명 소리의 주인공을 덮치는 장면이 리켄의 시야 안으로 들어왔다. 순간 리켄의 입술이 빠른 속도로 들썩였다.

컹!

깨갱!

달려들던 늑대들의 몸이 순식간에 터지며 피와 내장이 사방으로 퍼져 나갔다. 순간 연회실에 가득하던 늑대들이 이를 드러내며 덤벼들었으나 모두 리켄의 옷자락도 건드리지 못한 채 사방으로 피를 퍼뜨리며 죽어갔다.

"으으… 으……."

벽에 쭈그려 앉은 여인이 입술을 부들부들 떨며 초점없는 눈동자로 허공을 응시하고 있었다. 치렁치렁한 금발에 하얀 원피스 차림의 40대 초반 정도로 보이는 여인이었다. 부드러운 눈매와 가녀린 외모로 상당한 나이임에도 놀라울 정도로 아름다웠으며 청순한 느낌까지 풍기고 있었다. 이 여인은 이곳 미스투렐렌 왕국의 통치자이자 여왕인 '리즈 2세'로 미스투렐렌 왕국은 전통적으로 여인이 왕국을 통치하고 있었다.

"야, 야, 정신 차려."

사람들과 늑대들의 시체들에서 풍기는 지독한 피비린내에 리켄이 한차례 침을 뱉은 후 리즈 2세에게로 걸어갔다. 하지만 그녀는 심한 충격을 받은 듯 좀처럼 정신을 차리지 못했다. 부왕과 두 아들, 거기에 오랫동안 자신과 왕국에 충성을 바치던 기사들과 병사들이 모두 눈앞에서 처참하게 도륙당하거나 산 채로 잡아먹히는 장면을 봤으니 정신이 온전한 것이 더욱 이상한 일일 것이다.

"야, 정신 차려! 정신 차리라니까! 으이구."

어깨를 흔들어보고 뺨을 소리나게 쳐봐도 리즈 2세의 풀린 동공은 변함이 없었다. 리켄은 여인을 놔둔 채 이곳에서 나가려 했지만 또다시 이스의 얼굴이 떠올랐다.

"으이구, 내가 완전히 어떻게 됐지."

하는 수 없다는 표정으로 리켄은 벽에 기댄 채 쭈그려 앉아 있는 리즈 2세를 잡아 올려 어깨 위에 얹고는 천천히 몸을 돌려 밖을 향해 걸음을 옮겼다.

"까아아악, 까아아악~"

리켄이 몸을 돌리고 몇 걸음 걸었을 때였다. 그의 어깨 위에서 몸을 축 늘어뜨리고 있던 리즈 2세가 갑작스레 비명을 터뜨리며 발버둥 치기 시작한 것이다. 간신히 정신이 들었으나 시야에 가득한 사람들의 시체와 붉은 피를 보자 다시금 비명이 나오는 듯했다.

"이게, 가만히 못 있어?!"

몸부림치며 비명을 터뜨리는 리즈 2세를 향해 리켄이 손을 뻗어 뭔가를 중얼거렸고, 이내 발버둥 치던 리즈 2세의 몸이 다시금 추욱 늘어졌다. 눈을 감고 조용히 숨을 쉬는 것이 슬립 마법을 사용한 것 같았다.

"거참, 괜히 왔다가 혹만 달고 가네."

여인이 잠잠해지자 리켄은 낮게 투덜거리며 비행 마법을 사용해 왕궁 밖으로 날아갔다. 원래의 목적은 항구 도시 미렐리아드에서 봤던 가면의 여자를 찾는 것이었지만, 일이 엉뚱하게 돌아갔다. 가볍게 워프를 사용해 에이프릴이 있는 곳으로 갈 수 있는 일이었지만, 다시 한번 주변을 둘러볼 요량으로 비행 마법을 펼치는 리켄이었다.

"엇?!"

연회실을 빠져나와 나지막한 성곽을 지나던 리켄이 돌연 미간을 꿈틀거리며 자리에 멈춰 섰다.

도시 전체가 불바다로 변해 이글이글 타오르고 있었다. 늑대들의 울음소리도, 사람들의 비명 소리도 없이 거세게 타오르는 불 소리만 들려왔다.

"헤……."

성곽 위에 멈춰 선 리켄의 얼굴에서 진한 미소가 아른거리며 눈초리가 더욱 가늘어졌다. 그렇게 잠시 동안 주변을 둘러보던 리켄은 어깨에 얹혀 있는 리즈 2세를 흘깃 바라본 후 워프를 이용해 사라졌다가 순식간에 다시금 모습을 드러냈다. 그의 어깨에 얹혀 잠들어 있던 리즈 2세가 보이지 않았다. 워프를 이용해 에이프릴에게 갔던 리켄은 리즈 2세를 바닥에 내려놓자마자 이곳으로 다시 돌아온 것이다.

"후후."

대략 백여 미터 밖으로 보이는 높다란 아름드리 나무를 향해 고개를 돌린 리켄이 하얀 이를 드러냈다. 왕궁을 제외한 다른 건물들 대부분이 2층을 넘지 못한 반면 리켄이 바라보고 있는 아름드리 나무는 두께와 높이가 상당했기에 유독 도드라졌다. 하지만 그가 나무를 보는 것은 그저 큰 높이와 두께 때문이 아니었다.

"이봐, 숨어 있지 말고 나와라! 같이 놀자!"

그리 크게 외친 것이 아님에도 리켄의 목소리는 쩌렁쩌렁 울려 퍼졌다. 마법을 사용한 모양이었다.

"뭘 그렇게 겁내냐? 어서 나와라!"

입은 화사한 미소를 머금으며 웃고 있었지만, 리켄의 눈초리엔 조금씩 진한 살기가 감돌기 시작했다. 아름드리 나무 뒤쪽으로부터 익숙한 기운이 느껴졌기 때문이다. 항구 도시 미렐리아드에서 봤던 화려한 가면을 쓴 여자와는 조금 다른 기운이었지만 분명 비슷한 부류였다.

"나오라니까!"

두 번이나 외쳤는데도 아무런 대답이 없자 리켄은 한차례 이를 갈며 몸을 띄워 나무를 향해 느린 속도로 다가갔다.

"후후후."

거리를 반 정도 좁혔을 때 나무 뒤편에서 높낮이가 느껴지지 않는 웃음소리가 흘러나오며 누군가가 천천히 모습을 드러냈다. 헌칠한 키에 떡 벌어진 어깨와 멋지게 균형 잡힌 몸매의 남자로 몸에 들러붙는 검정색 가죽 상하의에 짙은 갈색의 반코트 차림이었다. 뒷머리는 짧았고 앞은 입까지 온통 가리고 있는 특이한 스타일을 하고 있었다. 마지앙이 '크레이스'라고 부르던 남자였다.

"이해가 가지 않는군. 스스로를 위대하다고 칭하는 드래곤이 어찌하여 하찮은 인간들의 일에 끼어들어 방해를 하는 것인지 말이야."

"호오~"

상대는 리켄의 본모습을 단번에 알아보았다. 또한 높낮이가 느껴지지 않는 목소리에는 조금의 동요도 느껴지지 않았다. 드래곤이라는 것을 알면서도 전혀 위축되지 않는다는 말투였으며 행동 역시 마찬가지였다.

"빨간색을 좋아하는 걸 보니 레드 드래곤인가?"

"너, 가면 쓴 여자하고 아는 사이지?"

아주 느린 속도로 거리를 좁히며 리켄이 반문했다. 하지만 상대는 조금도 반응하지 않은 채 다시금 말을 이었다.

"후후, 꽤나 지독한 걸 보니 에인션트 급인가?"

"네놈이 이 도시를 이렇게 만들었냐? 이유 좀 알려주라."

크레이스와 리켄 모두 상대에게 질문만 할 뿐 대답할 생각은 조금도 없는 것 같았다. 둘 모두 태연한 표정이었고 목소리에도 여유가 넘쳐 보였다. 하지만 실상은 상대의 일거수일투족을 놓치지 않았으며 경계 또한 늦추지 않았다.

"에인션트 급 드래곤을 만날 줄은 정말 몰랐는걸."

리켄이 에인션트 급 레드 드래곤인 것을 알면서도 크레이스는 피식 웃음을 머금었을 뿐이었고, 리켄 역시 상대의 기운이 점차 강해지는 걸 느끼며 은연중에 공격과 방어 마법을 준비하고 있었다. 항구 도시 미렐리아드에서 봤던 가면의 여인보다 더욱 강력한 상대였다. 도저히 믿기지 않았으며 인정하고 싶지도 않았지만 에인션트 급 레드 드래곤인 자신보다 절대 하수로 느껴지지 않았다.

"한바탕 붙어볼까?"

더 이상 끌어봤자 시간만 낭비할 것 같자 리켄은 지금껏 숨기고 있던 광기와 살기를 모조리 드러냈다. 순간 지독하고 섬뜩하며 강렬한 기운이 사방으로 무겁게 뻗어 나갔으며 그 위력을 느낀 크레이스의 어깨가 흠칫 떨렸다.

"으음……."

크레이스의 입이 굳게 닫히며 턱 언저리로 깊은 굴곡을 만들어냈다. 에인션트 급 레드 드래곤이 인간의 모습을 하고 있다는 사실을 알고 있던 그였지만, 이 정도까지 어마어마할 줄은 몰랐던 것 같았다. 내색은 하지 않았지만 손발이 미세하게 떨렸고 등 뒤로 식은땀이 흘러내릴 지경이었다.

"미안하지만 시간이 없군."

이 갈리는 낮은 소리를 흘리며 속삭이듯 조용히 입술을 움직이던 크레이스의 모습이 순간적으로 사라졌다.

"칫!"

가면의 여자처럼 크레이스 역시 워프를 통해 어딘가로 사라진 것이다. 손가락을 소리나게 튕기며 아쉬움을 달래긴 했지만 리켄의 눈초리는 더욱 가늘어져 있었다. 가면의 여자와 머리칼로 얼굴을 가린 남자. 이들의 의도가 더욱 궁금해졌다.

"이거야 원……."

이런 식으로는 언제까지나 상대를 잡을 수 없을 것 같았다. 뭔가 특별한 것이 필요했다. 놈들이 도망치지 못하게 하고 서로 싸울 수밖에 없는 그런 특별한 마법이 필요했다.

"에이구, 이스는 꼭 이럴 때 없다니까."

잠시 생각에 잠겨 있던 리켄은 모든 일들을 이스에게로 돌리며 투덜거렸다. 만약 이곳에 이스가 있었더라면 워프하기 전에 다른 방도를 취했을 것이고 그렇게 했다면 싸우지 않고도 손쉽게 상대를 잡을 수 있었을 것이다.

"젠장, 빨리 좀 오라구요."

한동안 투덜거리던 리켄이 하늘을 향해 씁쓸한 미소를 지으며 중얼거렸다. 그런 리켄의 얼굴엔 이스에 대한 그리움과 걱정이 가득 묻어 있었다.

"아, 젠장."

한숨을 토하듯 길게 욕지거리를 내뱉던 리켄의 신형이 순식간에 사라졌다. 워프를 통해 에이프릴이 있는 곳으로 이동한 것이다.

"끄으으으, 끄어어억."

이클립스의 손에 목을 잡혀 허공에 대롱대롱 떠 있는 마지앙에게서 비명 같은 신음 소리가 끊임없이 이어지고 있었다. 축 늘어진 몸은 번개에 감전된 것처럼 심한 경련을 일으켰고, 오줌이 흘러나와 로브를 적시고 있었음에도 그는 지금까지 단 한 마디도 하지 않았다.

"어서 말해라. 네놈들의 목적과 인원, 그리고 대신관 목걸이의 행방과 어째서 지금 같은 일을 벌이는 것인지!"

"끄어어. 주, 죽여라… 끄어어억!"

지독한 고통 속에서도 마지앙은 끝까지 입을 열지 않았다. 오히려 비릿한 미소까지 머금었다. 보통 사람이라면 지독한 고통에 이미 이성을 잃고 절로 입을 열었을 것이지만, 역시 보통내기가 아니었다.

"이놈이!!"

"끄아아악~"

무섭게 일그러진 이클립스의 미간이 깊은 골을 만들자 마지앙의 비명이 더욱 커다랗게 들려왔다. 하나뿐인 눈은 하얗게 변해 희번덕거렸고 뭍에 나온 물고기가 파닥거리는 것처럼 온몸을 심하게 떨어댔다.

"끄아아~ 꺼… 끄으윽~ 껍… 질… 끄아아악~"

"껍질? 무엇이 껍질이라는 말인가?"

조금 전보다 몇 배나 강한 힘을 가하자 드디어 마지앙이 이성을 잃고 뭔가를 힘겹게 중얼거렸다. 이클립스는 마지앙에게 쏟는 힘을 조금 약하게 하며 다시금 말을 이었다.

"말하라. 네놈이 아무리 대단해도 더 이상 버틴다면 죽음을 면치 못할 것이다."

"끄으으, 우리들… 모두… 컥!!"

"아닛?!"

힘겹게 입을 열던 마지앙의 입에서 울컥하고 많은 핏덩어리가 뭉클뭉클 쏟아져 나왔고 거의 동시에 그의 고개가 힘없이 옆으로 꺾여졌다. 기절한 것이 아니라 생명의 끈이 끊겨 버린 듯 심장 박동 소리도 없었으며 몸도 빠르게 식어갔다.

"재미난 놈이군."

마지앙의 죽음에 잠시 놀란 표정을 짓던 이클립스가 비릿한 미소를 지으며 고개를 돌렸다. 그의 왼편 하늘 멀리서 검은 물체가 하늘에 둥실 떠 있는 모습이 들어왔다. 대략 5백여 미터 떨어진 거리였으며, 어린아이만한 키에 얼굴 가득 로브를 눌러쓴 자였다. 이클립스는 곧 들고 있던 마지앙의 시체를 던져 버린 후 새로이 나타난 로브의 사내를 향해 눈부신 속도로 날아갔다.

콰쾅!

눈 깜짝할 사이에 거리를 좁히며 달려들던 이클립스의 몸이 무언가 보이지 않는 막에 부딪친 듯 격한 소리와 함께 반대 편으로 튕겨졌다.

"호오."

허공에 멈춰 선 이클립스에게서 절로 감탄사가 흘러나왔다. 모든 힘을 쏟아 부은 것은 아니었지만 자신을 막았다는 것은 놀라운 일이었다. 로브의 사내 역시 이클립스와 부딪친 충격으로 십여 미터나 뒤로 밀려 있었다.

"크크크, 이 정도까지 대단한 마족이 나타날 줄이야."

로브의 사내로부터 가래가 끓는 듯한 듣기 싫은, 나이를 짐작하기 어려운 목소리가 흘러나왔다. 마지앙의 눈알을 손도 대지 않고 뽑았으며 라이제스 역시 어려워하는 '테라' 라는 사내였다. 그의 말처럼 대단한 능력의 마족이란 걸 알고 있으면서도 테라의 목소리는 조금도 위축되거나 떨리지 않았다.

쿠우우.

이클립스의 한쪽 손에서 검은 기류가 둥그런 모양으로 생성됐다. 순간 몸을 옥죄어오는 지독한 기운이 사방으로 뻗어 나갔다. 이클립스의 눈초리가 가늘게 좁혀지며 눈매 역시 무서운 살기를 머금었다. 보통내기가 아니었다. 죽어버린 마지앙 역시 인간이라고 할 수 없을 정도로 엄청난 능력자였다. 한데 새로 나타난 이자는 마지앙과는 천지 차이의 실력자였다. 마족 최강의 전사인 이클립스의 손아귀에 있던 마지앙을 손도 대지 않고, 또 이클립스조차 느끼지 못한 순간에 죽여 버린 것이 그것을 입증하고 있었다.

"흐음."

오랫동안 테라를 노려보던 이클립스가 흘낏 고개를 돌려 뒤편에 있는 미스마르드 왕성을 바라보았다. 도시는 온통 불바다였으며 살아남은 자가 거의 없었지만 성 내부에는 여전히 많은 병사들과 사람들로 가득했다. 그가 미스마르드 왕성을 흘낏거린 데에는 이유가 있었다. 테라의 능력으로 봤을 때 웬만한 힘 가지고 제압하기엔 무리가 있을 것 같았다. 하지만 테라를 제압하려 모든 힘을 사용한다면 미스마르드 왕성이 무사하지 않을 것이 분명했다.

"빌어먹을······."

낮은 음성으로 욕지거리를 내뱉은 이클립스는 다른 한 손에서도 검은 기류를 만들어냈다. 자신이 의도적으로 죽이려는 것도 아니고 그리 많지 않은 인간들이었기에 죽거나 말거나 상관할 바가 아니었지만, 그래도 이스와의 약속을 지키고 싶었다.

슈슉—

잠시 생각에 잠겼던 이클립스의 신형이 사라졌다가 테라의 반대 편에 나타났다. 그 순간 이클립스의 한쪽 손에 생성됐던 검은 기류가 테라에게 쏘아졌다.

쐐에에엑—

테라에게 쏘아지는 검은 기류가 공기를 가르는 섬뜩한 소리와 함께 무서운 속도로 뻗어 나갔고 그 순간 이클립스의 신형이 다시금 허공에서 사라졌다.

"클······."

햇살처럼 쏟아지는 검은 기류가 다다르기 전에 테라의 모습 역시 눈 깜짝할 사이에 사라졌으며 무서운 속도로 쏘아지던 검은 기류는 빈 허공을 훑으며 없어졌다. 힘을 실어 공격한 것이 아닌 그저 겉모습만 보이는 허상이었다.

"제법이군."

테라가 떠 있던 곳으로부터 멀지 않은 곳에 이클립스가 모습을 드러내며 한곳을 바라보았다. 비록 허상이지만 인간의 눈으로는 제대로 반응하지도, 확인하기도 힘든 속도였음에도 테라는 가볍게 피해 버렸다.

"크크크. 무시하는 것인가, 마족이여?"

"뭣이?"

가래가 끓는 듯한 테라의 목소리에서 진한 비웃음이 느껴졌다. 고작 그 정도의 힘으로는 상대조차 되지 않는다는 비웃음이었다.

"마족이 인간들을 위해서… 크크크, 정말 믿어지지 않는군."

테라의 로브 머리 부분이 슬며시 미스마르드 왕성을 향해 돌려졌다. 왕궁을 보호하려는 이클립스의 의도를 단번에 알아차린 것 같았다.

"크크크."

듣기 싫은 웃음소리와 함께 테라의 한쪽 팔이 슬며시 미스마르드 왕성으로 향했다. 그리고 그 순간, 테라의 팔 앞부분에서 눈에 보이지 않는 무언가가 공기를 일렁이며 무서운 속도로 쏘아져 나갔다. 미스마르드 왕성을 향해서.

"큭, 이놈이!!"

콰쾅!

귀청을 찢을 것 같은 커다란 폭발음이 미스마르드 왕성 부근에서 터져 나오며 매캐한 검은 연기가 사방으로 퍼졌다. 테라에게서 쏘아진 무형의 기운을 이클립스가 막으며 생긴 폭발과 연기였다.

"크카카! 이것 걸작이로군."

지금까지 낮고 음산한 웃음만 흘리던 테라가 고개를 젖히며 커다란 웃음을 터뜨렸다. 인간들의 적이자 공포의 대상인 마족이 거꾸로 인간들을 위해 자신의 몸을 방패처럼 사용할 줄은 몰랐던 것이다. 하지만 테라의 웃음은 오래가지 않았다. 폭발과 함께 매캐하게 솟아나던 연기를 뚫고 그 수를 가늠하기 힘들 정도로 많은 숫자의 검은 기류들이 테라를 향해 쏟아졌기 때문이다.

쐐에에엑, 쐐에에―

셀 수 없이 많은 검은 기류들이 별똥별처럼 어두운 저녁 하늘 위로 흩뿌려졌다. 마치 검은 하늘 위로 희끄무레한 거미줄이 눈 깜짝할 사이에 생성됐다 없어지는 것 같았다.

"이놈이!!"

미스마르드 왕성 상공 위에서 움직이지 않은 채 이클립스가 이를 갈며 연신 손을 휘저었다. 생각 같아선 모든 힘을 기울여 상대하고 싶었지만, 그렇게 하다간 왕성이 무너질 수도 있었기에 제자리에서 움직이지 않고 테라를 향해 검은 기류를 쏟아 부었다. 하지만 단 하나의 검은 기류도 적중되지 않았다.

"크카카! 어리석은 마족이여, 그 따위 것으론 어림도 없다."

마치 반딧불이가 여기저기서 깜빡이는 듯 어두운 하늘 이곳저곳에서 모습을 드러냈다 사라지는 테라에게선 여유까지 엿보일 정도였다. 무수히 많은 검은 기류를 피하면서도 듣기 싫은 웃음을 흘렸으며 무형의 기운으로 이클립스를 공격하기까지 했다.

"크카카!"

쿠콰콰쾅!

쐐에에에—

어두운 하늘 위로 어마어마한 폭발과 공기를 가르는 가공할 검은 기류, 그리고 테라의 듣기 싫은 웃음소리가 끊임없이 이어지고 있었다.

"이젠 한계다."

쉴 새 없이 검은 기류를 쏟아 붓던 이클립스의 움직임이 멈춰지자 테라 역시 허공에 몸을 띄운 채 가만히 그를 바라보았다.

"감히 나를 웃음거리로 생각하다니."

이클립스의 입술 양쪽 끝이 스윽 올라가며 하얀 이가 드러났다. 두 눈은 점차 피처럼 붉어져 갔고 폭풍 같은 검은 기류가 그의 몸 주위로 아지랑이처럼 꿈틀거리며 생성됐다. 더 이상 참지 못하고 모든 힘을 발휘하려는 듯했다.

쿠쿠쿠쿠.

가공할 기운이 점차 위력을 더해가며 하늘 높이 흐르던 구름들이 빠르게 소멸해 갔고, 대지도 커다란 지진이 일어난 것처럼 흔들렸으며,

불타오르던 미스마르드 왕국의 건물들이 모래성처럼 허물어졌다. 하지만 우뚝 솟은 미스마르드 왕성으로는 충격이 닿지 않은 모양인지 여전히 고요하며 정막함이 감돌고 있었다. 무서운 분노를 터뜨리면서도 왕성의 안전을 잊지 않은 이클립스의 배려였다. 그가 가지고 있는 모든 힘을 사용하고 있지 않는 것 같았다.

"크흠."

한없이 커져 가는 이클립스의 무서운 위력에 테라의 어깨가 순간 움찔했다. 하지만 그는 라이제스나 크레이스처럼 워프를 이용해 도망치지 않고 느린 속도로 두 팔을 양 옆으로 벌렸다. 순간 테라의 주변 십여 미터가 일렁이기 시작했다.

쿠우우우, 슈우우우.

이클립스와 테라 사이의 공간으로 칼날 같은 바람이 폭풍처럼 몰아쳤다. 이클립스에게서 느껴지는 힘이 대단하고 위력적이었지만, 테라 역시 만만치 않았다.

"제법이다."

비릿한 미소를 머금으며 중얼거리는 이클립스의 핏빛 눈동자에 살기가 번뜩였다고 생각된 순간 그의 몸이 흐릿한 잔상을 그리며 사라졌다.

콰쾅!

"엇?!"

잔상을 그리며 사라졌던 이클립스가 깜짝 놀란 표정으로 다시금 모습을 드러냈다. 그가 힘을 쓰기도 전에 테라에게서 커다란 폭발이 터져서였다. 잠시 상황을 파악하던 이클립스가 이내 위쪽으로 고개를 들었다.

"이 녀석!"

테라의 위쪽 멀리 작은 점 같은 사람 그림자가 눈에 들어왔다. 코끝에 살짝 걸리는 붉은 머릿결에 검붉은 옷차림. 리켄이었다. 미스투렐렌에서 에이프릴이 있는 곳으로 갔던 그가 이클립스와 테라의 싸움을 느끼고 은밀히 다가온 듯 테라도, 이클립스도 그의 기척을 눈치 채지 못했다.

"자식, 꼭 이 귀한 몸이 나서야 되겠냐?"

"조용."

하늘 높은 곳으로부터 이클립스 옆으로 워프를 이용해 다가온 리켄은 검지와 중지를 펼쳐 브이 자를 그리며 자랑했다. 하지만 이클립스는 그의 입을 틀어막으며 폭발이 터져 검은 연기가 뭉게뭉게 피어오르는 곳을 향해 고개를 돌렸다.

"크으……."

매캐한 연기가 사라지며 테라의 모습이 드러났다. 리켄의 회심의 공격을 피하지 못하고 직격당했는데도 왼쪽 어깨를 오른손으로 붙잡은 채 살짝 허리를 숙이고 있을 뿐이었다. 가슴 언저리에 묻어 있는 조금의 선혈과 어깨 부근의 로브가 조금 찢어진 것이 다였다. 잠시 신음을 토하던 테라가 고개를 들며 중얼거렸다.

"드래곤까지 나타날 줄이야… 크윽."

"이놈!!"

끓는 듯한 목소리가 나온 순간 리켄과 이클립스가 테라를 향해 날아갔으나 그들이 도착하기도 전에 테라의 모습이 사라져 버렸다. 둘의 공격을 피하기 위해 몸을 날린 것이 아닌, 워프를 이용해 어딘가로 이동한 것이다.

"아~ 이놈들이 정말!!"

다 잡은 대어(大漁)를 놓친 강태공처럼 리켄은 허공에서 발을 동동 구르며 아쉬움을 토했다. 벌써 세 번째였다. 가면의 여자와 머리칼로 얼굴을 가린 남자, 그리고 이번까지. 자신들이 위험하다고 생각되거나 싸움이 불리할 것 같으면 워프를 이용해 사라져 버렸다. 이런 방법으로는 도저히 상대를 잡을 수도 없고 언제까지 허탕만 칠 것 같았다.

"빌어먹을!"

리켄처럼 발을 동동 구르지는 않았으나 이클립스 역시 이를 갈며 테라가 사라진 곳을 노려보고 있었다. 분명 인간이었다. 하지만 놈은 최상급 마족에 버금갈 정도로 아니, 어쩌면 더욱 강한 힘을 가지고 있는지도 몰랐다.

"후후후, 어이가 없군."

오랫동안 무서운 눈초리로 허공을 노려보던 이클립스가 이내 고개를 저으며 허탈한 웃음을 흘렸다. 믿을 수 없는 능력의 인간들도 그렇지만, 자신이 노린 상대를 두 번이나 놓친 것이 어이없는 모양이었다.

"짜샤, 웃음이 나오냐? 난 열받아 죽을 것 같은데."

"후후. 리켄 군, 우는 것보단 웃는 게 건강에도 좋다네."

조금 전까지만 해도 피처럼 붉은 눈으로 무서운 살기를 뿜던 녀석이 대수롭지 않다는 듯 으쓱 어깨를 들썩이며 웃어대자 리켄은 복장 터진다는 표정으로 투덜거렸다.

"으이구~ 됐다, 됐어. 에이프릴한테나 돌아가자."

"그래, 가자. 가서 생각 좀 해봐야겠어."

입은 가벼운 미소를 띠고 있었지만 이클립스의 두 눈만큼은 사뭇 진지하고 냉정해 보였다. 리켄처럼 그 역시 이런 방식으로는 언제까지나 뒷북만 치는 꼴이라 생각했다. 강한 상대도 상대이거니와 싸움의 결과가 언제나 상대의 워프로 끝난다면 결코 그들의 생각과 의도를 알 수 없을 것이었다. 무언가 확실한 계획을 세우고 대책을 마련해야 했다.

"가자. 젠장."

이미 끝난 싸움이었지만 아쉬운 듯 이클립스와 리켄은 한차례 주변을 둘러본 후 에이프릴이 있는 곳을 향해 워프를 실행했고, 이내 둘의 모습이 허공에서 자취를 감췄다.

"쯧쯧쯧……."

이클립스와 리켄이 사라진 직후 어디선가 혀를 차는 소리가 들려왔으나 그것 역시 바람처럼 사라져 버렸다.

*   *   *

"에리엘님께서 천계에 도착하셨습니다. 이제 곧 이리로 오실 텐데… 계속 이곳에 계실 건가요? 이곳에서 영영 나가지 못할 수도 있어요."

몇 시간이 넘도록 조용히 철창 밖에 서 있던 카린느가 이스를 걱정스런 표정으로 돌아보았다. 에리엘의 기운을 느낀 모양이었다.

"이스님?!"

"허허허, 생각보다 빨리 돌아오셨군요."

카린느처럼 이스 역시 에리엘의 기운을 느낄 수 있었다. 이스는 천천히 자리에서 일어나 입구를 향해 돌아섰다. 사방으로 뻗친 머리를 힘차게 좌우로 흔들며 카린느가 다급한 표정으로 말을 이었다.

"지금이라도 늦지 않았습니다, 이스님. 제게 생각이 있으니 따라주세요. 이제 시간을 더 지체하시면…….”

“이미 늦었군요. 저기 들어오십니다.”

“아……!!”

카린느의 어깨 너머로 경쾌하고 빠른 발걸음으로 에리엘이 다가오고 있었다. 이곳에서 나갈 때까지 하얀 원피스 차림이던 것이 이제는 수영복 같은 옷차림이었다. 또 밖에서 좋지 않은 일이 있었던 모양인지 그녀의 눈빛이 사납게 느껴졌다.

“이제 오시는군요.”

이스의 인사에도 에리엘은 아무런 말 없이 이스를 노려보았다. 확실히 좋지 않은 일이 있었던 것 같았다. 이스를 노려보는 눈매에 노기가 가득했다.

“한 가지, 드래곤 로드가 마계와 손잡았다는 것만 시인한다면 그대를 인간 세상으로 무사히 보내 드리겠어요. 천계의 명예를 걸고 약속 드리죠.”

오랫동안 매서운 눈초리로 노려보던 에리엘이 살기까지 풍기며 이스가 서 있는 철창 가까이로 다가왔다. 상대의 의사를 물어보는 것이 아닌 일방적인 협박이었고 만약 들어주지 않는다면 무서운 일이 기다리고 있다는 무언의 암시였다. 하지만 이스의 표정엔 조금의 변화도 보이지 않았다.

“허허허, 이 늙은이는 드래곤 로드라는 분을 한 번도 뵌 적이 없으니 뭐라고 드릴 말씀이 없습니다.”

“뭣이?!”

이스를 노려보는 에리엘의 눈초리가 마치 활활 타오르는 불같았으며 보이지 않는 무형의 기운이 주변을 무겁게 누르는 것 같았다. 그 위력을 견디지 못하고 이스를 가로막고 있던 하얀 철창들이 웅웅거리며 떨렸고 그녀의 곁에 서 있던 카린느조차 뒤로 몇 걸음이나 물러섰다. 하지만 이스의 표정은 여전히 태연하고 온화했다.

"수장님."

조용히 에리엘의 무서운 눈길을 마주 보던 이스가 미간을 살짝 찡그리며 말을 이었다.

"이 늙은이가 이곳에 남아 수장님을 기다린 것은 몇 가지 드리고 싶은 말씀이 있어서입니다. 상대에게 뭔가를 구하려 할 때에는 스스로가 우선 솔직하고 정직한 마음을 가져야 합니다. 그리고 또 하나, 마계에 대한 일입니다."

철창에 갇혀 나오지도 못한 주제에 설교까지 하는 이스의 입을 찢어 버리고 싶었지만 에리엘은 꾹 참고 기다렸다. 그리고 마계에 대한 이야기가 나오자 슬며시 입꼬리를 올리며 이스의 말을 기다렸다.

"이미 말씀드렸던 말이지만, 이 늙은이 생각에 앞으로 오랫동안 이곳 천계가 마계를 이길 수 없을 것 같지만, 설혹 그렇지 않은 일이 벌어진다면… 후환을 남기지 말라는 말씀을 드리고 싶습니다. 천계인도 마계인도 아닌 늙은이가 간섭할 문제는 아니지만, 상대방에게 평생 동안 악몽 같은 원한에 사로잡혀 살아가게 하는 것은 차라리 죽이는 것만 못한 일이지 싶습니다."

"흥!"

마계에 대한 정보가 아닌 엉뚱한 이야기에 에리엘은 콧방귀를 뀌며 무시하는 시선을 주었다. 하지만 이스는 조금도 개의치 않고 말을 이었다.

"그리고 이곳 천계 분들께서 생각하시는 것과는 다르게 마계에 사는 분들은 그리 나쁜 분들만 있는 것이 아니더군요. 비록 그동안 많은 악행을 일삼긴 했지만 그분들 역시 따스한 마음을 가지고 있었지요. 그러니 이곳 천계 분들께서 너그러운 마음으로 그들을 대한다면 이렇듯 언제까지나 이어지는 원한의 사슬을 끊을 수 있을 것입니다."

진지한 이스의 말에도 에리엘의 무시하는 시선은 변함이 없었다. 그런 그녀의 모습에 이스는 보일 듯 말 듯 고개를 저으며 말을 이었다.

"이곳에 더 남아 있고 싶으나 아이들이 걱정할 듯싶군요. 이제 이 늙은이는 그만 가보아야겠습니다."

"갈 수 있을 것 같은가?"

철창에 갇혀 나가지도 못하는 주제에 마치 문을 열고 나가겠다는 이스의 말에 에리엘이 어이없다는 듯한 표정으로 비웃었다.

이스가 그녀를 기다린 데에는 두 가지 이유가 있었다. 그 하나가 시간이 흐른 뒤라면 혹시 에리엘의 마음이 변하지 않을까 하는 마음이었고, 나머지 하나는 초대한 주인의 얼굴을 보고 떠나는 것이 예의라고 생각해서였다. 하지만 이스의 두 가지 생각은 모두 틀어졌다. 천계를 떠났다 돌아온 에리엘은 더욱 심기가 불편해 보였으며, 이스를 철창에서 꺼내줄 마음 같은 것은 전혀 없는 듯했기 때문이다.

"에리엘님."

"뭔가요, 카린느?"

보다못한 카린느가 조용히 다가왔다. 초대장까지 받고 찾아온 사람을 이렇게 함부로 대하는 것이 예의가 아니라고 생각했는지, 조금이지만 불만스런 표정을 드러내고 있었다. 카린느의 말이 이어졌다.

"이분은 천계에서 공식적으로 초청해 모셔온 분입니다. 그리고 마족과 약속한 것도 있습니다. 빛의 신 '라 샤이테'의 후예인 우리 천계가 마족 같은 더러운 족속들이나 하는 짓을 한다면 웃음거리가 될 것 같습니다. 그러니 에리엘님의 넓은 아량으로 저분을 풀어주심이 어떨는지요."

이스를 저대로 철창에 가두어둔 채 보내지 않는다면 마족과 같은 꼴이라며 은근히 에리엘의 자존심을 건드려 이스를 풀어주게끔 하려는 카린느의 의도였다. 그러나 에리엘의 표정은 조금도 변하지 않았다.

"카린느."

"네, 에리엘님."

오랫동안 무감정한 표정으로 카린느를 바라보던 에리엘이 이스를 향해 고개를 돌리며 말을 이었다.

"앞으로 제 허락이 떨어질 때까지 천계를 떠나지 마세요. 그리고 당분간 신전에서 근신하도록 하세요."

"네?!"

"명령이에요."

"아, 알겠습니다. 에리엘님의 말씀을 따르겠습니다."

갑작스런 에리엘의 명령에 잠시 당황하던 카린느가 더듬거리며 대답했다. 마족에게 마왕의 명령이 절대적이듯 천계 역시 마찬가지였으며 모든 천족들의 생사 여탈권을 가지고 있는 것 역시 마계와 똑같았다.

"허어, 그것참."

어쩔 수 없이 대답하는 카린느의 참담한 표정이 이스의 시선에 들어왔다. 킬리오드와 목숨을 걸고 한 약속을 어길 수밖에 없으니 죽고 싶은 심정인 듯했다. 슬며시 고개를 흔들던 이스가 에리엘에게 말했다.

"아무래도 더 이상 시간을 지체하고 싶지 않군요. 이 늙은이는 그만 돌아가야 할 것 같습니다."

"호호호. 갈 수 있으면 가봐라, 늙은이."

에리엘은 어이없다는 표정으로 어깨를 으쓱해 보이며 뒤로 한 걸음이나 물러서서는 비릿한 미소를 지었다. 하지만 그녀의 웃음은 곧 돌처럼 굳어버렸다.

사사사사.

감옥처럼 이스의 주변에 둘러싸여 있던 하얀 철창들이 먼지처럼 변하며 허공으로 흩어졌다. 마치 원래부터 모래였던 것처럼 철창들 모두가 하얀 먼지로 변해 버렸다.

"뭐?!"

"아……."

에리엘과 카린느는 마치 꿈을 꾸는 듯한 표정으로 이스를 바라보았다. 에리엘의 힘으로 만들어진 하얀 철창은 특수한 해제법을 통하지 않고선 카린느조차 힘으로 어떻게 할 수 없는 대단한 위력의 철창이었다. 한데 그것이 먼지처럼 변해 버린 것이다. 그것도 어떤 힘이나 특수한 마법을 사용한 것이 아니었기에 에리엘과 카린느는 패닉 상태에서 벗어나지 못했다. 둘 모두 뒤통수를 망치로 맞은 듯한 표정들이었다.

"이곳 천계의 물건을 함부로 한 점은 깊이 사과드립니다만, 수장께서 이 늙은이를 계속 잡아두실 것 같아 어쩔 수 없이 이렇게밖에 할 수 없었습니다."

쓸쓸한 표정으로 잠시 에리엘을 보던 이스가 깊숙이 허리를 숙이며 용서를 구했다. 어찌 됐든 천계의 물건을 없애 버렸으니 좋은 행동이 아니라고 생각한 모양이었다. 하지만 에리엘에게선 좀처럼 대답이 나오지 않았다.

"이, 이놈이!!"

오랫동안 굳어버린 듯 입을 벌리고 이스를 바라보던 에리엘이 어느 순간 미간을 한껏 찡그리며 팔을 휘저었다. 그러자 그녀의 손에서 나타난 눈부신 빛이 칼날처럼 이스를 덮쳤다.

콰아아아!

순식간에 바닥에 금이 갔고 멀리 떨어져 있던 기둥들이 깨끗하게 잘려 나갔다. 그러나 빛이 사라지며 나타난 이스의 모습은 처음과 똑같았으며 옷자락 한 올 상하지 않았다.

"아니?!"

에리엘은 더욱 놀란 표정을 지으며 이스에게서 십여 걸음이나 뒤쪽으로 물러선 후 이클립스와 싸울 때 사용했던 눈부신 빛을 발하는 검을 꺼내 들었다.

"그만 하시지요. 계속했다가는 이곳이 남아나지 않겠습니다."

"닥쳐라!"

이스의 권고가 있었지만 에리엘은 받아들이지 않았다. 하지만 거칠게 내뱉는 말투와 달리 그녀의 표정은 진지하고 침착해 보였다. 마계와의 오랜 전투 경험으로 인해 이런 어이없는 상황에서도 침착함을 유지할 수 있었다.

"더러운 마족 놈이!"

에리엘에게서 이 갈리는 섬뜩한 소리와 함께 낮은 목소리가 흘러나왔다. 이스를 마족이라고 생각한 모양이다. 마족 특유의 기운은 없었으나 자신의 위력적인 일격을 쉽게 막아냈다는 것은 마족이 아니고선 할 수 없는 일이라 판단한 것이다.

"허어, 그것참."

아무리 정직하게 설명하고 고개를 숙여봐도 이곳에서 무사히 나갈 수 있는 방법이 없을 것 같자 이스는 낮은 한숨과 함께 카린느를 향해 고개를 돌렸다. 들어올 때에는 지정된 곳으로만 들어올 수 있었지만, 나갈 땐 천계의 어느 곳에서도 가능하다는 그녀의 말이 떠올랐다. 하지만 이스는 이내 고개를 저었다. 카린느는 천계의 전사였으며 수장의 말을 절대적으로 따라야 하는 위치였다. 그렇기에 이곳에서 자신을 인간 세상으로 보낸다면 다시는 이곳 천계에 발을 붙일 수 없을 뿐더러 목숨까지 위태로울 수 있었다.

"이 늙은이가 쓸데없는 고집을 부렸구먼."

카린느의 말을 들었다면 이런 사태까지 오지는 않았을 것 같았다. 하지만 이미 돌이킬 수 없었다.

"후우, 안타까운 일이지만 어쩔 수 없지."

잠시 한숨을 내쉬던 이스는 어떤 결심을 한 듯 뒷짐을 진 채 에리엘을 주시했다. 그녀는 눈부신 검을 이스에게 겨눈 채 여전히 살기 가득한 눈초리로 노려보고 있었다. 오직 천계의 수장만이 사용할 수 있는 검. 그것을 꺼냈다는 것은 상대의 힘을 인정한다는 말이었으며 절대 살려 보내지 않겠다는 의지가 담겨 있었다. 하지만 그녀의 침착한 눈초리가 다소 흔들리고 있었다. 그저 뒷짐을 진 채 가만히 응시하고 있는 것뿐인데도 허점이 보이지 않았다. 아니, 허점은커녕 한 발자국이라도 움직인다면 자신이 치명상을 당할 것 같은 생각까지 들었다.

"에리엘님!!"

카린느가 에리엘을 외쳐 부르며 이스 앞을 가로막았다. 갑작스런 그녀의 돌출 행동에 에리엘의 미간이 잔뜩 일그러졌다.

"비켜서세요, 카린느."

"저는 약속을 어길 수 없습니다. 돌아와서 제 목숨으로 벌을 청하겠습니다. 죄송합니다, 에리엘님!"

외치듯 커다란 목소리로 에리엘에게 말하던 카린느가 이스를 돌아보며 손을 내밀었다. 손을 잡으라는 의미였고, 인간 세상으로 가자는 뜻이었다. 그러나 이스는 부드러운 미소를 잠시 보였을 뿐 이내 고개를 흔들었다.

"물러서십시오. 다른 이와 중요한 약속을 했다고는 하나 명령을 따르는 분이시라면 수장님의 명이 어떤 것이라도 따라야 합니다. 물론 의견을 말할 수 있으나 그것이 받아들여지지 않는다고 이렇게 하시는 것은 옳지 못한 행동입니다. 지금까지 보살펴 주신 것에 대한 최소한의 예의이며 당연히 감수해야 할 의무이지요. 그러니 그만 비켜서시지요, 카린느님."

"아……."

카린느는 할 말을 잃은 표정으로 멍하게 이스를 바라보았다. 에리엘의 공격을 한차례 막기는 했지만 이곳은 천계였고, 위험에 처한 것은 이스 자신이었다. 그럼에도 이스는 오히려 그녀를 걱정하고 있었다.

"어서 비켜서세요, 카린느."

"이 늙은이는 괜찮으니 비켜서시지요."

내민 손이 민망할 정도로 에리엘과 이스는 태연한 듯 받아들이고 있었다. 카린느는 할 수 없다는 표정으로 한숨을 내쉬며 뒤로 물러설 수밖에 없었다.

"수장님의 심정을 이해는 하지만 어쩔 수 없군요."

카린느가 물러서자 이스가 살며시 고개를 흔들며 옆쪽으로 팔을 비스듬히 들었다. 그러자 바닥에 흩어져 있던 하얀 가루들이 이스의 손으로 모이며 빠른 속도로 형태를 이루어갔다. 검과 비슷한 모습이었지만 날카로움이 전혀 없었으며 끝도 뾰족하지 않고 둥글둥글한 형태였다.

"하앗!"

먼지처럼 부서졌던 철창들이 이스의 손에서 놀라운 장면을 연출하자 잠시 입을 벌리고 바라보던 에리엘이 커다랗게 기합을 터뜨리며 달려들었다. 그녀의 키보다 더 큰 눈부신 빛의 검이 이스에게 닿기도 전에 더욱 밝은 빛을 뿜으며 쏘아졌다.

카캉!

커다란 쇳덩어리를 두 조각 낼 것 같은 무서운 기세로 쏘아진 에리엘의 검이 이스의 앞에서 허무하게 비켜 나갔다. 그리고 눈 깜짝할 순간 이스가 들고 있던 하얀 검이 그녀의 목 언저리에 닿아 있었다.

"억!"

엉거주춤한 자세로 멈춰 선 에리엘의 두 눈이 찢어질 것처럼 커다랗게 변해 버렸다. 혼신의 힘을 기울인 일격을 피한 것도 피한 것이지만, 이스의 움직임이 전혀 보이지 않았다. 또 지금 목 언저리에 닿아 있는 검. 조금이라도 마음만 먹었다면 그녀의 생은 끝나 버렸을 것이다. 마족들이 신체의 일부분에 급소가 있는 것과는 달리 천족은 머리를 잃게 되면 목숨을 부지할 수 없었다.

"검에 모든 힘을 쏟아 부어 상대를 공격하는 것도 좋지만 모든 일에는 안배가 철저해야 합니다. 상대의 정확한 힘을 모르는 상태에서는 더욱 그러하지요."

에리엘의 목에 닿아 있던 검을 회수한 이스가 두 걸음 뒤로 물러서

머 말을 이었다.

"수장님의 검은 그 자체만으로도 상당한 위력이 있는 듯하지만, 그 것을 과신한 나머지 수장님의 무한한 가능성을 잃어버리는 것 같습니다."

"시, 시끄럽다!!"

어찌 보면 타이르는 것 같았고 어찌 보면 한 수 지도해 주는 듯한 이 스의 말이 불쾌했는지 에리엘은 곧바로 몸을 돌리며 검을 휘둘렀다. 하지만 이번에도 그녀의 검은 이스가 들고 있는 검에 그 궤적을 잃고 허공만을 허무하게 가로질렀다. 이스의 말이 이어졌다.

"검의 위력을 너무 믿지 마시라고 했습니다. 수장께선 그 검보다 더 욱 강한 힘을 가지고 계시며 그것을 더욱 발전시킬 수 있는 잠재력이 뛰어나신 분입니다. 검에 의지하지 마시고 마음으로써 검을 움직여 보 시지요."

"시끄럽다고 했다!!"

침착하고 냉정한 판단력으로 지금까지 숱하게 이어져 온 마족과의 싸움을 유리하게 이끌었던 천계의 수장 에리엘, 그러나 지금의 그녀는 분을 삭이지 못하고 이성을 잃은 모습이었다. 그녀는 연신 커다란 기 합을 터뜨리며 검을 휘둘렀지만 단 한 번도 이스의 몸에 적중되지 못 했다.

"아무리 약한 상대라도 궁지에 몰리면 생각지 못한 힘을 발휘하는 법이지요. 또한 지금처럼 막무가내로 검을 휘둘러 봤자 결국엔 자기만 손해입니다. 상대를 속이는 허초를 섞어 현혹시키는 방법은 결코 나쁜 것이 아닙니다."

끊임없이 이어지는 에리엘의 공격에도 이스는 결코 여유로운 모습을 잃지 않았으며 한 번 한 번 에리엘의 검이 휘둘러질 때마다 그에 대한 조언도 잊지 않았다.

"크윽! 세, 세상에……!"

이스에게서 조금 떨어져 지켜보고 있던 카린느는 한쪽 구석으로 몸을 피하고는 경악한 표정으로 둘을 바라보고 있었다. 에리엘의 검이 한 번씩 휘둘러질 때마다 그녀는 숨이 턱턱 막히는 것 같았으며, 너무도 눈이 부셔 그 움직임조차 확실히 볼 수 없을 지경이었다. 한데 이스는 그것을 너무도 쉽게 피하고 있을 뿐만 아니라 입까지 열어 끊임없이 말을 하고 있었다. 천계의 수장은 지금까지 그 어떤 전투에서도 져본 적이 없었고, 천계 역사상 최강의 수장이라는 말까지 듣는 자였다. 그런 수장을 마치 어린아이처럼 대하는 이스의 놀라운 실력이 카린느로선 꿈이라고밖에 생각되지 않았다.

"옳지, 그렇습니다. 바로 그렇게 하는 것입니다. 아니, 아닙니다. 이번에는 힘이 너무 들어갔군요. 그렇게 하면 상대가 곧바로 알아차릴 것입니다."

어이없을 정도로 이상하게 이어지는 두 사람의 대결은 오래도록 지속되고 있었으며 이스의 인자하고 부드러운 목소리 역시 끊임없이 흘러나오고 있었다. 주변엔 어느새 많은 숫자의 천계 전사들이 멀찌감치 거리를 두고 서서 두 사람을 지켜보고 있었으나 누구 하나 나서지 않고 바라만 보고 있었다. 수장이 검을 들고 싸우고 있는 것이었기에 함부로 끼어들 수 없었던 것이다. 그러나 그것보다 더욱 그들을 나서지 못하게 하는 것은 이상한 두 사람의 싸움 때문이었다. 싸움이라고 하기엔 에리엘에게서 뿜어져 나오는 살기가 점차 약해지고 있었으며 이스의 행동 역시 대결이라고 하기엔 무리가 있어 보였기 때문이다.

"하아, 하아……."

대략 한 시간쯤 흘렀을 때였다. 무서운 기세로 검을 휘두르던 에리엘이 허리를 숙인 채 거칠게 숨을 골랐다. 언제 없어졌는지 그녀의 손에 쥐어졌던 눈부신 검은 보이지 않았다.

"카린느."

"네, 네, 에리엘님."

카린느를 찾기는 했지만 에리엘의 두 눈은 이스에게 고정된 채 움직일 줄 몰랐다. 그녀의 얼굴은 처음 이스를 맞이했던 표정으로 돌아와 있었다. 미간도 찌푸려져 있지 않았고 잔뜩 독기를 품고 있었던 눈망울도 잔잔한 호수처럼 변해 있었으며 보일 듯 말 듯한 미소까지 엿보이고 있었다.

"저분을 인간 세상으로 모시세요."

"네?!"

생각지 않았던 말이 나오자 카린느가 깜짝 놀라며 에리엘을 돌아보았다. 그녀에게서 이런 말이 나올지 전혀 예상하지 못했던 카린느였다.

"아, 알겠습니다, 에리엘님."

한참 동안이나 죽일 듯이 싸우던 에리엘의 갑작스런 변화에 잠시 어리둥절한 표정이던 카린느가 서둘러 대답하며 이스에게 걸어갔다.

"제가 요즘 신경이 예민했었나 봐요."

이스가 카린느의 손을 잡았을 때 에리엘이 조용한 어조로 말을 이었다.

"오늘 일… 잊어주셨으면 좋겠어요. 그리고 이스님께서 하신 말씀, 오랫동안 차분히 생각해 보겠어요."

"허허허, 감사합니다."

"그럼 다음에 또 기회가 되면 뵙지요. 카린느, 정중히 모시세요."

고맙다며 허리까지 숙이는 이스의 웃음에 에리엘 역시 미소로 대답을 대신했다. 카린느는 에리엘을 향해 살짝 고개를 끄덕여 보인 후 곧바로 이스와 함께 사라졌다. 킬리오드와 약속했던 장소로 이동한 것이다.

제26장 드래곤 로드와의 만남

"할아버지~"

이스가 나타나자 에이프릴이 가장 먼저 달려들어 그의 품에 안겼고 이클립스는 애써 담담한 표정을 지으며 허리를 숙여 보였다. 사이나는 조용히 이스의 어깨에 내려앉았으며 리켄은 '뭐 하고 이제야 오는 거예요' 라는 말과 함께 투덜거렸다. 하지만 일행들 모두의 얼굴엔 미소가 지워지지 않았다.

"허허허."

일행들의 지극한 환대에 이스는 너털웃음을 터뜨리며 천계에서 있었던, 에리엘과 싸웠던 일과 마계와 천계의 미래에 대한 것들을 제외한 일을 간단하게 설명해 주었다.

"뭐야, 그게? 그냥 차만 마시고 왔다는 말이에요? 쳇, 괜히 걱정했잖아요!"

"우리 홍아가 할아비를 걱정하다니. 허허허."

볼을 잔뜩 부풀리며 투덜거리는 리켄의 머리를 한차례 쓰다듬던 이스가 슬쩍 고개를 돌려 누군가를 바라보았다. 이스를 중심으로 일행들 모두가 둥그렇게 모여 있는 곳에서 5미터 밖으로 누군가 바닥에 비스듬히 누워 있었다. 이곳저곳에 피가 묻어 있는 하얀 원피스 차림에 치렁치렁한 금발 머리의 40대 초반 정도로 보이는 여인, 미스투렐렌 왕국의 통치자였던 리즈 2세였다. 그녀는 멍한 표정으로 바닥에 힘없이 쓰러져 누운 채였으며, 눈을 뜨고는 있었지만 초점없는 눈에서 생기라곤 조금도 찾아볼 수 없었다.

"저 여인은……."

이클립스가 조용한 어조로 이스가 떠난 이후에 벌어졌던 일들을 설명해 주었다. 항구 도시 미렐리아드에서와 비슷하게 벌어진 일이며 주변에 보이는 4개 왕국의 끔찍한 일들, 그리고 나타난 로브의 사내들과 리켄이 만난 새로운 남자에 대해 자세히 말해 주었다.

"최선을 다했지만 놈들이 앞을 막는 바람에 속수무책으로 당할 수밖에 없었습니다, 이스님. 두 나라에선 생존자가 없으나 나머지 두 곳에는 제법 많은 사람들이 살아남았습니다. 면목이 없습니다."

"허어, 그것참."

이클립스의 설명을 듣고 난 이후 이스는 안타깝고 슬픈 표정을 지으며 주변을 둘러보았다.

"살심(殺心)이 이는구나."

슬픈 눈망울로 오랫동안 주변을 둘러보던 이스가 무겁게 고개를 흔들며 이클립스를 향해 말했다.

"진아야, 그들을 잡아야겠구나."

"네, 이스님. 그렇지 않아도 리켄하고 몇 가지 상의한 것이 있습니다. 우선 저 녀석의 레어로 잠시 가서 이야기를 나누는 것이 좋을 듯합니다."

"그리하는 게 좋을 듯하구나. 그리하자꾸나."

이스가 천계에 가 있는 동안, 그리고 이상한 자들과의 싸움이 끝난 이후에 뭔가를 계획했는지 대답하는 이클립스의 표정에 자신감이 엿보였다. 이스는 별다른 말 없이 고개를 끄덕였고 일행들 모두 리켄의 레어로 이동했다.

"그래, 무슨 방법을 상의한 것인지 듣고 싶구나."

에이프릴이 잠들기를 기다린 이스가 푹신한 바닥에 앉으며 이클립스를 바라보았다. 잠을 청할 무렵 광기로 물든 늑대들이 설쳤었고, 그 이후 가슴이 뛰어 제대로 수면을 취하지 못하고 있었던 에이프릴은 이스를 만나고 안전한 곳으로 이동하자 긴장이 풀어졌는지 얼마 버티지 못하고 곧바로 잠에 빠져들었다.

최고급 카펫이 깔려 있는 바닥이었고 티끌 하나 없는 카펫이었다. 둥그런 레어 한쪽으로 일행들 모두가 앉을 수 있는 기다란 탁자가 놓여 있었으나 이스는 바닥에 앉는 것이 더욱 편한 모양이었다. 일행들은 이스를 중심으로 둥그렇게 모여 있었다.

"뭐, 일단 그놈들이 도망치지 못하도록 하는 게 우선이겠죠."

에이프릴 곁에 누워 있는 리즈 2세를 불만스런 표정으로 흘깃 바라보던 리켄이 자못 심각한 얼굴로 이스에게 시선을 주었다. 리즈 2세를 아무 곳에나 버려두고 오자며 투덜거리던 리켄이었지만 '국민들이 모두 죽어버린 마당에 정신까지 좋지 않으니 그리한다면 너무 매정한 처사지. 당분간 함께 있자꾸나' 라는 이스의 말을 거부하지 못했다. 리즈 2세는 여전히 초점없는 눈망울로 에이프릴 곁에 누워 있기는 했지만 눈을 감고 있지는 않았다.

"그 워프라는 마법 말이냐? 그것을 막을 방도가 있다는 말이더냐?"

리켄의 워프와 이클립스의 공간 이동을 쉽게 막았던 이스였다. 영검(靈劍)을 이용한다면 어렵지 않게 할 수 있긴 하지만 거리가 너무 벌어진다면 할 수 없었다. 또 그자들이 항구 도시 미렐리아드나 이곳 4국 연맹에서처럼 사람들을 방패 삼아 일을 벌인다면 다른 곳에 신경 쓸 여유가 없을 것이 분명했다.

"그리고 또 하나, 진아와 상대한 자는 이 할아비가 생각하기로도 상당한 실력자인 듯하구나. 그런 자가 상처를 입었으니 앞으로는 그들도 방비가 심할 터, 이 넓은 땅 어디에서 그들이 움직이는지 그것을 아는 것도 중요하지 않겠느냐. 우리가 모르는 곳에서 일을 벌이고 있다면 그것 역시 속수무책이지 싶구나."

"그놈들이 워프하는 건 나한테 방법이 있지만⋯⋯."

이스의 말에 리켄이 머리를 긁적이며 힐끔 이클립스를 바라보았다. 이클립스가 가볍게 미소 지으며 말을 이었다.

"그렇습니다, 이스님. 앞으로 그놈들을 만나면 절대 놓치지 않을 것입니다. 하지만 이스님 말씀처럼 그자들이 언제, 어디에서 움직일지 그것을 알 수 없다는 것이 문제입니다. 이제 얼마 남지 않은 천계와의 전쟁 때문에 마계의 힘을 빌리는 것에도 한계가 있으니 뭔가 다른 방도를 택해야 할 것 같습니다."

마왕의 명에 따라 휴가를 얻기는 했지만 상당수 마족들은 이제 얼마 남지 않은 천계와의 전쟁을 준비하고 있을 터였다. 그러나 이클립스는 마왕에게 더 이상 신세질 수 없다고 생각했다. 자신은 이렇게 하고 싶은 일들을 마음대로 하고 마왕의 명령을 따르지 않고 있는데 계속적으로 마계의 힘을 빌리기엔 그도 미안했다. 이클립스의 말이 이어졌다.

"우선 최선의 방법은 아나나 인간들의 힘을 빌려보는 것이 어떨까 하고 생각해 봤습니다, 이스님."

"사람들의 힘이라… 어떻게 말이더냐?"

조금이지만 반문하는 이스의 얼굴이 밝아졌다. 지금까지 일어났던 일들이 다른 곳에서 일어나지 말라는 법은 없었다. 또 그리된다면 더욱 많은 사람들이 무슨 일이 벌어지는지도 모른 채 속수무책으로 죽어나갈 것이었다. 하지만 사람들이 힘을 모으고 방비를 확실히 한다면 피해를 더욱 줄일 수 있을 것 같았다.

"분명 그자들의 힘은 세이트란 대륙에 사는 인간들의 힘으로는 어떻게 할 수 있는 수준이 아닙니다. 하지만 사람들이 사는 도시마다 우리들에게 연락을 취할 수 있는 조치를 취해놓는다면 어렵지 않을 것 같습니다. 연락이 올 때마다 저희들이 빠르게 이동해서 그들을 잡는다면 인간들이 입는 피해도 줄일 수 있을 테니 말이죠."

"흐음, 일리가 있는 말이구나. 하지만 이 넓은 대지에는 셀 수 없이 많은 도시들이 있을 것이고, 그 많은 도시들에는 저마다 수장들이 있을 것이니 그들이 과연 우리들의 말을 믿어줄지 모르겠구나. 그렇다고 힘으로 그들을 제압한다면 오히려 더욱 반발만 거세질 것이야. 게다가 그렇게 하기 위해선 많은 시간과 노력이 필요하지 않겠느냐? 시간을 줄이려다 오히려 역효과만 보는 게 아닌지 걱정이로구나."

"네. 맞습니다, 이스님. 그것을 하기 위해서 좋은 방도가 있지 않을까 지금까지 생각 중이었습니다만 아직까지는……."

이클립스는 곧바로 고개를 끄덕이며 수긍했다. 리켄이 워프에 대한 방비를 할 수 있다고 해도 그 다음이 문제였다. 항구 도시 미렐리아드 때와 4국 연맹 때에 운 좋게 그들을 발견할 수 있었으나 앞으로 그런 우연이 또 일어난다고 확신할 수 없었기 때문이다.

"두 가지만 해결하면 그 정도는 쉽게 할 수 있어요."

"응?"

"아니?!"

둥그렇게 모여 있는 일행들의 뒤쪽에서 누군가의 목소리가 들려왔다.

"이제 괜찮아진 게요?"

천천히 고개를 돌려 말하는 이스의 얼굴엔 작은 미소가 피어올라 있었다. 갑작스런 목소리의 주인공은 리즈 2세의 것이었다. 지금까지 풀린 동공으로 정신이 나간 듯 누워 있던 그녀가 일행들이 하고 있던 말을 모두 들은 모양이었다.

"당신들이 드래곤이든 마족이든 상관없어요."

레어에 도착할 당시 리켄이 '위대한 레드 드래곤의 레어에 오신 걸 환영합니다' 라고 했던 것을, 그리고 이클립스가 마계에 대한 것을 이야기했을 때 그녀는 일행들의 신분을 어느 정도 파악한 모양이었다. 침대에서 내려와 일행들 가까이 다가온 리즈 2세의 표정은 언제 넋이 나갔냐는 듯 침착하고 이성적이었다.

"그자들을⋯ 우리 나라와 열심히 살아가던 착한 국민들을 그렇게 처참하게 죽인 그자들을 반드시 잡아서⋯ 반드시 잡아서⋯⋯."

사뭇 냉정한 목소리로 말을 잇던 리즈 2세는 결국 눈물을 떨구며 눈을 감아버렸다. 오래도록 지속되던 4국 연맹, 그리고 미스투렐렌 왕국이 하루아침에 멸망했으니 그 참담한 심정은 이루 헤아릴 수 없을 것이다.

"반드시 잡아서 제 손으로 죽일 수 있게 해주세요. 그렇게만 해주신다면… 무엇이든, 제가 할 수 있는 것은 무엇이라도 하겠어요."

오래도록 흐느끼던 리즈 2세가 간신히 울음을 참고 눈물을 닦은 후 이스를 바라보았다. 모여 있는 모든 일행들이 이스를 깍듯이 대하기 때문에 그를 수장이라고 생각한 것 같았다.

"후후후, 웃기는군."

가만히 자리에 앉아 있던 이클립스가 낮은 웃음과 함께 자리에서 일어나 리즈 2세에게 걸어가며 말을 이었다.

"고작 너 따위 인간 계집 하나가 우리 같은 드래곤과 마족에게 뭘 해줄 수 있다고 생각하는가?"

웬일인지 그는 일행들의 신분에 대한 것을 말하며 지독한 살기까지 머금었다. 이클립스의 두 눈이 순식간에 피처럼 붉게 변했으며 검은 연기 같은 무서운 기운이 그의 몸 주변에 아지랑이처럼 피어오르고 있었다. 갑작스런 이클립스의 이런 반응에 일행들 모두 놀란 눈치였다. 하지만 이스는 보일 듯 말 듯한 미소를 머금고 조용히 이클립스를 지켜보고 있었다.

"제게 원하시는 것이 목숨이라면 기꺼이 바칠 것이고, 영혼이 있다면 그것 역시 바치겠어요. 당신들이 원하는 것이 있다면 그 무엇이라도 하겠어요, 무엇이든지!"

이클립스의 갑작스런 반응도 놀라웠지만 리즈 2세 역시 만만치 않았다. 비록 의도적으로 살기를 약하게 하기는 했지만 이클립스에게서 뿜어져 나오는 살기는 일류 기사들조차 보는 것만으로도 오금이 저리고 겁에 질려 말은커녕 움직이지도 못할 정도였다. 그런데도 리즈 2세는 흠칫하고 한차례 몸을 떨었을 뿐 당당하고 침착하게 대응했다. 자신의 왕국과 국민들을 죽인 원한이 공포를 이길 수 있게 한 듯했다.

"그대의 이름을 알고 싶군. 그대의 왕국에서 많은 기사들이 그대와 그대의 가족을 살리기 위해 목숨을 바쳤더군."

살기와 무서운 겉모습을 일시에 없애고 평소와 같은 모습으로 돌아온 이클립스의 얼굴은 진지하고 냉정했다. 조금 전의 행동은 그가 리즈 2세의 마음을 알아보기 위해 의도적으로 취한 행동이었다. 공포를 이기지 못하고 말을 바꾸는 인간들을 셀 수 없이 봐왔던 이클립스로서는 당연한 행동이라고 볼 수 있었다.

"데이라 포렐리아스 리즈 2세. 리즈 2세라고 불렀어요. 우리 나라… 미스투렐렌 왕국의 지휘권을 가지고 있었기 때문에 병사들이 저와 제 가족들을 위해서……."

"흐음."

어느 정도 예측하긴 했지만 그 정도까지 높을 줄은 몰랐는지 이클립스의 얼굴에 살짝이지만 놀랍다는 표정이 스쳤다. 왕국의 지휘권을 가지고 있다는 말은 '여왕'이라는 말이었다. 한데 리즈 2세의 말투와 행동은 예의 바르고 겸손해 보였다. 아무리 상대가 마족이고 드래곤이라 하더라도 오랜 세월 동안 높은 신분에 있다 보면 은연중에 상대를 깔보는 듯한 행동거지가 나오게 마련이었다. 잠시 말을 멈추고 리즈 2세를 보던 이클립스가 두 가지 해결책에 대한 것을 물었다.

"그 두 가지가 뭔가?"

"지금 세이트란 대륙은 쿠르디르드 제국, 이 한 국가에 의해 통치된다고 해도 과언이 아니에요. 아니, 쿠르디르드 제국이 대륙의 주인이지요. 세이트란에 있는 어떤 나라도 제국의 말을 따르지 않고서는 살아갈 수 없으니까요. 그러니 제국의 황제만 설득한다면 대륙의 구석진 곳에 위치한 나라에까지 며칠 사이에 모든 일들을 전할 수 있어요."

"그것 편하군."

리즈 2세의 말에 이클립스의 얼굴로 부드러운 미소가 어렸다. 한 나라만 닦달하면 그만이라면 시간 역시 오래 끌지 않아도 되기 때문이었다. 잠시 미소 짓던 이클립스가 리즈 2세를 향해 말했다.

"그래, 나머지 하나는 뭐지?"

"쿠르디르드 제국의 황제는 겉모습과는 달리 치밀하고 고집이 세지요. 겉으로는 아무리 어려운 일이라도 모두 들어주는 맘씨 고운 노인네처럼 보이지만… 뒤에서는 작은 일 하나하나를 낱낱이 캐고 들어 아니다 싶은 일에는 결코 허락을 내리지 않지요. 하지만 그 역시 대신관의 힘을 빌린다면 쉽게 처리할 수 있어요. 대신관이 요구하는 것이라면 황제는 무엇이든 수락하지요. 대신관만 어떻게 하면 모든 일을 쉽게 처리할 수 있지요."

"후후후. 뭐, 그자까지 필요할 일은 없으니 됐군."

리즈 2세의 말이 끝나기도 전에 이클립스는 낮은 웃음을 흘리며 자신감을 보였다. 아무리 고집불통이라고 해도 마족 서열 2위인 이클립스가 직접 나서는데 허락하지 않는다는 것이 오히려 이상한 일이기 때문이다.

"리켄 군."

"알았어, 짜샤. 나도 듣고 있었다."

이클립스가 돌아보자 리켄이 버럭 소리치며 자리에서 일어섰다. 그리곤 두 눈을 감은 채 뭔가를 중얼거렸다.

"이스?"

"오냐."

한참 동안 눈을 감고 중얼거리던 리켄이 머리를 긁적이며 이스에게 다가왔다. 걱정스럽기도 하고 불안한 것도 같은 이상한 표정이었다.

"저랑 같이 좀 가줘요."

"어디를 말이더냐?"

"에이~ 글쎄, 같이 좀 가달라니까요."

"허허허, 녀석 참."

리켄이 팔을 잡아끌자 할 수 없다는 표정으로 고개를 흔들던 이스가 못이긴 척 자리에서 일어섰다.

"야, 이클립스! 우리 어머니 집까지 차원 이동 홀 좀 만들어주라. 어머니가 허락했으니까 될 거야."

"후후후, 로드께서 허락하셨다면 어렵지 않은 일이지."

리켄의 부탁에 이클립스는 두말없이 차원 이동 홀을 만들었다. 리켄이 이클립스에게 이런 부탁을 하는 데에는 이유가 있었다. 리켄 혼자만의 일이 아니라는 점을 조금 더 부각시키기 위해서였고, 더욱 중요한 것은 드래곤 로드인 어머니가 자신보다 이클립스의 말을 더욱 신뢰하는 안타까운 현실 때문이었다.

"그럼 잠시 다녀오마."

"네, 이스님. 저도 곧 움직이겠습니다."

이스는 망설이지 않고 차원 이동 홀 속으로 들어갔고, 리켄은 자신을 따르려는 디아루에게 무서운 눈초리를 보인 후 이스의 뒤를 따랐다. 이스와 리켄이 들어간 차원 이동 홀이 사라진 후 이클립스가 리즈 2세에게 말했다.

"후후후, 자, 그럼 우리도 움직여 볼까?"

"네?"

이클립스가 자신을 보며 '우리'라는 표현을 하자 리즈 2세가 깜짝 놀란 표정이 되어버렸다. 함께 가자는 말 때문이었다. 씨익 웃으며 이클립스가 말을 이었다.

"내가 인간 세상에 나온 것은 상당히 오래전이었다. 네 조언이 필요할 수 있으니 같이 가자는 말이다."

"알겠어요. 그렇게 하지요."

리즈 2세의 대답에 이클립스는 이내 차원 이동 홀을 만들었고, 리즈 2세와 함께 홀 속으로 들어갔다. 리켄의 레어에는 사이나와 디아루, 그리고 에이라와 에이프릴만이 남아 있었다. 사이나는 이스의 어깨 위에 있었으나 그가 리켄의 어머니를 만나러 갈 것 같자 아무런 말 없이 이스의 어깨에서 내려왔다.

"아니?!"

커다란 침대 뒤편에 있는 작은 문이 열리고 리켄과 함께 이스가 나타나자 레오니아의 아름다운 미간이 한껏 찡그려졌다. 요정 쌔니로부터 들은 바로는 분명 리켄만 레어에 도착하겠다고 했었다. 드래곤이 아닌 다른 종족을 감히 드래곤 로드의 레어로 데리고 온다는 것은 절대 있을 수 없는 일이었던 것이다.

"이 녀석, 이게 무슨 짓이냐?"

이스를 발견하자마자 레오니아는 버럭 소리치며 무서운 표정으로 리켄을 쏘아보았다. 화가 나는 것보다 너무도 어이가 없는 일이었기에 먼저 고함이 터져 나온 것이다.

"히익! 살려줘요, 이스!"

"허허허."

리켄은 깜짝 놀라며 이스의 등 뒤로 숨고는 떨리는 눈초리로 레오니아를 살폈다. 레오니아는 여전히 무서운 표정이었는데 그 표정은 좀처럼 사그라지지 않을 것 같았다. 이스가 웃으며 허리를 숙였다.

"처음 뵙겠습니다, 이스라고 합니다."

"너, 이 녀석! 이리 오지 못해?!"

이스의 정중한 인사에도 레오니아의 시선은 리켄에게서 떨어지지 않았다. 한낱 인간 따위의 인사를 받을 그녀가 아니었다.

"이 녀석이!!"

"이스는 보통 사람이 아니에요, 어머니!"

레오니아가 으르렁거리듯 이를 드러내며 다가오려 하자 리켄은 이스의 어깨를 붙잡은 채 뒤로 몇 걸음이나 물러서며 외치듯 말을 이었다.

"아무리 어머니라고 해도 이스한텐 안 될걸요? 화만 내지 말고 제 말 좀 들어보세요. 이스, 뭐 해요? 어떻게 좀 해봐요."

"허허허, 이 녀석아. 이 할아비를 여기까지 끌고 온 녀석이 알아서 할 것이지, 저분은 네 어머니이시고 거기에 모든 드래곤들의 수장이신 드래곤 로드이신데 이 할아비가 뭘 어찌하겠느냐?"

아이처럼 졸라대는 리켄의 머리를 한차례 슬쩍 쥐어박은 이스는 허허 웃으며 옆으로 비켜섰다. 어머니가 무서워 함께 오자고 한 것은 어느 정도 이해할 수 있으나, 그의 말처럼 리켄의 어머니에게 힘을 행사할 수도 없는 노릇이었으며 협박은 더 더욱 할 수 없었다. 드래곤 로드라면 모든 드래곤들의 수장이었다. 인간 세상으로 치자면 커다란 단체의 장문인 격이었다. 이스의 이성으로는 한 단체의 장문인에게 위협을 가하거나 협박을 가한다는 것은 있을 수 없는 일이었다.

"흐음."

가느다란 콧소리를 내며 레오니아가 분노를 억누르며 관찰하듯 이스를 주의 깊게 바라보았다. 이스와 리켄이 주고받는 대화 속에서 이상한 것을 느껴서였다.

『로드, 저 인간은 로드가 어떤 분인지 알고 있는 것 같아요.』

한쪽 허공에서 날갯짓하던 쌔니가 호들갑을 떨며 레오니아의 어깨 위로 내려앉았다. 쌔니의 말처럼 레오니아 역시 그것이 이상했다. 아무런 힘도 느껴지지 않는 노인이었다. 그런데 리켄은 노인을 상당히 의지하는 것 같았으며 이스라는 이름의 노인은 리켄이 누구인지 이곳이 누구의 레어인지도 알고 있는 것 같았다.

"어머니, 항 워프 마법 좀 알려주세요. 아니면 그냥 그 마법 적어놓은 책만이라도 던져 주세요. 제가 알아서 익힐 테니까요."

레오니아가 조용히 입을 다물고 있었지만 여전히 두려운 듯 리켄은 다시금 이스의 등 뒤로 몸을 숨기고 살짝 얼굴만 내밀었다.

"어머, 우리 리켄이 로드의 자리를 맡을 생각인 거니?"

이스를 바라보던 레오니아의 찡그려졌던 미간이 믿을 수 없는 속도로 퍼지며 밝은 미소까지 피어올랐다. '항 워프 마법' 때문이었다. 그것은 오로지 드래곤 로드에게만 전해지는 몇 안 되는 마법이었으며 그것을 배우겠다는 말은 드래곤 로드의 자리에 앉겠다는 말과 같았기 때문이다.

"로드가 되면 인간 세상으로 여행할 수 없다면서요?"

"그렇지. 네가 생각하는 것보다 드래곤 로드는 아주 바쁜 자리란다.

이 에미가 한가한 것처럼 보여도 얼마나 바쁜지 모른단다."

"헤……."

리켄은 말도 안 된다는 표정으로 혀를 내둘렀다. 그가 어머니와 한 레어에서 보낸 시간이 4천 년이었다. 또 어머니가 드래곤 로드가 된 이후의 모습도 아주 오랫동안 지켜봐 왔었다. 그런 그가 보기에 드래곤 로드라는 직은 거의 하는 일이 없어 보였다. 가끔 해츨링이 태어나면 축하한다는 명목 하에 선물을 한 아름 가지고 레어를 떠나고, 여러 일족들 사이에 분쟁이나 싸움이 일어나려 하면 중간에서 중재하는 역할 밖에 없는 듯했다. 그러면서도 제약은 많이 따랐으며 각 일족의 수장이나 원로원들의 재가를 받아야 하는 귀찮은 위치일 뿐이었다. 이미 드래곤 로드의 자리를 수락하고 앞으로 하겠다는 맹약까지 억지로 한 상태이긴 하지만 지금 당장은 죽었다 깨어나도 싫었다.

"싫어요. 그냥 항 워프 마법만 알려줘요. 천 년 뒤에 어차피 맡을 건데 그냥 좀 알려줘요, 어머니."

"뭐?"

아주 싫은 듯이 세차게 고개를 흔들면서도 리켄은 어머니의 눈치를 살폈다. 그러자 레오니아의 밝디밝던 표정이 눈 깜짝할 사이에 잔뜩 찡그려졌다.

"드래곤 로드가 아니라면 그 어느 누구도 그 마법을 얻을 수 없다는 걸 모르지는 않을 텐데?"

"지금 꼭 필요하다니까요. 그러니까 너무 재지 말고 좀 알려주세요, 어머니."

"어째서 필요한 것인지 그 이유를 말해 보렴."

"그, 그게… 그러니까……."

레오니아의 물음에 리켄은 어떻게 대답해야 할지 난감한 표정이었다. 이스와 함께 파괴신을 부활시키기 위한 여행 도중 만난 엄청난 위력의 인간들에 대해 말해 봤자 믿어주지 않을 게 뻔했다. 자신이 직접 눈으로 보고 몸으로 겪었는데도 아직까지 믿어지지 않는 일이었기에 어머니는 더욱 그러할 것이라고 생각했다.

"허허허, 이 늙은이가 대답해 올리지요."

"히익! 이스, 안 돼요!"

이스가 나서려 하자 리켄이 펄쩍 뛰며 고개를 흔들었지만, 전혀 통하지 않았다. 이스는 이내 그와 일행들이 하려는 일과 그동안 겪었던 일들에 대해 조금도 거짓을 섞지 않고 솔직히 말했다.

"허……."

이스의 말이 모두 끝났을 때 레오니아가 보인 반응은 어이없다는 허탈한 표정이었다. 다크 드래곤인 '디아루 사건' 이후 잠잠할 것이라 생각했던 리켄이 이런 말도 안 되는 일을 벌이고 다닌다는 게 허탈하기까지 한 모양이었다.

"파괴신을 부활시키러 다닌다? 그리고 네 녀석하고 이클립스의 마법이 통하지 않는 인간들이라? 게다가 인간들이 워프까지 한다?"

"그렇다니까요, 어머니. 여기 있는 이스는 절대 거짓말하는 사람이 아니에요. 그리고 그렇게 정 못 믿겠으면 이클립스 녀석 불러서 확인해 보세요, 어머니."

"허……."

절대 거짓이 아니라는 듯 사뭇 진지하고 간절한 표정으로 리켄이 말했지만 레오니아의 표정엔 조금의 변화도 나타나지 않았다. 파괴신을 부활시킨다는 이야기가 현실로 다가오지 않을 뿐더러, 이클립스는 마족 최강의 전사였다. 어쩌면 현존하는 드래곤들 중 그를 이길 수 있는 드래곤은 없을지도 모른다고 생각되는 마족이었다. 또한 리켄의 마법 실력은 이미 드래곤 로드인 그녀를 능가하고도 남음이었다. 비록 드래곤 로드만이 사용할 수 있는 마법이 있기는 했지만, 그 마법을 사용해서 싸운다고 하더라도 리켄과 상대한다면 결코 이길 수 없을 정도였다. 그런 리켄과 이클립스를 궁지에 몰아넣고 마법까지 통하지 않는다는 말이 파괴신을 부활시키기 위해 여행한다는 말보다 더욱 믿기 힘든 레오니아였다.

"드래곤 로드님의 심정은 충분히 이해할 수 있습니다."

조용히 레오니아와 리켄의 대화를 듣고 있던 이스가 고개를 끄덕이며 말을 이었다.

"하지만 지금까지 말씀드린 것들은 모두 사실이고 그 증거도 남아 있습니다. 그 사람들과 싸웠던 곳이 미렐리아드라는 이름의 항구 도시이고 다른 하나는 4국 연맹이라고 불리는 곳입니다. 그곳이 이미 엉망이 돼 있으니 잠시 가보신다면 알 수 있을 것입니다."

"흐음……."

리켄을 향해 있던 레오니아의 시선이 다시금 이스에게 닿았다. '증거'라는 말 때문에 시선을 돌리긴 했지만 이상하게도 레오니아는 이스가 마음에 들지 않았다. 말투와 행동거지는 분명 반박할 수 없을 정도로 예의가 넘쳤고 깍듯했지만, 드래곤 로드라는 것을 알면서도, 그리고 리켄이 드래곤이라는 걸 알면서도 그는 여유로웠고 한 점 흐트러짐도 보이지 않았다.

레오니아는 '증거'에 대한 물음을 잊은 채 이스의 행동에 대해 깊이 생각해 보았다. 예의와 부드러움 속에 넘치는 여유는 정신이 어떻게 됐거나 가식적으로 보이는 행농은 절대 아니었다. 오히려 이스의 여유로움 속에는 스스로에 대한 진한 자신감이 알게 모르게 묻어 있었으며 그것이 은연중에 풍기는 것을 느낄 수 있을 정도였다.

"쌔니."

잠시 이스에 대해 생각하던 레오니아가 왼쪽 어깨에 앉아 있는 쌔니를 돌아보았다. 우선 증거에 대한 확인 작업을 한 이후에 궁금한 것을 해결할 생각이었고, 시간은 넘치도록 충분했기에 서두를 필요를 느끼지 못한 것이다.

"저자가 말한 곳에 다녀오세요."

『네, 로드.』

쌔니는 대답과 동시에 몸을 반짝이며 모습을 감췄다. 원래 요정들은 그들만의 공간에서 벗어나면 거의 아무런 능력이 없게 된다. 하지만 쌔니 같은 경우는 오랜 세월 동안 레오니아와 함께 지냈고 여러 가지 마법을 배워 어렵지 않게 펼칠 수 있었다. 그것엔 마법을 실행시킬 수 있는 몇 가지 아이템, 특히 레오니아에 의해서 만들어진 최고급 아이템이 커다란 역할을 했다.

조금 전에도 그랬다. 아무리 마법을 배운 요정이라도 '워프'라는 최고급 마법을 펼치는 것은 상당한 무리가 따랐고 성공률은 거의 희박하다고 볼 수 있었다. 하지만 그녀가 입고 있는 옷에는 드래곤 로드만의 마법이 담겨 있었고 그것에 의해 어렵지 않게 워프라는 마법을 펼칠 수 있었던 쌔니였다.

『로, 로드!!』

아무도 입을 열지 않고 10여 분의 침묵이 흘렀을 때 레오니아의 앞쪽에서 쌔니가 모습을 드러내서는 깜짝 놀란 표정으로 호들갑을 떨어댔다.

『큰일이에요, 큰일이에요, 로드! 저자의 말이 모두 맞아요, 로드! 큰일이에요. 정말로 큰일이에요!』

"허허허."

다급한 표정으로 어쩔 줄 몰라 하는 쌔니의 모습에 이스가 참지 못하고 그만 낮은 웃음을 터뜨렸다. 앳된 소녀 같은 얼굴로 몸을 흔들어가며 칭얼거리는 목소리와 행동이 너무도 귀여웠기 때문이다. 사이나와 똑같은 요정이었지만 언제나 도도하고 새침한 사이나와 달리 쌔니는 목소리나 행동 모두가 절로 웃음이 나올 듯한 모습이었다.

"걱정하지 말고 침착하게 도시들의 모습을 제게 보여주세요."

『네, 로드.』

이스의 행동이 거슬렸는지 잠시 불쾌한 표정으로 그를 노려보던 레오니아가 고개를 돌리자 쌔니가 입고 있는 원피스 중간 부분의 작은 주머니에서 좁쌀만한 붉은 구슬을 꺼내 내밀었다. 레오니아는 마법으로 붉은 구슬을 허공에 띄우며 뭔가를 중얼거렸고, 곧 그녀의 앞쪽으로 반투명한 그림이 펼쳐졌다.

"허어, 그것참······."

이스의 입에서 절로 감탄사가 흘러나왔다. 허공 사이에 그림처럼 펼쳐진 것은 항구 도시 미렐리아드였던 곳이 사막처럼 변해 버린 삭막한 풍경이었고 곧 이어 시체가 즐비하고 대다수 건물들이 불에 타버린 4국 연맹의 모습까지 펼쳐졌다.

'참으로 대단한 능력이로구나.'

신기한 마법과 엉망으로 망해 버린 도시의 모습에 이스는 새삼 놀랍고 안타까운 시선으로 도시의 풍경과 드래곤 로드를 바라보았다. 그동안 리켄과 함께 다니며 많은 일들을 겪기는 했지만 이런 마법이 있다는 것은 보지 않았다면 믿기 힘들었을 것 같았다.

"저, 저기가?"

『네. 맞아요, 로드. 조금 전에 보였던 곳은 분명히 항구 도시 '미렐리아드' 라고 불리는 곳이고, 이번에 보여 드린 곳은 확실히 4국 연맹이 맞아요. 제가 이 두 눈으로 직접 확인한 거예요, 로드.』

"세, 세상에… 세상에……!"

믿어지지 않는 모양인지 레오니아는 입만 벙끗거릴 뿐 제대로 말을 잇지 못했다. 인간들 사이에서 전쟁이 일어나거나 천재지변으로 망한 것이 아니었다. 항구 도시 미렐리아드의 믿을 수 없는 모습은 천재지변 따위로 일어날 성질의 것이 아니었으며, 짐승에게 처참히 뜯긴 수많은 4국 연맹 사람들의 시체들 역시 마찬가지였다. 전쟁이 벌어져 사람들이 죽었다고 하기엔 그 시체들이 하나같이 눈 뜨고 볼 수 없을 정도였다.

"어떻게 저런 일이… 어떻게……?!"

조금씩 레오니아의 표정이 일그러지기 시작했다. 분명 이스의 말은 거짓이 아니었다. 그렇다면 누군가 인간의 힘을 초월한 자들의 짓일 확률이 높았고 그것을 할 수 있는 자는 세이트란 대륙에 몇 되지 않았다.

"이놈… 리켄……!!"

허공에 나타난 도시들의 모습을 오래도록 바라보던 레오니아가 부서질 듯 이를 앙다문 채 리켄을 돌아보았다. 이 모든 것을 리켄이 저지른 것으로 생각한 모양인지 그를 노려보는 레오니아의 무서운 눈초리에 살기가 가득 피어올랐다.

"이 녀석이 감히 저런 짓을 벌이고 그 따위 핑계를!"

"아니란 말이에요!!"

무서운 얼굴로 한 걸음씩 레오니아가 다가오자 리켄은 이스의 어깨를 뒤로 잡아끌며 조금씩 뒤로 물러섰다. 그런 리켄을 잠시 미소와 함께 바라보던 이스가 레오니아를 바라보며 천천히 입을 열었다.

"이 아이의 말은 거짓이 아닙니다. 4국 연맹은 모르나 항구 도시 미렐리아드라는 도시에서는 이 늙은이도 함께 있었고 모든 상황을 지켜봤습니다. 그러니 이 아이의 말을 믿어주시지요."

"이스 말이 맞아요, 어머니. 정말이에요. 제가 뭐 때문에 도시를 없애겠어요. 그리고 없애 버릴 거면 왕창 없애 버리지 4국 연맹처럼 지저분하게 인간들을 죽이겠어요? 그리고 4국 연맹을 잘 보세요. 아직 살아 있는 사람이 조금이지만 있다고요. 죽일 거면 다 죽이지 뭣 하러 그 정도를 남겨놨겠어요?"

이스의 말에 힘을 얻은 리켄이 얼굴을 살짝 내밀고 강한 어조로 말했지만 레오니아의 표정은 더욱 무서워지고 있었다. 그녀는 모든 사건을 리켄이 저지른 것으로 생각했다. 또한 이스라는 대단한 배포를 지닌 인간과 함께한 것 모두 조금이라도 자신을 설득하기 위한 도구로밖에 생각되지 않았다.

"이리 오지 못해!!"

"히익!"

오랫동안 무섭게 노려보던 레오니아가 버럭 소리치며 손짓했지만 리켄은 절대 움직이지 않았다. '일단 때려놓고 보자'는 것이 오랜 세월 동안 겪은 어머니의 행동이기에 억울하기도 하고 무섭기도 한 리켄이었다.

"으이구, 정말."

잠시 이스의 등 뒤에 몸을 숨기던 리켄이 살며시 얼굴을 내밀고 외치듯 말을 이었다.

"하나밖에 없는 아들이 거짓말을 하겠어요? 믿어주세요! 이번엔 정말, 정말, 정말 진짜라고요! 한 번만 믿어달라니까요!!"

"이놈이!!"

나름대로 진실을 담으려 했지만 리켄의 목소리에는 투정이 잔뜩 배어 있어 오히려 끓는 기름에 불을 당긴 꼴이 돼버렸다. 그동안 간신히 참고 있던 레오니아가 리켄의 외침이 터진 순간 화를 참지 못하고 그를 향해 손을 뻗었다.

콰콰쾅!

커다란 불덩어리가 이스의 정면에 직격하며 커다란 폭발을 일으켰다. 순식간에 커다란 레어의 반 이상이 날아가 버렸으며 온갖 집기들이 폭발과 함께 폭풍처럼 퍼진 바람을 이기지 못하고 사방으로 흩어졌다.

"아… 니……?!"

하지만 이내 씩씩거리며 매캐한 검은 연기를 없애 버린 레오니아의 얼굴이 놀라움으로 가득 차버렸다. 비록 어느 정도 힘의 안배를 생각해서 적당히 상처만 입힐 정도의 힘만 사용했지만, 그것은 중상이라고 할 수 있을 정도의 힘이었다. 그런데 연기가 걷히며 나타난 이스와 리켄은 털끝 하나 다치지 않은 모습이었던 것이다.

"허어… 그것참……."

경악한 표정으로 바라보는 레오니아와 등 뒤에 죄인처럼 몸을 숨긴 리켄 사이에 선 이스는 난감한 표정이었다. 영검(靈劍)에 의해 자연적으로 불덩어리를 없애긴 했지만 레오니아는 그것을 리켄의 짓으로 생각한 듯했다.

"어, 어떻게… 어떻게……!"

한동안 아무런 말 없이 이스의 어깨 너머로 보이는 리켄의 붉은 머리를 바라보던 레오니아가 망연자실한 표정으로 털썩 바닥에 주저앉았다. 그런 그녀의 눈으로 굵은 눈물이 길게 흘러내렸다.

"어떻게 네가 이럴 수 있니? 내가, 내가 널 어떻게 키웠는데. 흐흐흑."

『리켄님이 어떻게…….』

레오니아는 정말 서럽게 눈물을 흘리며 흐느꼈고 그녀의 어깨 위에 내려앉은 쌔니 역시 눈물을 글썽이고 있었다. 둘의 모습은 보는 사람의 마음이 절로 아파올 정도였다.

"내가 죽어야지. 이렇게는 못살아. 흐흐흑."

바닥에 주저앉아 흐느끼던 레오니아가 이제는 땅을 주먹으로 쳐대며 커다랗게 울음을 터뜨렸다. 그녀는 리켄에 대한 심한 배신감과 자괴감으로 온몸에 힘이 빠지는 것 같았다.

이곳은 드래곤 로드의 레어였다. 이곳에선 드래곤 로드를 제외한 다른 누구도 로드의 허락없이 마법을 펼칠 수 없었다. 그것은 드래곤 로드에 대한 기본적인 예의였으며 드래곤 로드라는 자리가 생긴 이후 지금까지 단 한 번도 깨지지 않고 지켜지던 불문율이었다. 그런데 그것을 다른 드래곤도 아닌 자신의 아들이 깨버렸다고 생각하니 그저 눈물만 흐르는 레오니아였다.

"제가 막은 게 아니에요. 정말 왜 그래요, 이스도 있는데 창피하게시리……."

"허허허, 이 아이의 말이 맞습니다. 로드께서 무언가 오해를 하고 있으신 듯합니다."

서럽게 흐느껴 우는 레오니아의 모습에 리켄과 이스가 나서서 자세히 설명하며 설득해 봤지만 그녀의 울음은 끊이지 않고 이어졌다. 이스가 잠시 고개를 저으며 리켄의 귀에 대고 뭔가를 중얼거렸다.

"어머니!! 잘 보세요. 확실히 보시라니까요."

귓속말을 듣고 환한 얼굴이 된 리켄이 이스의 등에서 벗어났다. 그리곤 이스에게 팔을 뻗은 후 뭔가를 중얼거렸다. 그러자 그의 손앞에서 커다란 불덩어리가 생성되더니 곧장 이스를 향해 쏘아졌다.

콰쾅!

레오니아의 불덩어리보다 더욱 강한 것이 이스에게 직격했고 이내 커다란 폭발이 터져 나왔다. 주변은 삽시간에 아수라장이 돼버렸으며 바닥이 움푹 파였고 멀리 떨어져 있던 벽도 여기저기 갈라졌다. 리켄이 쏘아 보낸 불덩어리의 위력이 얼마나 대단한지를 보여주는 예였다.

"아니?!"

언제 울었냐는 듯 자리에서 벌떡 일어난 레오니아의 표정엔 놀라움이 가득 담겨져 있었다. 매캐하고 시커먼 연기가 사라지며 나타난 이스의 태연하고 여유로운 모습 때문이었다. 비록 서럽게 흐느끼고 있었지만 리켄의 행동을 예의 주시하고 있었던 그녀였기에 지금까지 일어난 장면을 모두 지켜보고 있었다.

"흐음."

콧소리를 내며 자리에서 일어선 레오니아의 표정이 묘하게 바뀌어 있었다. 분명 리켄이 쏘아 보낸 불덩어리는 대단한 위력의 공격 마법이었다. 또한 이스라는 노인에게 방어 마법을 걸어두지도 않았으며 공격 마법은 완벽하다는 말조차 무색할 정도로 이스의 가슴 부근에 직격했다. 그럼에도 이스는 어디 한 군데 다친 곳도 보이지 않는 멀쩡한 모습, 아니, 기다란 옷자락이나 긴 수염 어디 한 군데 그슬린 곳도 없었다.

"이제 믿어주시겠습니까?"

"글쎄요."

레오니아의 말투가 바뀌었다. 리켄 때문에 잠시 잊고 있었지만, 이스라는 노인은 그저 배포만 대단한 노인은 아닌 것 같았다. 분명히 리켄의 공격 마법을 쉽게 받아냈고 지금까지 흐트러진 모습은 한 번도 보이지 않았다.

『이상한 노인이에요, 로드.』

레오니아의 곁에서 함께 울먹이던 쌔니 역시 언제 울먹였냐는 듯 새초롬한 표정으로 돌아와 있었다. 그런 둘의 모습에 리켄은 '무서운 파트너'라고 생각했지만 지금은 조용히 있는 것이 좋을 것 같아 말없이 어머니의 입이 열리기만을 기다렸다.

"흐음."

오랫동안 아무런 말 없이 이스를 바라보던 레오니아가 한 손으로 턱을 괴며 옆에 쓰러진 의자를 일으켜 세워 앉았다. 뭔가를 깊게 생각할 때마다 항상 의자에 앉아 생각에 잠기는 것이 그녀의 오랜 습관이었다.

『이상하기는 해요, 로드. 예전에 리켄님께서 저런 일을 몇 번 벌인 적이 있었지만 이렇게 직접 찾아온 적은 없었잖아요.』

생각에 잠긴 레오니아 옆에서 쌔니 역시 이상하다는 듯 중얼거리고 있었다. 사실 몇 가지 이상한 점은 분명 있었다.

"아무래도 조금 더 생각하고 조사해 봐야겠어요."

"허허허, 그러시지요."

한차례 무서운 눈길로 리켄을 보던 레오니아가 자리에서 일어났다. 비록 마법을 이용해 두 도시의 모습을 보기는 했지만 조금 더 자세한 정보가 필요했다. 또 이스와 리켄이 말하는 것이 모두 사실로 판명된다면 그것은 보통 큰일이 아니었으며 아무리 드래곤 로드의 자리에 있다 하더라도 그녀의 독단으로 처리할 계제가 아니었다.

"우리가 조금 아니, 무지 바빠서 그런데요, 그냥 항 워프 마법만 가르쳐 주면 안 돼요, 어머니? 정말 바빠서 그러는데."

"닥치고 있지 못해!!"

"네."

레오니아의 커다란 외침에 리켄은 결국 고개를 푹 숙인 채 한쪽으로 걸어가 자리에 털썩 하고 주저앉았다. 이스와 함께 오기만 하면, 이스의 무지막지한 힘이 도움될 것이라 생각했던 것이 오판이었다.

"에휴……."

절로 한숨이 흘러나왔다. 한시라도 빨리 벗어나고 싶었지만 이제 어머니의 결정만 남아 있으니 하는 수 없이 기다려야 할 일만 남았다.

휘이이잉~

이스와 리켄이 레오니아의 레어에 도착했을 때 이클립스는 리즈 2세와 함께 쿠르디르드 제국, 황궁의 은밀한 곳에 도착해 있었다. 제국 쿠르디르드는 이스를 만나고 처음으로 도착한 도시였기에 어렵지 않게 찾을 수 있었으나 황제가 누구인지, 어디에서 주로 움직이는지 알 수는 없었던 터라 황궁에서 가장 높다란 궁의 탑 꼭대기에 차원 이동 홀을 만들어 도착한 이클립스였다. 시원하게 펼쳐져 있는 도시의 풍경에 시선을 둔 채 이클립스가 지나가는 투로 입을 열었다.

"그대는 이곳의 황제라는 자와 만난 적이 있나?"

"네, 몇 번 만났어요. 황태자의 결혼식 때와 첫 번째 황후가 죽었을 때, 그리고 몇 번인가 더 있는데 자세히는 기억나지 않는군요. 하지만, 볼 때마다 그 느끼한 시선… 외교 사절을 보내면 모두 들어주다가 얼마 뒤에 곧바로 말을 바꾸는 인간이지요."

누구나 두려워하는 마족과 함께하고 있는데도 리즈 2세는 그다지 개의치 않는 표정이었다. 이제 그녀에게 남아 있는 것이라곤 왕국과 가족들, 그리고 국민들에 대한 복수심뿐이었기에 두려움이나 공포는 느끼지 못하는 듯했다.

"훗, 대륙 최강의 황제라면서도 좋은 자는 아닌 모양이군. 그대의 목소리에서 역겨움이 느껴지는 걸 보니 말이야."

비릿한 미소를 머금으며 이클립스가 고개를 돌려 자신의 팔을 꼭 잡고 위태롭게 서 있는 리즈 2세를 바라보았다. 그리 긴말은 아니었지만 그녀의 목소리에선 황제에 대한 진한 비웃음과 거부감이 느껴졌다. 리즈 2세의 대답이 이어졌다.

"황제는 속을 알 수 없는 사람이에요. 한없이 인자한 것 같으면서도 다른 나라들에게는 가혹할 정도로 심한 짓거리를 하고, 모든 것을 들어 줄 것처럼 말하다가도 오히려 더 많은 짐을 지우는 인간이에요. 어쩌면 황제보다도 그 밑에서 권력을 잡으려는 대신들의 쓰레기 같은 생각일지 모르지만."

"후후후."

고운 아미까지 잔뜩 찡그리며 말하는 리즈 2세였지만 이클립스는 이내 고개를 돌려 확 트인 주변을 바라보았다. 지상에서 아무리 적게 잡아도 족히 70여 미터가 넘을 높다란 탑에 올라와 있는 이클립스와 리즈 2세였다. 그런데 이렇게 높은 곳에서도 도시의 끝이 보이지 않았으며 황궁의 크기 역시 어마어마할 정도였다.

크기만 놓고 본다면 마왕성보다 몇 배는 클 것 같았으며 황궁의 끝에서 끝까지 건장한 청년이 제법 빠른 속도로 걷는다고 하더라도 6시간이 넘게 걸릴 것 같았다. 대륙 최강이라는 제국의 힘이 절로 느껴지는 황궁의 크기였으며 도시의 웅장함 역시 마찬가지였다.

"후후후, 언제나 느끼는 거지만 참 재미나게들 모여 산단 말이야."

높은 곳이라 그런지 불어오는 바람에 제법 서늘한 기운이 느껴졌다. 이스와 함께 이곳을 찾은 것이 엊그제 같은데 어느새 가을이 지나고 겨울이 성큼 다가와 있었다.

불어오는 바람에 기다란 머릿결이 코끝을 간질이자 이클립스가 손으로 머리를 정리하며 리즈 2세에게 말했다.

"그래, 황제가 기거하는 곳이 어디인가?"

"제가 있는 이 건물이 황제가 집무를 보는 집무실이고, 저기 있는 건물이 알현실이에요. 그리고 저곳이 침실이 있는 건물이고 저 멀리 떨어져 있는 곳이 후궁들의 거처이지요."

"허……."

리즈 2세의 설명에 이클립스의 표정이 멍하게 변해 버렸다. 그와 리즈 2세가 도착한 이 건물은 높이도 높이였지만 그 넓이가 한 나라의 궁전이라 해도 과언이 아닐 정도로 넓고 웅장했다. 한데 그것뿐만이 아니었다. 그녀가 가리키며 설명하는 건물들은 하나같이 거대한 건물들뿐이었고 그 외양은 화려함의 극치였다. 또한 한 건물에서 다른 건물로 이동하는 데에만도 한 시간이 족히 걸릴 것 같았다.

"정말 귀찮게 살고 있는 녀석이로군. 후후후."

잠시 어이없다는 표정으로 주변을 둘러보던 이클립스가 낮은 웃음과 함께 리즈 2세를 바라보았다. 그녀는 아직까지 그날의 하얀 원피스 차림이었는데 이곳저곳에 여전히 피가 덕지덕지 묻어 있었다. 옷뿐만이 아니었다. 치렁치렁한 금발은 며칠 동안 잠만 자다 일어난 사람처럼 부스스 했으며 머리 여기저기엔 피가 말라붙어 있었고 얼굴도 마찬가지였다. 부드러운 미소를 머금은 이클립스가 조용히 입을 열었다.

"춥지 않은가?"

"네?"

이클립스의 목소리에 리즈 2세가 깜짝 놀란 듯한 표정으로 그를 바라보다 이내 자신의 몸을 둘러보았다. 그녀가 입고 있는 것은 외출복이라고 하기엔 너무도 얇았고, 또 소매가 없는 옷이었다. 집무를 마치고 목욕을 한 이후에 간단하게 옷을 걸치고 있을 때 사건이 벌어졌기 때문에 제대로 된 옷 입을 시간적 여유가 없었던 리즈 2세였다.

이클립스는 리즈 2세의 손을 잡고 몸을 날려 바로 밑으로 내려왔다. 황금으로 된 커다란 종이 매달려 있는 곳으로, 종을 치기 위해 매달아 놓은 것이 아닌 그저 장식으로만 해놓은 듯 아래로 통하는 계단이나 통로가 보이지 않는 곳이었다.

"잠깐 기다리도록."

"아?!"

십여 명의 사람이 편하게 누워 잘 수 있는 공간이었고, 별다른 위험이 없을 것 같자 이클립스는 곧바로 그녀를 놔둔 채 어딘가로 몸을 날려 사라졌다.

"마족……"

잠시 이해할 수 없다는 표정을 짓던 리즈 2세는 이클립스가 사라진 방향을 보며 나직하게 중얼거렸다. 이야기로 듣던 마족은 잔인하고 포악하며 사람들을 벌레만도 못하게 생각한다고 했다. 또한 아무리 이용 가치가 있다 하더라도 그들이 인간을 대할 때는 항상 지독한 냉기와 살기를 풍긴다고 했지만, 지금까지 이클립스가 그런 모습을 보인 것은 단 한 번뿐이었다.

"입도록."

떠난 지 20여 분 정도가 지났을 때 이클립스가 바람처럼 나타나 커다란 꾸러미를 내밀었다. 옷가지와 신발 등이 들어 있는 꾸러미였다.

"고마워요."

리즈 2세의 얼굴로 보일 듯 말 듯한 미소가 나타났다. 팔다리에 소름이 돋았지만 추위는 느껴지지 않았다. 갑작스레 엄청난 일을 당한 이후이기에 추위를 느낄 겨를이 없었던 것이다. 하지만 그녀는 이클립스의 성의를 감사하게 생각하며 꾸러미를 받아 들고 집채만한 커다란 황금빛 종 뒤쪽으로 걸어가 옷을 갈아입었다.

"꼭 맞는군요. 감사해요."

"후후……"

오래지 않아 새로운 옷으로 갈아입고 나온 리즈 2세의 모습은 조금 전과는 확연히 달라져 있었다. 발목까지 내려오는 최고급 실크가 가미된 검정색 양털 원피스에 귀하다는 물뱀 가죽으로 만들어진 부츠, 거기에 제법 두툼해 웬만한 추위쯤은 거뜬히 버틸 것 같은 물소 가죽으로 된 기다란 롱 코트 차림이었다. 옷을 갈아입으며 부스스한 머리까지 손질했는지 핏자국만 제외하면 말끔한 모습이었다. 다만 그녀가 걸치고 있는 옷가지들 모두가 이클립스가 선호하는 검정색이라 다소 어두운 느낌이 들었지만, 청순하고 가냘파 보이는 얼굴은 더욱 묘한 매력을 발산하고 있었다.

"눈짐작으로 산 것인데 다행이로군."

리즈 2세의 인사에 이클립스는 씨익 웃음을 지으며 그녀를 향해 슬쩍 손을 흔들었다. 순간 리즈 2세의 얼굴과 머리 이곳저곳에 엉겨붙어 있던 핏자국들이 눈 깜짝할 사이에 사라졌으며 세수를 하지 못해 지저 분하던 그녀의 얼굴까지 깨끗하게 변했다. 마법을 사용해 그녀의 몸을 깨끗하게 한 모양이었다.

"이걸 먹도록."

겉모습이 말쑥하게 처리되자 이클립스는 품속에서 작은 꾸러미를 꺼내 건네주었다. 김이 모락모락 나는 빵 몇 조각과 따스한 우유가 들어 있는 유리병이 꾸러미 속에 들어 있었다.

"마족은 음식을 먹지 않아도 되니 나는 신경 쓰지 말도록. 하지만 인간은 다르니 몸이 버티려면 먹기 싫어도 먹어야 한다. 그러니 먹히지 않아도 먹도록."

꾸러미를 받아 든 리즈 2세가 어색한 표정을 지으며 바라보자 이클립스는 지나가는 투로 대답한 후 한쪽으로 걸어가 바닥에 앉았다.

리즈 2세는 말없이 고개를 숙여 보인 후 자리에 앉아 음식을 먹기 시작했다. 이클립스의 말처럼 아무런 맛도 느껴지지 않았지만 그녀는 꾸역꾸역 입속으로 음식들을 밀어 넣었다.

"후후후."

도시를 향해 고개를 돌리고 있던 이클립스에게서 낮은 웃음이 조용히 흘러나왔다. 이스를 만난 이후 인간에 대한 생각이 많이 변한 것 같았다. 지금까지 셀 수 없이 많은 인간들을 만나왔지만 오늘처럼 친절하게(?) 대해본 기억은 단 한 번도 없었다. 자신감이 없어진 것도 아니었고 마족의 긍지에 대한 자부심이 없어진 것도 아니었다.

"어째서일까……?"

낮은 웃음 뒤에 역시 들릴 듯 말 듯한 목소리가 한숨처럼 흘러나왔다. 이스가 인간이었고 또 마치 친할아버지 같은 정으로 자신을 대했다고는 하지만 다른 인간들은 별개였다. 이클립스는 몇 번이나 '어째서일까'라는 말을 중얼거리며 생각해 봤지만 명쾌한 해답은 떠오르지 않았다.

거대하고 화려한 대전 한쪽에 마련돼 있는 기다란 탁자로 두 인물이 앉아 차를 마시고 있었다. 한 명은 적당한 길이의 하얀 턱수염과 하얀 머리의 60대 후반 정도의 인물이었고, 다른 하나는 50대 초반 정도로 보이는 깡마른 사내였다.

"그래, 듀라이미히 대공에게서 다른 연락은 없었는가?"

60대 후반의 노인이 턱수염을 부드럽게 쓰다듬으며 앞에 앉은 사내를 지그시 바라보았다. 하얀 털이 달려 있는 황금빛 망토에 금과 은으로 된 실로 엮은 상하의, 거기에 치렁치렁 보석들이 매달려 있는 목걸이를 하고 있는 노인. 이 노인이 바로 세이트란 대륙의 실질적인 지배자라고 할 수 있는 제국 쿠르디르드의 황제인 '드시 폴루망 알 리오스 크레이즈 2세'라는 기다란 이름의 소유자였다.

"폐하의 지엄하신 황명이 떨어졌으니 지금쯤 꽁지에 불이 붙은 망아지처럼 여기저기 뛰어다니고 있을 것입니다."

"허허허."

깡마른 사내의 말에 황제는 너털웃음을 터뜨렸다. 오랫동안 수도에 전념하는 사제처럼 깡마른 얼굴에 축 처진 눈매와 볼록 튀어나온 광대뼈, 거기에 미소를 머금으면 인심 좋은 아저씨 같은 인상이었으나, 웃으면서도 황제의 눈치를 살피는 작은 회색 빛 눈동자는 매섭고 날카로워 보였다.

이 남자는 '도르프 엘센느' 라는 이름으로 1년 전 22번째 후궁으로 들어와 황제의 사랑을 한 몸에 받고 있는 여자의 오라비였다. 대신관의 일을 빌미로 황제를 꼬드겨 듀라이미히 마르키드 대공에게 명령을 내리게끔 한 결정적 원인을 제공한 남자였다.

"하지만 대공에게서 아직까지 아무런 소식이 없다는 게 짐의 마음을 무겁게 하는군. 경이 나서서 마르키드 대공의 소식을 알아보라. 마르키드 대공의 명망과 인덕이 짐을 능가할 정도라 하니 제국의 미래와 축복받은 세이트란 대륙의 장래가 심히 걱정되지 않을 수 없는 일이로다."

"황명을 따르겠나이다."

황제의 명이 떨어지자 자리에서 일어선 도르프가 한쪽 무릎을 바닥에 꿇으며 깊숙이 고개를 숙인 후 뒷걸음으로 대전을 벗어났다. 그런 그의 얼굴에는 감출 수 없는 진한 미소가 가득했다.

"커클린 경."

"넷, 폐하."

도르프가 대전을 벗어난 이후 잠시 차를 마시던 황제가 누군가를 부르자 아무도 없던 대전 한쪽 기둥 뒤에서 30대 초반 정도로 보이는 건장한 기사가 빠른 속도로 다가와 무릎을 꿇었다.

"도르프 경의 뒤를 잘 살펴 그 모든 사실을 가감없이 짐에게 보고토록. 지금 이 시간부로 시작하라."

"넷, 폐하. 황명을 따르겠나이다."

누가 들을세라 조용히, 하지만 절도있는 목소리로 대답한 커클린 역시 이내 대전을 빠져나갔다.

"허허, 이놈이나 저놈이나… 쯧쯧쯧."

얼마 남지 않은 차를 단숨에 삼켜 버린 황제가 낮게 혀를 차며 고개를 흔들었다. 그저 쉽게 넘어간 것처럼 행동했으나 도르프가 계획했던 일들을 황제는 모두 알고 있었다. 그 역시 권력을 탐하는 것이 분명했다. 마르키드 대공이 권력에서 배제된 이후 군권(軍權)에 대한 욕심을 부리고 있을 것이었다. 아무리 모든 군권이 황제에게 넘어온다고 하지만 황제가 직접 몸을 움직일 수는 없었기에 누군가 명령을 집행할 지휘관이 필요하다는 것은 당연한 이치였고 도르프가 노리는 것 역시 그것이라고 황제는 확신했다.

"후후후, 그렇게 믿을 놈이 없어서야 이 커다란 나라를 어떻게 이끌겠나?"

"누구냐? 어느 놈이 감히!"

커클린이 숨어 있던 곳과 얼마 떨어지지 않은 기둥 뒤에서 갑작스레 누군가의 목소리가 들려왔다. 황제는 순간적으로 깜짝 놀랐지만 이내 근엄한 표정으로 돌아와 기둥 뒤를 향해 소리쳤다.

"어서 모습을 드러내지 못할까!"

"그래도 명색이 황제라 이건가. 재미있군."

낮은 웃음소리와 함께 기둥 뒤에서 이클립스와 리즈 2세가 천천히 걸어나왔다. 황제가 도르프와 함께 차를 마실 때부터 이곳에 있었으나 모두가 자리를 비울 때까지 기다린 이클립스였다.

"그대들은 누구인데 이곳에 함부로 발걸음을 하였는고?"

이클립스에게서 풍기는 강인한 풍모와 눈이 돌아갈 것 같은 아름다운 외모, 그리고 리즈 2세의 청순한 얼굴이 마음에 들었는지 어느새 황제는 노기를 가라앉히고 둘을 유심히 관찰했다. 허락없이는 아무도 들어올 수 없는 대전을 누구도 모르게 들어온 둘에게 관심이 가는 모양이었다.

"그대를 모르는 것 같은데, 정말 만나긴 한 건가?"

리즈 2세를 바라보는 황제의 표정은 이클립스를 쳐다볼 때와 비슷했다. 분명 리즈 2세는 몇 번이나 만났다고 했으나 황제는 전혀 알아보지 못하는 듯했기에 고개를 돌려 확인하는 이클립스의 미간이 살며시 좁혀져 있었다.

리즈 2세는 생각할 것도 없다는 표정으로 피식 웃으며 속삭이는 목소리로 대답했다.

"우리 미스투렐렌 왕국같이 작고 힘없는 나라의 군주 따위를 제국의 황제가 기억한다면 그것이 오히려 이상한 일이겠죠."

"후후후, 정답이로군."

일리가 있다고 생각한 이클립스는 이내 찡그렸던 미간을 펴고 황제에게로 더욱 가까이 다가갔다. 이클립스가 생각하기로도 미스투렐렌 왕국은 나라라고 하기엔 너무도 작은 왕국이었다. 아니, 왕국이라기보다 차라리 지방 소도시 정도가 적당할 크기였으며 4국 연맹 모두를 합쳐 봐도 마찬가지일 것 같았다.

"이런 못된 놈들을 보았나! 귀엽다 귀엽다 했더니 예를 모르는 놈들이로구나! 어서 짐 앞에 무릎을 꿇지 못하겠느냐!"

비릿한 미소를 머금은 이클립스가 성큼성큼 다가오자 위협을 느꼈는지 황제가 또다시 엉덩이를 들썩이며 호통 쳤다. 하지만 이클립스는 어느새 황제의 바로 앞까지 도착해 가소롭다는 표정으로 황제를 내려다보고 있었다.

"네, 네놈이 가, 감히……!"

멀리서 볼 때와 달리 거리가 가까워짐에 따라 이클립스에게서 풍기는 기운이 예사롭지 않았다. 그저 바라보는 것뿐인데도 온몸에 소름이 돋고 등 뒤로 식은땀이 흘러내렸으며 코끝에도 송골송골 땀방울이 맺혔다.

"크흠."

황제는 말을 더듬거리긴 했지만 이내 노기가 가득한 표정을 되찾았다. 그리곤 탁자 위에 사과를 반으로 갈라놓은 것처럼 볼록 튀어나온 곳을 연신 두드렸다. 대전에 아무도 없을 때 밖에 있는 병사나 시종장을 부르는 장치였다.

"후후후, 정말 재미있게 노는구나. 아무리 두드려 봐도 헛수고일 뿐이다. 그런 형편없는 장치 따윈 이 몸께서 이미 손을 봐두었거든."

"무, 무어라?!"

황제는 깜짝 놀란 표정으로 볼록 튀어나온 곳을 바라보며 연신 두드려 댔다. 하지만 이클립스의 말처럼 아무리 강하게 두드리고 부술 듯 쳐봐도 굳게 닫힌 대전 문은 열릴 생각을 하지 않았다.

"여봐라~ 게 아무도 없느냐! 여봐라~"

아무리 두드려도 소용없자 이번엔 커다란 목소리로 고함치는 황제였다. 60대 후반으로 보이는 나이였지만 목소리가 우렁차고 힘이 넘쳤다. 그러나 그것 역시 소용이 없었다. 황제와 그 주변으로 오래전부터 보이지 않는 막이 이클립스의 마법에 의해 펼쳐져 있었기에 소리가 밖으로 뻗어가지 않았다.

쿠우우우.

"커허어억!!"

멀리 떨어져 있는 대전 문(門)을 향해 커다랗게 소리치던 황제가 순간 사레가 걸린 듯 기침을 토하며 이클립스를 향해 고개를 돌렸다. 주변의 모습이 순식간에 바뀌었으며 바로 앞에 있는 이클립스로부터 지독한, 너무도 지독해 오줌까지 찔끔 저릴 정도의 무서운 느낌이 전해져 서였다.

"흐흐흐, 내가 누구일 것 같은가. 인간들의 황제여, 감히 인간들 따위가 고귀한 이 몸에 손가락 하나 댈 수 있으리라 생각하는가?"

"아……!!"

대전 안 전체에 마치 검은 연기가 낮게 깔린 듯 어두운 기운이 넘실거렸다. 셀 수 없이 많은 샹들리에가 빛을 발하고 있었으나 천장 역시 짙고 검은 안개가 깔려 있는 듯 어둠침침했다. 하지만 황제에게는 이런 장면들보다 이클립스의 모습이 더욱 공포스럽게 다가왔다. 섬뜩한 핏빛 눈동자와 흡혈귀 같은 뾰족한 이빨, 바람이 없는데도 나부끼는 망토며 기다란 흑발 머리는 지옥에서나 나타날 것 같은 무서운 괴물의 모습이었다. 이것 모두 이클립스가 의도적으로 일으킨 장면이었다.

"그, 그, 그대는… 그대는 누, 누구……?"

이젠 고함칠 생각을 버렸는지 이클립스를 향해 부들부들 떨리는 목소리로 입을 여는 황제의 표정엔 살고 싶다는 강한 욕망으로 가득했다. 아무리 지엄하고 막강한 권력을 행사하는 황제라 할지라도 생명에 대한 본능은 일반 사람들과 같은 모양이었다.

"크크크, 위대한 암흑의 태양, 영원불멸의 마계 전사, 천만 마족 서열 2위인 이클립스라고 한다."

"허억, 마, 마, 마족?!"

커다랗게 떠진 황제의 노안이 더욱 확대됐다. 황제 역시 '마족'이란 걸 들어보기만 했을 뿐 이렇게 직접 본 것은 오늘이 처음이었다.

"마, 마족이 어째서… 어째서 짐을 찾아온 것이오?"

그동안의 오랜 연륜과 황제라는 직위가 한몫했는지 이클립스의 무서운 모습에 당황하고 벌벌 몸을 떨던 황제가 간신히 표정을 수습하며 말했지만, 여전히 그의 음성은 심하게 떨리고 있었다.

"크크크."

황제의 물음이 있었으나 이클립스는 아무런 대답도 하지 않은 채 뾰족한 이빨을 더욱 도드라지게 드러내며 핏빛 눈동자를 크게 떴다. 하지만 겉모습만 이럴 뿐 그는 적잖이 놀라고 있었다. 황제의 제법 의연한 태도 때문이었다. 상당히 약하게 조절하고 있었지만, 지금 정도의 모습과 은연중에 뿜어져 나가는 살기는 웬만한 장정이라도 겁에 질려 완전히 이성을 상실하게 할 위력이었다. 한데 황제는 다소 겁에 질리고 몸을 떨고만 있을 뿐, 이성을 잃지는 않은 모습이었다.

"한 가지."

주변에 일렁이는 무서운 모습과 살기, 그리고 자신의 모습을 원래대로 돌린 이클립스가 나직한 목소리로 말을 이었다. 황제와 같은 부류의 인간들에게는 계속 위압적이고 공포스런 모습으로 다가가 봤자 역효과만 보일 뿐이란 걸 오랜 경험으로 알 수 있었기 때문이다.

"단 한 가지만 들어준다면 조용히 물러가지. 쉬운 일이니 그대가 충분히 할 수 있는 일이다. 그리고 그대와 그대의 나라, 그리고 세이트란 대륙 전체에는 오히려 큰 이득이 될 일이다."

"그, 그것이 무엇이오?"

"흐음……."

곧바로 반문하는 황제의 물음에 이클립스는 잠시 미간을 좁히며 생각에 잠겼다. 하지만 이제 인간들도 사태의 심각성을 알아야 할 것 같았다.

"지금부터 내가 하는 말을 잘 들으라."

이클립스는 지금 현재 세이트란 대륙에서 일어나는 일련의 사건들에 대해 자세히 말해 주었다. 마족들과 대등한 능력을 발휘하는 사악한 마법사들이 파괴신을 부활시키려 한다는 것, 그것 때문에 항구 도시 미렐리아드와 4국 연맹이 멸망한 일. 하지만 그 어디에서도 그들의 위치가 파악되지 않아 대륙 모든 도시에서 소식을 보낼 수 있는 장치를 만들려는 계획에 대한 이야기들을 말했다. 다만 그와 이스가 파괴신을 부활시키려 한다는 것은 말하지 않았다.

"마족이 인간들을 돕기 위해 나선다… 그리고 그것을 위해서 짐을 찾았다… 그, 그런 말을 짐이 믿을 것 같소? 아니, 입장을 바꿔서 그대가 만약 짐이라면 그 말을 믿을 수 있을 것 같소?"

이클립스의 말을 심각한 표정으로 듣던 황제는 끝내 고개를 저으며 불신에 찬 표정을 드러냈다. 그도 그럴 것이 '마족'이라는 단어는 인간들에겐 절대 악이나 마찬가지로 여겨졌다. 그런 마족이 인간들을 위해 나선다는 것이 황제로서는 믿어지지 않는 모양이었다.

"후후후, 뭔가 착각하는 모양인데."

이클립스는 아무것도 아니라는 표정으로 슬쩍 손을 내밀어 황제의 턱을 붙잡아 올리며 말을 이었다.

"나는 부탁이나 권유 같은 귀찮은 짓을 하기 위해 이곳에 온 것이 아니다. 내 말을 듣거나 아니면 거부하거나 둘 중에 하나를 선택하라고 찾아온 것이다."

"거, 거부한다면… 어떻게 되는……?"

"크흐흐."

솔직히 이클립스가 지금까지 요구했던 내용은 황제로선 아주 쉬운 일이었으며 쉽게 처리할 수 있는 문제들이었다. 하지만 마족의 말을 믿을 수 없었고, 그가 말하는 대로 따른다면 어떤 결과를 낳을지도 모르는 일이었다.

"리즈."

황제의 물음에 비릿한 미소를 머금던 이클립스가 고개를 돌려 리즈 2세를 바라보았다. 그녀는 아무런 표정 없는 얼굴로 이클립스와 황제를 보고 있었다. 지금까지 단 한 번도 그녀가 나설 일이 없었기 때문이다. 이클립스의 말이 이어졌다.

"이렇게 나이 많은 황제가 있다면 분명히 다음 대통을 이을 황태자 몇쯤은 있겠지? 아까 보니 황후전이 제법 많이 보이던데 말이야."

"현재 쿠르디르드 제국에는 모두 15명의 왕자들이 있어요. 그중에 제1왕자가 나이도 많고 검술 실력도 발군이라고 하더군요. 거기에 머리까지 명석해서 다음 대통을 이을 것이라고 소문이 돌지요."

"후후후, 그렇게 뛰어난 놈은 필요없지."

"무, 무슨 짓을 하려는 것이오?"

리즈 2세와 이클립스 간의 대화를 듣던 황제가 깜짝 놀라며 자리에서 일어서려 했으나 자신의 턱을 부드럽게 잡고 있는 이클립스의 힘을 이기지 못하고 주저앉았다. 이클립스의 시선은 여전히 리즈 2세를 향해 있었다.

"리즈, 뛰어난 놈은 필요없다. 어차피 꼭두각시처럼 이용만 하면 그뿐."

"그렇군요."

무표정하던 리즈 2세의 얼굴로 미소가 나타났다. 이클립스의 의도를 이제야 알 수 있다는 웃음이고 표정이었다. 그녀의 말이 이어졌다.

"이클립스… 님께서 찾는 왕자는 제8왕자가 제격일 것 같아요. 그역시 제가 한 번 만나봤는데 허풍을 잘 치고 남자다운 척하는 자였지만, 다른 왕자들이 자기를 죽일까 봐 겁에 질려 있는 눈치였어요. 제가지금까지 만나본 왕자는 제1왕자부터 제9왕자까지지만, 제 생각으로는 8왕자 정도라면 이용하기에 적당할 듯싶군요."

"후후후."

만족했다는 웃음을 흘리며 드디어 이클립스의 시선이 황제에게로돌아왔다. 황제의 두 눈이 찢어질 것처럼 확대됐으며 턱수염이 부르르떨리고 있었다.

"서, 설마… 설마?!"

둘이 나눈 대화는 분명 자신과 다른 왕자들을 모두 죽인 후 8왕자로하여금 황제의 자리를 잇게 하겠다는 말이었다. 또 이클립스의 차가운시선은 그렇게 하고도 남음이 있을 정도로 냉막했으며 싸늘한 살기까지 감돌고 있었다. 이클립스가 작게 미소 지으며 말을 이었다.

"어떤가, 인간들의 황제여? 나에게는 조금 귀찮은 일일 뿐이지만 너는 그저 간단히 허락만 하면 그뿐이다."

"하, 하겠소. 그대의 말을… 듣겠소."

반은 허탈한 듯, 나머지 반은 정신이 나간 듯 황제가 무겁게 고개를끄덕였다. 마족에게 이런 어이없는 방법으로 협박을 당하고 그것을 수락할 수밖에 없는 현실이 마치 지독한 악몽 같았던 것이다.

"후우……."

잠시 넋이 나간 듯한 표정으로 고개를 끄덕이던 황제가 낮은 한숨과 함께 원래의 얼굴로 돌아왔다. 지금 이 순간만 잘 넘긴다면 후일을기약할 수 있을 것이다. 이곳 황도에는 셀 수 없이 많은 신관들이 있었고 대륙 최고의 신성력을 보유했다는 대신관까지 있었다. 또한 세이트란 대륙 최강의 기사단들이 셀 수 없이 많았다. 그들에게 구원을 청한다면 마족을 없앨 수 있는 기회는 분명 있을 것이라 생각한 황제였다.

"알겠소. 그래, 짐이 무엇을 하면 되겠소? 조금 전에 그대가 짐에게 말해 준 대로만 하면 되는 것이오?"

"그렇다. 하지만 확실한 것이 서로에게 좋겠지?"

황제의 말이 끝나고 잠시 아무 말 없이 그를 지켜보던 이클립스가 한쪽 입꼬리를 미묘하게 올리며 품속에서 뭔가를 꺼냈다. 어디서나 볼 수 있는 한 장의 얇은 종이였으며 아무것도 쓰여지지 않은 백지였다. 하지만 이클립스가 백지 위를 잠시 바라보자 순식간이라고 할 수 있을 정도의 빠르기로 이상한 문양들이 빼곡하게 들어차기 시작했다. 마족들만의 언어였다.

"이것이 무엇이오?"

처음 보는 글씨가 가득한 종이를 보자 황제 역시 이상한 느낌이 든 모양이었다. 하얀 이를 보이며 이클립스가 조용히 설명했다.

"일종의 간단한 계약서이지."

"처음 보는 글씨인 듯한데, 서면에 적혀진 내용을 알려주지 않겠소?"

"후후후. 내용은 아주 간단하다. 나와의 계약을 어길 시에는 그대의 목숨과 영혼을 받치겠다는 내용이지. 이곳 하단에 그대가 피로써 서명만 하면 그만이다."

"그, 그렇소?"

황제는 별다른 반응 없이 이클립스가 내민 작은 핀으로 손가락에 상처를 내 그 피로 계약서에 서명했다. 그저 문서 따위였기에 별다른 신경을 쓰지 않은 모양이었지만 그는 자신이 얼마나 커다란 위험을 안고 있는지 전혀 알지 못했다. 이것은 마족의 계약이었고 절대적인 영향력을 발휘하는 문서였다. 만약 이것을 어길시엔 이클립스의 말대로 되는 것이었다.

"이런, 이런……."

너무도 쉽게 서명하는 황제의 모습에 이클립스는 어이없다는 표정으로 혀를 내둘렀다. 무식하면 용감하다는 말이 딱 들어맞는 순간이었다.

"좋아, 잘 선택했다."

계약서를 품속으로 갈무리한 이클립스가 리즈 2세에게 걸어가 뭔가를 건네며 말을 이었다. 엄지손가락만한 흑청색 보석이 매달려 있는 목걸이였다.

"이미 알고 있겠지만 내 이름은 '이클립스' 다. 이것을 목에 차고 혹시라도 위험한 일이 벌어졌을 땐 내 이름을 부르라. 아무리 강한 기사나 마법사라고 해도 하루쯤은 거뜬히 버틸 수 있는 방어 마법까지 포함된 목걸이이니 충분히 도움이 될 것이다."

"이걸 어째서……?"

엉거주춤 목걸이를 받아 들긴 했지만 리즈 2세는 어째서 이런 것을 자신에게 주는 것인지 이해가 가지 않았다. 마치 자신 혼자 남아 있으라는 의미 같아서였다. 부드러운 미소를 지으며 이클립스가 대답했다.

"나는 일이 있어 이곳에 함께 있을 수 없다. 그러니 그대가 남아 황제를 감시토록 하라. 그대의 의견을 마음껏 펼쳐 보아도 좋다."

황제와 리즈 2세의 표정이 묘하게 변했다. 리즈 2세는 믿을 수 없다는 표정으로, 황제는 꺼림칙한 얼굴이 돼버렸다. 이클립스와 함께이니 리즈 2세 역시 마족이라고 생각한 모양이다.

"후후후, 잠시 기다리도록."

리즈 2세의 표정에서 불안함을 느낀 이클립스가 차원 이동 홀을 만들어 그 속으로 들어갔다. 그리곤 대략 5분 후에 모습을 드러냈다.

"허억!"

"아……."

이클립스가 차원 이동 홀을 통해 모습을 드러내자 황제와 리즈 2세 모두에게서 비명 같은 외침이 터져 나왔다. 이클립스 뒤로 나타난 거대한 물체 때문이었다. 겉모습은 사람과 흡사했으나 몸집이 너무도 대단했다. 대략적인 키가 3미터 50이 훨씬 넘을 것 같았으며 우람한 어깨는 웬만한 기사의 몇 배가 넘을 것 같았다. 길쭉한 턱과 강인한 눈매, 허리 아래까지 내려오는 기다란 흑발에 검정색 롱 코트 차림이었고, 등 뒤로 크고 넓은 대검이 매달려 있었다. 커다란 군마(軍馬)라도 일격에 반 토막 낼 것 같은 두터운 검이었다.

이자의 이름은 파라사스. 마족 서열 1만 위에 간신히 턱걸이하는 마족이었으며 상급 마족에 속한다는 1만 위였으나 실력보다는 그 외모가 주는 공포와 중압감 때문에 이클립스가 선택하여 데리고 온 마족이었다.

이클립스가 마계로 떠난 시간은 인간 세상의 것으로 5분이었지만 마계에서는 50분이었다. 그가 이렇게 늦은 이유는 오랜만에 만난 마왕과 잠시 시간을 가져서였다.

"파라사스, 당분간 이 여자를 지켜줘야겠다. 그리 많은 시간을 뺐진 않을 것이니 조금만 나를 도와줬으면 한다."

"우리 천만 마족의 자랑인 이클립스님께서 하시는 말씀이라면 이 파라사스는 언제라도 목숨을 바칠 각오가 되어 있습니다. 존경하는 이클립스님의 말씀을 따를 수 있는 기회를 저 같은 미천한 마족에게 주시다니, 이런 영광이 다시는 찾아오지 않을 것입니다. 맹세컨대 저 여인을 제 목숨처럼 생각하겠습니다."

리즈 2세를 가리키며 이클립스가 말하자 파라사스는 바닥에 엎드리기까지 하며 울먹이는 목소리로 대답했다. 서열 1만 위의 마족인 파라사스에게 이클립스는 동경과 존경의 대상이었으며 가까이에서 한 번만 봐도 소원이 없을 정도의 존재였다. 그런 이클립스가 상급 마족 중 최하위에 속한 자신을 선택하고 말까지 건넸으며, 또 부탁이란 것을 하고 있으니 마치 꿈같은 모양이었다.

"이 녀석의 이름은 '파라사스'. 대단히 강력한 마족이지."

파라사스에게 시선을 돌린 이클립스가 아직까지 놀란 토끼 같은 표정을 짓고 있는 황제와 리즈 2세를 보며 말을 이었다.

"이 아이 혼자서도 이 정도 크기의 제국쯤은 하루도 걸리지 않아 없애 버릴 수 있다. 게다가 마족은 잠을 자지 않아도 되니 하루 종일 옆에서 지켜줄 것이다. 그러니 이곳에서 그대에게 해코지할 자는 단 한 명도 없을 것이다.

"감사해요."

놀란 표정을 짓고 있던 리즈 2세의 얼굴로 부드러운 미소가 피어올랐다. 이렇게까지 신경 써준 이클립스의 마음에 응어리졌던 가슴이 조금이지만 훈훈해지는 것 같았다.

"인간들의 황제여."

"무, 무슨 일이오?"

이클립스가 불렀지만 황제의 시선은 여전히 파라사스에게 닿아 떨어지지 않았다. 산처럼 커다란 덩치도 덩치였지만, 무식하고 잔인한 얼굴이 절로 소름 끼칠 정도였다. 그리고 또 하나, 그의 입에서 나온 말이 황제의 머리 속을 하얗게 만들고 있었다. 모든 마족들의 자랑이라는 말 때문이었다.

"이제부터 이 여자가 하는 말은 모두 내가 하는 말로 생각하라. 알겠는가?"

"알겠소. 그리하겠소."

처음에는 분명히 한 가지 일만 해달라는 요구였으나 한 가지가 더 늘어나 버렸다. 하지만, 거부할 수 없었다. 황제는 절망적인 표정으로 고개를 끄덕였다. 아무래도 보통 거물 마족이 아닌 듯 보여서였고, 일단 상대를 안심시키고 후일을 기약하는 것이 좋을 것 같았다.

"어째서?"

도무지 이해가 가지 않는다는 표정으로 이클립스의 얼굴을 살피는 리즈 2세였다. 그의 말은 즉, 황제보다 더욱 높은 위치에서 국정까지 간섭해도 좋다는 의미였다. 어째서 만난 지 얼마 되지 않는 자신에게 이런 선심을 쓰는 것인지 이클립스의 의도를 알 수 없었다.

"후후후."

리즈 2세의 낮은 목소리에 이클립스가 미소를 흘리며 거의 닿을 정도로 가까이 다가왔다. 이클립스의 키도 헌칠했지만, 리즈 2세 역시 그의 코 언저리에 다다를 정도로 큰 키의 소유자였다.

"약소국의 군주였으니 그동안 많은 불만이 있었을 터, 그대에게 기회를 주니 그대 마음대로 해도 좋다."

마치 연인처럼 가까이 다가와 속삭이듯 부드러운 목소리로 말하는 이클립스였다. 다소 불쾌할 수도 있었지만, 리즈 2세의 표정엔 의아함만이 가득했다.

"어째서 제게 친절을 베푸시는 건가요?"

"글쎄……."

어색한 미소만 지을 뿐 이클립스는 확실한 대답을 해주지 않았다. 그런 그의 얼굴을 오랫동안 바라보던 리즈 2세가 이내 대답 듣기를 포기하고 피식 웃으며 말했다.

"고마워요."

"후후후. 그럼 우리 이제 앞으로 해야 할 일들을 자세히 의논해 볼까."

리즈 2세의 인사를 미소로 대신한 이클립스는 다시금 황제에게로 걸어갔다. 리켄의 일이 처리되려면 제법 시일이 걸릴 것이라 생각한 그였기에 잠시 이곳에 머물면서 보다 확실하게 일을 처리할 심산이었다.

"끄으으으, 크크크, 크으으……."

웃음인지 신음인지 모를 음산한 소리가 높다란 책장으로 가득한 곳에서 조용히 메아리치고 있었다. 마치 강철 방패 위를 못으로 천천히 긁는 것도 같았고 상처 입은 짐승이 신음을 흘리는 것도 같은 이상한 소리였다.

뚜벅. 뚜벅.

책장 사이에서 누군가의, 느리지만 경쾌한 발자국 소리가 들리더니 이내 책장 옆으로 모습을 드러냈다. 쭉 빠진 자극적인 몸매에 발목까지 내려오는 붉은색 원피스 차림의 여자였다. 허리 아래까지 내려오는 윤기 가득한 금발에 화려한 장식이 들어간 가면을 쓰고 있는 모습이었다. 라이제스였다.

"호호."

지독한 괴성이 끊임없이 흘러나오는데도 웬일인지 그녀의 입가로는 엷은 미소까지 보이고 있었다. 그러나 그녀의 가면 속 눈동자는 사뭇 가늘어져 있었으며 차갑고 냉랭한 기운까지 엿보였다.

"응?"

한참을 걸어나와 작은 출입문을 열자 칙칙한 어둠이 그녀를 기다리고 있었다. 마치 동굴 속처럼 음습하고 습기있는 어둠이었다. 자리에 멈춰 선 라이제스는 곧 출입문을 닫고서 옆을 향해 고개를 돌렸다.

"이곳까지 어인 일이신가요, 크레이스님?"

어둠에 묻혀 자세히 보이지는 않았으나 머리카락으로 얼굴을 온통 가리고 있는 크레이스가 벽에 등을 기댄 채 팔짱을 끼고 있는 모습이 보였다. 라이제스가 교태 넘치는 유혹적인 눈빛으로 크레이스를 대했지만 크레이스의 모습은 조금도 변하지 않았다.

아무런 말 없이 오랫동안 벽에 등을 기대고 있던 크레이스가 앞쪽으로 느리게 걸음을 옮기며 말했다.

"좀 보자."

"어머나, 우리 크레이스님께서 저 같은……."

"조용히."

무게감이 느껴지는 크레이스의 짧은 목소리에 라이제스도 가식적인 미소를 지우며 진지한 눈빛으로 돌아와 조용히 그의 뒤를 따랐다.

"크에에, 크흐헤, 크으으으……."

들릴 듯 말 듯했지만 굳게 닫혀진 출입문으로는 아직까지도 듣는 사람의 귀를 거슬리게 하는 이상한 괴성이 낮게 흘러나오고 있었다.

똑똑.

작은 물방울이 바닥에 부딪치는 소리가 10여 초 간격을 두며 이어지고 있었다. 촛불 하나 없는 작고 음습한 공간이었다. 하지만 벽과 천장, 그리고 바닥 여기저기에서 푸르스름한 광채가 흘러나와 주변을 관찰하기엔 어려움이 따르지 않았다. 사방의 넓이가 대략 서너 걸음 정도였으나 여기저기 울룩불룩하게 튀어나온 곳이 있어, 실제 사람이 서 있다면 고작 한 걸음 사이를 두고 마주 볼 수밖에 없는 넓이였다. 이 작은 공간에 두 인물의 모습이 보였다. 한 명은 상대방을, 다른 한 명은 벽으로 시선을 주고 있었다. 크레이스와 라이제스였다.

"왜 말씀이 없으실까?"

대략 반 시간 이상이나 걸어 도착하고도 크레이스에게서 아무런 말이 나오지 않자 라이제스가 비릿한 미소와 함께 말을 이었다.

"왜요? 설마… 이곳에서 절 유혹하시려고? 어머나, 세상에~ 어쩜 좋아. 크레이스님께서 나처럼 천박한 계집을……."

"심각하게 생각한 것이다, 라이제스."

오랫동안 닫혀 있던 크레이스의 말문이 드디어 열리자 라이제스도 미소를 지웠다. 크레이스가 천천히 고개를 돌리며 말을 이었다.

"서로 정보를 나누는 게 어떨까, 라이제스?"

"정보?"

"마지앙이 돌아오지 않았다."

"뭐?!"

가면 속 라이제스의 눈동자가 심하게 흔들리는 모습이 보였지만 이내 날카로운 빛을 머금으며 침착함을 되찾았다. 라이제스와 크레이스, 이 둘에게 있어 죽어버린 마지앙은 제법 중요한 모양인지 긴 머리칼에 가려진 크레이스의 입도 굳게 닫혀 있었다.

"테라의 충성스런 개처럼 움직이는 마지앙이 여태껏 돌아오지 않았다는 것은 그의 신변에 뭔가 커다란 문제가 생겼다는 말이다. 그것은 테라의 상태를 보면 알 수 있을 것이다."

마치 연인에게 속삭이는 것처럼 조용히 이어지는 크레이스의 말이 계속될수록 라이제스의 눈빛 역시 매섭게 빛나고 있었다.

"어떤가, 라이제스? 이제 서로 조금씩 양보해서 정보는 나누는 것이?"

"후……."

낮게 한숨을 내쉬긴 했지만 라이제스의 눈망울엔 크레이스에 대한 의심과 갈등으로 흔들리고 있었다. 오늘처럼 많은 대화를 나눈 것도 처음이었지만 갑작스런 그의 제안에 의구심이 드는 모양이었다. 그런 라이제스의 흔들림을 읽었는지 크레이스가 한차례 싱거운 미소를 지은 후 말을 이었다.

"테라에게 말하진 않았지만… 이번 계획에서 드래곤을 만났다. 정말 대단한 능력의 드래곤이었지. 어쩌면 아니, 분명히 에인션트 급을 넘어선 드래곤이었을 것이다."

"흐음……."

크레이스의 말에 대수롭지 않다는 듯 콧소리를 내며 고개를 끄덕이는 라이제스였다. 하지만 그녀의 눈망울은 그녀가 얼마나 놀랐는지를 고스란히 보여주고 있었다.

항구 도시 미렐리아드에서 그녀가 만난 것 역시 에인션트 급으로 추정되는 드래곤이었다. 그리고 이번에는 에인션트 급 드래곤을 크레이스가 만난 것이다. 우연이라고 하기엔 일치하는 점이 너무도 많았다. 또 그리 오랫동안 만난 것은 아니지만 크레이스에 대해 대략적인 것을 알고 있는 라이제스였다. 그는 숨기면 숨겼지 결코 거짓말을 할 남자가 아니었다. 그러나 이런 일련의 사건들보다 더욱 놀라운 것은 크레이스가 솔직히 입을 연다는 사실이었다.

"좋아요. 제가 말해 드릴 수 있는 한도라면… 크레이스님의 의견을 따르지요."

잠시 고심하던 라이제스가 결정을 내렸는지 이내 고개를 끄덕이며 크레이스의 의견을 따랐다. 상대방이 진심으로 나오는 이때야말로 다른 정보를 얻을 수 있는 절호의 기회라고 생각한 것이다.

"후후, 그거 고맙군."

낮은 웃음으로 고마움을 표하던 크레이스가 순간 좌우로 고개를 돌리며 빠르게 주변을 살폈다. 지금까지 상당한 시간을 걸었고 그 누구의 기척도 느껴진 것이 없었는데도 상당히 경계하는 모습이었다.

"테라에 관한 정보를 나누고 싶다, 라이제스."

"그렇게 하지요."

라이제스가 선선히 고개를 끄덕이자 크레이스는 더욱 낮은, 거의 들릴 듯 말 듯한 목소리로 말을 이었다.

"요즘 그의 주변에서 이상한 것들을 혹시 본 적이 없나? 아니면 이전과 다른 점이라든가. 아주 사소한 것이라도 듣고 싶다. 솔직히 말해 줬으면 좋겠다, 라이제스."

"글쎄요."

라이제스는 눈을 가늘게 뜨며 생각에 잠겼고, 그렇게 잠시의 시간이 흘렀을 때 크레이스가 먼저 입을 열었다.

"최근에 테라의 행동이 이상한 것 같다. 항구 도시 미렐리아드 때의 실패는 이미 어느 정도 예정된 수순인데도 그와 비슷한 짓을 이번에 또 해버렸고 결국 아무런 성과도 없이 아니, 자신은 상처를 입었고 마지앙은 돌아오지 않았다. 뭐, 이 정도쯤은 그럴 수 있다고 생각할 수 있겠지. 하지만 내가 이상하게 느끼는 건 이번에 그가 동행했다는 점이다. 지금까지 그는 결코 움직이지 않았고 가끔 모습을 보였지만 그래 봤자 오랜 시간을 끌진 않았었다. 모든 일들을 개처럼 따르는 마지앙을 통해서 했었지."

"그렇군요. 생각해 보니 제가 해야 할 일이었는데……."

가면 속 라이제스의 눈초리가 더욱 가늘어져 갔다. 지금 와서 생각해 보니 크레이스의 말이 모두 맞는 것 같았다. 이번 일에서 그녀는 완전히 배제되어 있었다. 그렇다고 다른 일을 한 것도 없이 책장으로 가득한 곳에서 다른 일행들을 가만히 기다리고만 있었을 뿐이다. 크레이스의 말이 이어졌다.

"이건 얼마 전부터 느꼈던 것인데… 너도 느꼈는지 모르겠지만, 요새 들어 테라의 힘이 약해진 것 같다."

"글쎄요, 그것까지는 모르겠군요. 거의 만나주지도 않고 불러내 봤자 저 냄새 나는 책장 속에 숨어서 말하니까요."

"그런가? 하지만 아마도 내 말이 맞을 것이다. 기회가 있으면 잘 느껴봐라, 이것은 매우 중대한 일이니."

"그렇게 하지요."

라이제스의 대답을 끝으로 크레이스에게선 더 이상 아무런 말도 나오지 않았다. 크레이스는 팔짱을 긴 채 고개를 살짝 숙이고 생각에 잠긴 듯했으며 라이제스 역시 뭔가 깊은 생각에 빠진 듯한 표정이었다.

똑. 똑.

둘의 침묵이 이어질수록 천장에서 떨어져 바닥에 부딪치는 물방울

소리가 더욱 크게 메아리치는 것 같았다.

"미안하군요."

제법 많은 물방울이 바닥에 부딪칠 때까지 침묵을 유지하던 라이제스가 작은 미소를 머금으며 말을 이었다.

"제가 크레이스님께 드릴 만한 정보는 아무것도 없군요."

"대신 한 가지… 들어줄 수 있을까?"

숙였던 고개를 들고 입을 여는 크레이스의 목소리는 사뭇 진지하고 무거운 느낌으로 흘러나왔다. 얼굴을 가리고 있는 머리칼을 옆으로 젖힌다면 그의 미간이 일그러졌을 것 같은 무거운 목소리였다. 그런 크레이스를 말없이 바라보던 라이제스가 이내 고개를 끄덕이며 말을 이었다.

"들어줄 수 있는 것이라면."

"고맙군."

굳게 다물어져 있던 크레이스의 입술 끝이 살짝 올라갔다 원래의 모습으로 돌아왔다. 크레이스는 조금 더 가까이 라이제스의 귀로 입을 가져간 후 조용히 입술을 들썩였다.

똑. 똑.

한동안 계속되던 둘의 대화로 잠시 조용하게 들리던 물방울 소리가 다시금 주변에 공명을 일으키며 퍼져 나갔다.

* * *

휘이이……

스산한 바람이 거대한 대지 위를 훑으며 낮은 흙먼지를 일으켰다.

그다지 강한 바람은 아니었으나 풀 한 포기 자라나지 않은 척박하고 메마른 대지였기에 일렁이는 흙먼지의 양이 제법 오래도록 하늘을 날아다녔다.

"흐음, 이상하군."

끝도 없이 평탄하고 척박한 대지의 중간 부근쯤에 두 인물이 우뚝 서서 주변을 유심히 바라보고 있었다. 한 명은 30대 초반 정도로 보이는 남자로 허리까지 내려오는 기다란 금발에 날카롭지만 시원스런 에메랄드 빛 눈망울의 소유자였으며, 다른 한 명은 검정색 상하의 차림에 20대 후반 정도로 보이는 잘생긴 남성 엘프였다.

듀라이미히 마르키드 대공과 다크 드래곤 슈티악이었다.

"도무지 모르겠군."

어이없다는 표정으로 주변을 둘러보는 슈티악의 얼굴이 호기심과 궁금함으로 가득했다. 그와 마르키드 대공이 서 있는 이곳은 이제 사막처럼 척박하고 메마른 대지밖에 보이는 것이 없었지만, 얼마 전까진 제법 유명한 관광지였고 항만 시설이 잘 돼 있기로 소문난 항구 도시였다.

마르키드 대공과 슈티악이 이곳에 도착한 것도 벌써 이틀이 지나고 있었다. 그동안 제법 많은 도시를 돌아다니고 그것보다 더욱 많은 사람들을 동원하고 고용해 백방으로 수소문해 봤지만 항구 도시 미렐리아드를 파괴할 만한 자는 단 한 명도 찾을 수 없었다. 그렇게 시간이 지나면서 마르키드의 조바심도 커져만 갔다.

지금 현재 세이트란 대륙에서 항구 도시 미렐리아드만한 크기의 도시를 이렇듯 무참히 멸망시킬 수 있는 병력과 국력은 오직 제국 쿠르디르드뿐이었다. 하지만 제국에서 병력을 움직인 것은 벌써 10년도 더

전이었고 전군 총사령관인 마르키드가 그것을 모를 리 없었다.

미렐리아드를 파괴할 만한 국가는 없고 그럴 만한 힘을 가지고 있는 사람도 찾을 수 없자 마지막으로 선택한 것이 원점에서부터 다시 시작하자는 생각이었다. 그래서 도착한 곳이 바로 이곳이다.

"아무래도 여기서는 단서를 찾을 수 없을 듯합니다. 다른 곳으로 이동하는 것이 어떻는지요, 슈티악님."

절망적인 표정으로 고개를 흔들며 슈티악의 의사를 구했지만 마르키드 대공의 시선은 하늘로 향한 채였다. 황제가 그에게 내린 칙령에서 기한은 한 달이었고 이제 십 일이 채 남지 않았으며 찾을 수 있는 희망은 없다고 해도 과언이 아니었다. 그 때문에 다른 곳으로 가는 것이 어떠냐고 말은 하고 있었지만 힘이라곤 조금도 느껴지지 않는 마르키드 대공의 목소리였다.

쿠르릉.

전날 저녁부터 잔뜩 몰려오던 먹구름 사이로 빛이 번쩍이며 번개 치는 소리가 낮게 들려왔다. 언제 눈이 내려도 이상하지 않을 날씨였으며 불어오는 차가운 바람에 추위를 느낄 수 있을 정도였으나 마르키드 대공은 추위 따윈 느껴지지 않는다는 표정이었다.

"후우~"

슈티악의 대답은 들을 생각도 않은 채 긴 한숨을 내쉬며 눈까지 질끈 감아버리는 마르키드 대공의 얼굴엔 절망의 빛이 가득했다. 이제 완전히 끝이었다. 나는 새도 떨어뜨린다는 자신이 교활한 대신관의 수작에 이렇듯 허무하게 물러나게 될 줄은 꿈에도 몰랐다. 생각 같아선 최대한 빠른 시간 내에 범인을 잡아 만천하에 자신의 명석한 능력을 알리고 죽이고 싶을 정도로 미운 대신관에게 처절한 복수를 하고 싶었지만, 그것은 어디까지나 희망에 불과할 뿐이었다.

뿌득.

저절로 이가 갈리고 미간이 일그러졌으며 터질 것 같은 분노에 눈물까지 나오려 했지만 마르키드는 꾹 참고 모든 잡생각을 떨쳐 버렸다. 이렇게 허무하게 끝낼 수는 없었다. 천하의 드래곤 나이트인 자신이 이 정도 시련을 이기지 못하고 꺾인다면 만천하에 웃음거리밖에 되지 않을 것 같았다. 또 위기 뒤엔 기회가 온다는 말도 있다. 이렇게 하늘만 원망하며 시간을 보낸다면 결국 남는 것은 후회밖에 없을 것 같았다.

"슈티악님."

새로운 기분으로 고개를 세차게 흔들어 잡념을 없애 버린 마르키드가 감고 있던 눈을 뜨며 슈티악을 찾았다. 언제나 '위대한 존재시여' 라는 극존칭으로 슈티악을 대했던 마르키드였고, '맹약의 대상자여' 라며 화답하던 슈티악이었지만 많은 사람들을 만나야 하는 여행이었기에 서로 호칭을 변경하기로 합의했었다.

"으음, 으음."

마르키드의 부름에도 서너 걸음 앞쪽에 있던 슈티악은 여전히 미간을 찡그린 채 주변을 둘러보고 있었다. 무언가에 상당히 집중한 모양인지 마르키드의 목소리를 듣지 못한 것 같았다. 그런 슈티악의 행동에 마르키드가 이상하게 여기며 다가갔다.

"무슨 일이십니까, 슈티악님?"

"이상하다."

"무엇이 이상하다는 말씀이십니까?"

어디를 둘러봐도 짙게 깔려 있는 먹구름과 삭막한 대지뿐이었다. 마르키드는 슈티악의 말에 조금 더 정신을 집중하고 주변을 둘러보았다. 하지만 아무리 눈에 힘을 주고 둘러봐도 주변의 풍경에는 조금도 변함이 없었다.

"휴우, 저는 도무지 모르겠군요. 슈티악님께서 이 미천한 인간에게 가르침을 주시면 감사하겠습니다."

한숨을 내쉬며 묻는 마르키드의 물음에 슈티악이 흘낏 그를 돌아보며 입을 열었다.

"주변을 잘 살펴보아라, 마르키드여. 이곳은 그대의 말처럼 얼마 전까지 인간들이 세운 훌륭한 도시가 있었던 자리. 하나 지금 보이는 이 대지에서 생물이라고는 나와 그대, 이렇게 둘밖에 보이지 않는다. 어제와 오늘 나는 많은 호기심과 궁금함으로, 하지만 냉정함을 조금도 잃지 않고 주변을 둘러보았다. 그리고 지금에서야 그 답을 얻을 수 있었다. 지금 보이는 이것은 분명 대자연의 힘이나 우리 위대한 드래곤 일족들 중 하나의 힘에 의해서가 아닌 믿을 수 없는… 우리 위대한 드래곤 일족들과 비슷한 힘의 소유자가 의도적으로 이렇게 한 듯 보인다."

"그, 그렇다면 사람이 한 짓이 아니라는?!"

"그렇다."

슈티악의 판단은 정확히 맞아떨어졌고, 마르키드의 얼굴엔 제법 그럴싸한 미소가 나타나기 시작했다. 완전히 포기했던 일이었다. 한데 슈티악이 항구 도시 미렐리아드를 파괴한 것이 드래곤과 비슷한 힘의 소유자의 짓이라 했으니 그것이 틀릴 리 없었다. 이제 희망이 보였다. 황제에게 할 말이 있었고 슈티악과 함께 황도에 간다면 황제가 믿지 않을 리 없었다.

"하지만 슈티악님, 이 세상에 슈티악님 같은 위대한 드래곤님들이 아니라면 누가 있어 이렇게 큰 도시를 파괴하겠습니까?"

조금 더 확실한 대답을 원했던 마르키드의 물음에 슈티악이 고개를 흔들며 말을 이었다.

"어리석은 인간, 마르키드여. 이 세상엔 우리 위대한 드래곤 일족과 비슷한 힘을 가진 곳이 두 곳이나 있다. 그 하나는 빛의 신 '라 샤이테'의 후손이라 우기는 천족들의 천계이며 다른 하나는 어둠의 지배자 마족들의 마계이다."

"그, 그렇다면 이 도시를 파괴한 것이 마족이라는 말씀이시로군요!"

천족에 대해선 오늘 처음 들었지만 마족과 마계에 대해선 마르키드 역시 전해 내려오는 이야기와 빛의 신전에 내려오는 성전을 통해 알고 있었다.

"하긴 마족이라면 충분히 가능하겠군요."

슈티악의 대답이 없는데도 스스로 질문하고 답하는 마르키드의 얼굴에 득의의 미소가 가득했다. 처음 듣는 천족과 천계가 빛의 신 '라 샤이테'의 후손이라고 하니 그들은 인간들을 위해 싸우는 마음씨 좋은 이들일 것 같았다. 어감이 그러했고 대륙에서 어렵지 않게 찾아볼 수 있는 빛이 신전과 맞물려 있으니 천족이 인간들의 도시를 파괴하지는 않을 것 같았다. 마족의 짓이라면 황제도 자신의 잘못은 더 이상 추궁할 수 없을 것이라 생각한 모양이었다.

"글쎄……."

좋아하는 마르키드와는 달리 슈티악의 좁혀진 미간은 펴질 줄 모르고 더욱 깊은 주름을 만들고 있었다. 그가 알고 있기로도 마계와 천계가 인간들의 일에 간섭하는 일은 극히 드물었다. 또 간섭한다고 하더라도 이렇게 도시 전체를 없애 버리는 과도한 일은 결코 하지 않는다고 알고 있었다. 하지만 그의 말처럼 드래곤이 아니면 마족과 천족, 이 둘밖에 없었다. 그때였다.

"후후후."

차갑게 불어오는 바람을 타고 어디선가 낮은 웃음소리가 흘러나왔다. 마치 커다란 범종이 울리는 듯한 청아하고 맑은 웃음이었지만 왠지 음산한 느낌이 들고 절로 소름 끼칠 것 같은 이상한 느낌의 웃음소리였다.

"응?"

"어, 어디서……?"

갑작스레 들려온 웃음소리에 생각에 잠겨 있던 슈티악과 복수심에 불타는 눈초리로 득의에 찬 미소를 짓던 마르키드가 화들짝 놀란 표정으로 주변을 살펴보았다.

휘이이잉―

어느새 매섭게 몰아치는 차가운 바람과 함께 눈발이 조금씩 날리기 시작할 뿐 어디에서도 웃음소리의 주인공은 보이지 않았다. 그러나 슈티악과 마르키드의 날카로운 눈초리는 여전했으며 마르키드는 허리춤에 차고 있던 기다란 검을 꺼내 두 손으로 꼭 틀어잡고 있었다. 분명히 웃음소리였다. 바람이 심하게 불어오기는 했지만 절대 바람 소리가 아니었다.

"이놈이……!!"

드래곤인 자신에게조차 아무런 기척도 느껴지지 않자 슈티악이 두 걸음 앞으로 나서며 소리쳤다.

"어느 놈이냐! 어느 놈이 감히 내 앞에서 서툰 짓거리를 하는 것이냐! 어서 모습을 드러내지 못할까!"

슈티악의 목소리가 쩌렁쩌렁하게 울려 퍼졌다. 매섭게 불어오는 눈보라가 그의 목소리에 실려 있는 지독한 기운을 이기지 못하고 사방으로 흩어질 정도였다.

"흐흐흐."

커다란 슈티악의 외침이 터지고 난 잠시 후 어디선가 또다시 웃음소리가 흘러나왔다. 슈티악의 목소리가 주변을 쩌렁쩌렁 울린 것처럼 들려오는 웃음소리 역시 낮지만 보이는 모든 곳에서 울려 퍼지는 것 같았다. 웃음소리의 진원지가 어디인지 알 수 있는 방법이 없었다.

"네 이놈~!!"

쿠우우, 쿠우우우~

모욕을 당했다고 생각한 슈티악이 사방으로 팔을 뻗자 그의 손에서 커다란 마차 바퀴만한 불덩어리들이 눈보라를 헤치며 무서운 속도로 쏟아졌다. 곁에 있던 마르키드가 그 기운을 이기지 못하고 수십여 걸음이나 물러설 정도로 슈티악에게서 끊임없이 쏟아지는 불덩어리들의 위력은 실로 대단하고 위력적이었다. 슈티악이 불덩어리를 쏘아 보내길 몇 분, 다시 웃음소리가 이어졌다.

"후후후."

"우욱!!"

"크어억!!"

또다시 들려온 웃음소리에는 실로 어마어마한 기운이 내재된 듯 분노를 표하며 불덩어리들을 쏘아 보내던 슈티악이 웃음소리가 나온 순간 거친 숨을 토하며 허리를 숙였고, 멀리 떨어져 있던 마르키드는 땅바닥에 한쪽 무릎을 꿇었다. 들고 있던 검으로 몸을 지탱하지 못했다면 어느새 쌓이기 시작한 땅바닥에 머리를 처박을 뻔했다.

"어리석은 파충류에 머저리 인간이라… 상당히 잘 어울리는 파트너군."

웃음소리와 마찬가지로 청아하고 맑은 목소리가 흘러나왔다. 하지만 목소리만으론 상대의 성별이나 연령을 추정하기가 매우 어려웠다. 웅웅거리는 듯한 울림도 울림이었지만, 마치 여성과 남성의 목소리를 합쳐 놓은 듯한 중성적인 느낌이었다.

"크으… 으아아~!!"

고통스런 표정으로 잠시 허리를 숙이고 있던 슈티악이 커다란 기합을 터뜨리며 자세를 바로 했다. 모든 힘을 끌어올려 몸을 억압하는 보이지 않는 힘을 퉁겨낸 듯 보였다. 그러나 마르키드는 여전히 바닥에 한쪽 무릎을 꿇은 채였다. 그 역시 이를 악물며 어떻게 해서든 자리에서 일어서려 하는 것 같았으나 역부족인 듯했다.

"어디냐, 어디에 있는 것이냐! 네놈은 누구냐? 어서 모습을 드러내라!"

빠르게 주변을 둘러보는 슈티악의 눈초리엔 진한 살기가 번들거렸다. 고통스러워하는 마르키드의 낮은 신음이 흘러나왔지만, 그를 도와주려다 오히려 당할 수 있었고 지금은 우선 상대의 위치를 알아야 했다. 하지만 그 어디에서도 상대의 모습은 보이지조차 않았으며 목소리 역시 더 이상 들려오지 않았다.

휘이이잉—

매섭게 부는 바람이 이제는 칼날처럼 몰아쳤으며 옆으로 내리는 눈송이들의 두께도 점차 굵어져 갔다. 그러나 슈티악은 두 눈을 부릅뜨고 만반의 대비를 갖춘 상태로 주변을 둘러보았다. 셀 수 없이 많은 눈송이들이 그의 시야를 가로막으며 몰아쳤으나 조금도 개의치 않았다.

"칫."

오랫동안 모든 신경을 집중하고 주변을 둘러보던 슈티악이 아쉬운 듯 코를 찡끗거린 후 마르키드에게 다가가 그의 팔을 잡아 올렸다.

"괜찮은가?"

"하아, 하아……."

몸을 억누르는 보이지 않는 힘은 얼마 전에 사라졌으나 마르키드의 얼굴엔 굵은 땀방울이 송골송골 맺혀 있었고, 거친 숨이 뽀얀 입김과 함께 토해졌다. 슈티악과의 힘 차이가 고스란히 드러나는 순간이었다.

"고맙습니다."

슈티악의 부축을 받아 마르키드가 몸을 일으켰을 때 백여 보 앞쪽에서 커다란 낙뢰가 눈부신 빛을 내며 대지에 작렬했다.

콰쾅! 치이이~

낙뢰가 떨어진 순간 귀청을 찢을 듯한 굉음과 거친 낙뢰 소리가 사방을 가득 메우며 울려 퍼졌다. 그런데 이상한 낙뢰였다. 보통 번개가 떨어지는 것은 눈 깜짝할 사이보다 빨랐고 떨어졌다고 생각된 순간 사라지는 것이 대부분이었다. 또 오랫동안 작렬한다고 해봤자 몇 번 숨을 고를 정도까지였다. 한데 푸른 광채를 뿜으며 작렬한 낙뢰가 없어지지 않고 계속 그 힘을 유지하고 있었다.

"뭐, 뭐지?"

"하아… 하아……?"

거친 숨을 토하는 마르키드는 물론 곁에 선 슈티악 또한 깜짝 놀란 표정으로 낙뢰를 바라보고 있었다. 너무도 이상한 장면이고 심상치 않은 낙뢰라고 느낀 둘이었다.

쿠쿠쿠쿠.

멀찌감치 떨어져 한 치의 움직임도 보이지 않던 낙뢰가 갑작스레 슈티악과 마르키드를 향해 돌진해 왔다. 순간 마르키드는 몸을 움직여 피하려 했으나 곁에 있던 슈티악이 그런 그의 팔을 붙잡았고 거의 동시에 슈티악의 입술이 빠르게 들썩였다.

휘이이이—

슈티악과 마르키드 주변 서너 걸음 정도에 보이지 않는 둥그런 막이 가로막고 있는 듯 몰아치는 눈보라가 둘 주위를 비켜 나갔다. 슈티악의 방어 마법이었으며, 그가 알고 있는 최고의 방어 마법이었다. 다가오는 낙뢰의 빠른 속도도 문제였지만, 그것보다 낙뢰가 어떻게 움직일지 모르기에 방어 마법을 선택한 슈티악이었다.

콰치치치—

눈에 보이지 않는 방어막이 생성된 순간 거대한 낙뢰가 슈티악과 마르키드의 시야를 온통 가리며 덮쳤다. 백여 보 떨어져 있을 때도 대단하던 것이 가까이서 보니 그 크기가 커다란 집채만했다.

"크으으……."

"으으윽!"

방어막으로 막기는 했지만 숨이 콱콱 막히고 온몸이 타는 것처럼 뜨거웠다. 마르키드는 고통을 이기지 못하고 슈티악의 팔을 터질 것처럼 꽉 잡은 채 눈을 감아버렸다. 하지만 슈티악은 이를 앙다물었을 뿐 눈을 감지는 않았다.

"크앗!!"

다른 사람들에게는 보이지 않았지만 슈티악의 눈에는 방어막에 빠른 속도로 균열이 생기는 모습이 똑똑히 들어왔다. 비록 3천 년을 조금 넘게 살아오기는 했지만 방어 마법에는 자신이 있던 슈티악이었다. 또 리켄과의 악연 이후 방어 마법을 연구하는 데 온 열정을 기울였던 그이기에 그것만은 비슷한 다른 드래곤들보다 더욱 강하다고 자부했었다. 그러나 그렇게 자부하던 방어막이 순식간에 약해지자 슈티악은 마르키드의 팔을 잡고 몸을 날렸다.

콰콰쾅!

둘이 몸을 날린 순간 그들이 있던 곳의 대지에서 커다란 폭발과 함께 상당한 양의 흙더미들이 사방으로 퍼져 나갔다. 그 장면에 허공에 몸을 띄우고 바라보던 슈티악은 경악을 금치 못한 표정이 돼버렸다. 낙뢰의 대단한 크기도 놀라웠지만 낙뢰가 처음 나타나고 자신들을 향해 쏘아져 온 길엔 그 깊이를 알 수 없을 것 같은 깊은 길이 생겨나 있었다. 낙뢰의 위력이 얼마나 대단한지 가늠조차 할 수 없을 지경이었다.

"도, 도망을… 슈, 슈티악님……."

아무것도 하지 못하고 파김치가 된 표정으로 마르키드가 간신히 입을 열며 슈티악을 바라보았으나 그에게선 아무런 대답도 나오지 않았다. 슈티악의 표정은 마치 뒤통수를 얻어맞은 사람 같았다. 믿을 수 없는 크기의 낙뢰와 그것의 위력, 그러나 그것보다 더욱 놀랍고 치욕스러운 것은 누구인지 보이지조차 않는 상대에게 조롱당했다는 점이었다.

콰치치치―

목표물을 잃고 잠시 주춤하던 낙뢰가 허공에 둥실 떠 있는 슈티악과 마르키드를 향해 방향을 바꾸며 맹렬한 기세로 쏘아져 왔다. 조금 전보다 더욱 빠른 속도였고 그 기세 역시 만만치 않았다.

"슈, 슈티악님!!"

마르키드의 입에서 커다란 소리가 터진 순간 집채만한 굵기의 낙뢰가 둘이 있던 곳을 스쳐 지나갔다.

휘이이잉—

둘을 스친 낙뢰는 눈 깜짝할 사이에 사라졌고 그 빈 곳으로 칼날 같은 바람이 메워졌다.

"칫……."

어디선가 아쉬운 듯한 목소리가 흘러나왔지만 그것은 몰아치는 바람 소리에 묻힌 듯 이내 조용히 사라져 버렸다.

제29장 종족 회의

화려한 드래곤 로드의 레어로 속속 많은 인물들이 모습을 드러냈다. 각 일족을 대표하는 수장들과 원로 자격을 가지고 있는 드래곤들이었다. 20명이 조금 넘었는데 대부분 엘프의 모습을 하고 있었고, 나머지는 인간의 모습으로 바꾼 채였다. 회의를 위해 모인 관계로 언어 소통에 지장이 없는 생명체로 모습을 바꾸다 보니 자연스레 엘프와 인간을 택한 것이다.

쌔니에게서 대략적인 소식을 듣고 찾아왔기에 모두의 표정은 상당히 진지했으며 분위기 역시 무겁게 가라앉아 있었다.

"우리 화이트 일족의 수장은 해츨링을 돌봐야 하기 때문에 자리를 비울 수 없다고 하더군요. 로드께서 이해해 주셨으면 고맙겠습니다."

간단한 인사를 마치고 레어 중앙에 마련돼 있는 둥그런 탁자에 앉으며, 흰색 상하의 차림에 30대 초반 정도로 보이는 은발의 남성 엘프가 레오니아를 향해 미안하다는 듯 살며시 고개를 숙였다. 이 남성 엘프는 9천 5백여 세 가까이 나이를 먹어 이제 생명이 그리 오래 남지 않은 화이트 드래곤 일족의 원로였다.

"우리의 미래에 대한 일이니 제가 아무리 로드라고 해도 왈가왈부할 수 없는 일이지요."

화이트 일족 원로를 향해 부드러운 미소를 지어 보인 레오니아는 이내 굳은 표정으로 둥그런 탁자에 앉아 있는 이들을 바라보며 말을 이었다.

"쌔니를 통해 들으셨을 테니 모든 분들께선 제가 종족 회의를 소집한 이유를 어느 정도는 알고 계실 거라 생각합니다."

"그렇습니다, 로드."

레오니아의 말이 끝나자 그녀의 정면에서 30대 중반 정도의 얼굴에 짧은 검녹색 머리칼의 여성 엘프가 미간을 잔뜩 일그러뜨리며 말을 이었다.

"하지만 저는 지금도 믿어지지 않는군요."

검녹색 머리칼의 여성 엘프는 그린 드래곤 일족의 수장인 '지니' 라고 불리는 드래곤이었다. 진한 갈색의 원피스에 커다란 보석이 달려 있는 목걸이와 귀고리, 거기에 상당히 진한 화장까지 하고 있는 모습이었다. 지니의 말이 이어졌다.

"종족 회의까지 소집하신 로드의 판단을 의심하는 것은 아니지만, 다시 한 번 진위에 대한 설명을 부탁드리는 바입니다."

좁혀진 미간과 날카로운 눈초리, 무겁게 이어지는 지니의 말투에서 진한 궁금함과 호기심이 느껴졌다. 드래곤 로드의 부탁에 대해선 일반 드래곤들이 두 번, 수장과 원로들이 세 번의 거부권을 행사할 수 있지만, 로드에 의해 소집되는 '종족 회의'에서는 특별한 몇 가지 사항을 제외하고는 절대 거부할 수 없었다. 조금 전 화이트 일족의 수장처럼 '해츨랑'에 관한 것 역시 얼마 되지 않는 특별 사항에 속하는 일이었지만, 드래곤 로드의 체면을 생각해서 의례적으로 건넨 인사말이었다.

"저도 자세한 설명을 듣고 싶군요. 이제 모두가 모인 것 같으니 설명해 주시지요."

"맞습니다. 로드시여, 이제 말씀하시지요. 우리들은 '파괴신'에 대한 간단한 언급만 들었을 뿐입니다."

"시간을 지체하지 마시지요."

지니의 말이 떨어지자 자리에 앉아 있던 모두가 레오니아에게 대답을 재촉했다. 쌔니가 그들에게 전해준 말은 파괴신에 관한 중대한 사건이 벌어져 의견 조율을 위한 소집이라는 명분이었기에 몇몇 인물은 당혹스런 표정까지 드러내고 있었다. 심각한 표정의 레오니아가 고개를 끄덕이며 입을 열었다.

"혹시 여러분들 중 인간들의 항구 도시인 미렐리아드와 4국 연맹에서 최근에 벌어진 일들을 알고 계신 분이 있으신가요?"

"흐음, 글쎄올시다. 저는 근 천 년 사이에는 레어 밖으로 나간 적이 없습니다. 워낙 이런저런 일들이 있어놔서……."

"저도 그렇군요."

"우리 일족도 최근 천 년 사이에는 거의 움직이지 않았던 터라……."

레오니아의 물음에 모두가 고개를 흔들며 모른다고 대답했다. 그럴 줄 알았다는 표정으로 잠시 고개를 끄덕이던 레오니아가 다시금 말을 이었다.

"그렇다면 혹시 최근 이상한 힘을 느낀 적이 있나요?"

"글쎄올시다."

"저도 잘⋯⋯."

드래곤들이라면 각각 가지고 있는 힘에 따라 그 거리가 다르지만 제법 멀리 떨어져 있는 곳에서 특이한 힘을 발견할 수 있는 독특한 능력이 있었다. 하지만 미렐리아드나 4국 연맹 근처에는 레어가 없어 둥그런 탁자에 앉아 있던 모두는 조금 전처럼 고개를 저으며 모른다는 대답만 할 뿐이었다.

"얼마 전 인간들의 항구 도시인 미렐리아드와 4국 연맹이라는 곳이 완전히 초토화됐습니다. 4국 연맹이라는 곳은 극소수의 인간들이 살아남기는 했지만 항구 도시 미렐리아드는 모든 것이 완전하게 없어져 버렸지요."

"흐음, 그런 일이 있었군요?"

4국 연맹과 커다란 도시 하나가 없어졌다는 말에도 원탁에 앉아 있는 드래곤들은 시큰둥한 표정들이었다. 드래곤들에게 있어 인간들의 도시가 어떻게 되든, 멸망하든 완전히 없어져 버리든 상관없는 일이기 때문이었다.

"로드, 서, 설마⋯ 우리 드래곤 종족이 그 일에 개입한 것은 아니겠지요?"

레오니아의 왼편에 앉아 있던 자가 조금이지만 떨리는 목소리와 함께 고개를 돌렸다. 30대 중반쯤 된 것 같은 인간 여성의 모습으로 짧은 흑발에 같은 색의 원피스를 입고 있었다. 다크 드래곤 일족의 수장인 드레이라였다.

"아니오, 다행히도 우리 일족의 실수는 절대 아니에요. 걱정하지 않으셔도 됩니다, 드레이라."

"그렇군요."

드레이라의 목소리엔 안도의 한숨이 섞여 있었다. 그녀는 혹시라도 4국 연맹과 항구 도시 미렐리아드의 멸망이 리켄과 연관있는 것이 아닌가 하는 걱정에 사로잡혔었다. 아무리 차기 드래곤 로드의 자리가 내정됐다 하더라도 모든 일족들의 수장과 원로들이 모인 자리에서 그런 과오가 밝혀진다면 어떻게 될지 알 수 없는 일이었기 때문이다.

"사실 인간들의 도시 몇 개쯤 파괴되거나 멸망했다고 해도 우리 드래곤과 상관이 있는 것은 아니지요. 그러나……."

잠시 말을 끊고 주변을 무거운 시선으로 둘러보던 레오니아가 리켄과 이스에게 들은 내용과 그녀가 일족들을 시켜 조사한 것들을 설명해주었다. 자신의 아들인 리켄의 마법이 통하지 않는 인간, 믿을 수 없는 일들을 하는 인간, 그리고 그 인간들의 최종 목적이 파괴신을 부활시키려는 것… 등등을.

"제가 로드의 위엄에 손상 입히려는 것은 아니지만, 지금 말씀하신 것은 못 들은 것으로 하겠습니다."

"리켄이라면 우리 드래곤들 중 최강의 존재, 설마 지금 우리더러 그런 말씀을 믿으라는 것은 아니겠지요?"

"고작 인간 따위가 리켄의 마법을 견디다니, 그게 말이나 될 법한 말씀이십니까?!"

"파괴신이라니……."

레오니아의 말이 끝나기를 기다린 사람처럼 앉아 있던 모든 드래곤들이 저마다 한마디씩 중얼거리며 불쾌한 반응을 보였다. 그들이 가장 믿기 힘든 내용이 바로 리켄의 마법이 무용지물처럼 아무런 힘도 발휘하지 못했다는 말이었고, 그 상대가 고작 인간이라는 것에 자존심까지 상한 모양이었다.

드래곤들 사이에서 기피 대상 1호인 리켄이었다. 불같은 성격도 기피 대상 1호가 되는 것에 한몫 단단히 했지만 그 밑바닥엔 리켄의 강한 힘과 마법 실력에 대한 두려움이 깔려 있었다. 또 이곳에 모인 수장들이나 원로들이 다음 드래곤 로드의 자리에 리켄을 앉히겠다는 의견을 수락한 것 역시 리켄의 힘과 마법 실력을 인정하고 있었기에 가능한 것이었고, 그래서 더 더욱 레오니아의 말을 믿지 못하고 인정하지 않는 것이며 불쾌한 감정을 드러내는 것이었다.

"여러분들의 말씀이 이해가 가지 않는 것은 아니지만… 휴우……."

뭔가 반박할 말을 찾으려던 레오니아는 결국 긴 한숨을 내쉴 뿐 제대로 말을 잇지 못했다. 그녀가 일족들 중 몇을 시켜 알아낸 사실은 극히 미미한 내용들뿐이었다. 아니, 파괴신의 열쇠 중 하나인 대신관의 목걸이가 도난당한 사건뿐이라는 말이 정확했다. 이미 아무것도 없이 완전히 멸망당한 항구 도시 미렐리아드에선 그 어느 것도 발견된 것이 없었으며, 4국 연맹에서도 찾은 것은 아무것도 없었다.

그녀가 이런 사실들만으로 종족 회의를 소집한 이유는 리켄의 강력한 주장도 있었지만 석연치 않은 점이 너무도 많아서였다. 리켄과 이 클립스가 함께였기에 마족에 의해 파괴된 것이 아니었으며 빛의 수호자라고 스스로를 칭하는 천계가 나서서 그렇게 했다는 것은 더 더욱 있을 수 없는 일이었다. 그렇다고 지진이나 해일 같은 자연 현상이 일어난 것도 아니고 인간 세상에 전쟁이 일어난 것 역시 아니었기에 두 곳의 멸망이 더 더욱 믿기지 않는 것이었다.

"후우……."

앞에 놓인 차를 들어 한 모금 쓰게 마신 레오니아가 낮은 한숨과 함께 조용히 입을 열었다.

"지금까지 제가 했던 모든 말들은 제 아들인 리켄의 입에서 나온 말들이에요. 제가 직접 찾은 것은 파괴신을 부활시킬 수 있는 열쇠 중 하나가 도난당했다는 사실이지만, 저는 제 아들의 말을 믿습니다. 가끔 엉뚱한 이야기를 하는 아이이긴 하지만 이번만큼은 사실이고, 또 사실이라고 믿어요."

레오니아의 말에 술렁이던 모두의 표정이 딱딱하게 굳어버렸다. 리켄을 믿는다는 말보다 말을 이어가는 그녀의 확고하고 강한 의지와 믿음에 할 말을 잃어버렸다는 표정들이었다.

"하지만 로드."

조용히 이어지는 침묵을 깨고 한쪽에 앉아 있던 여성 엘프가 입을 열었다. 40대 초반 정도로 보이는 여성 엘프였으며 황금빛으로 빛나는 기다란 머릿결과 짙은 녹색의 원피스 차림을 하고 있었다. 이 여성 엘프는 골드 드래곤 일족의 원로이며 레오니아와 백 년 정도의 터울이 지고 있었고 상당히 친밀한 관계를 유지하고 있었다.

"로드의 말씀을 모두 믿기에는 그 사실이 심히 충격적이로군요. 로드의 근심을 모르는 것은 아니나 그 충격을 극복하고 사실로 받아들이기 위해선 우리들에게도 시간이 필요할 것 같아요."

"그 심정 충분히 이해합니다."

레오니아 역시 같은 마음이었고 지금도 마음속으로는 모든 것이 거짓이기를 바라고 있었다. 하지만 계속 시간을 끌다 수습하기 어렵게 된다면 돌이킬 수 없을 것이기에 무리라는 것을 알면서도 종족 회의를 소집하게 된 것이다.

"하지만 시간을 많이 드릴 수는 없을 것 같아요. 오늘… 지금부터 정확히 24시간 드리겠어요. 모두들 이곳에서 떠나지 마시고 결정을 내려주시면 고맙겠어요."

"으음… 하지만 로드, 우리들이 아무리 각 일족의 수장과 원로의 자격으로 왔다고는 하지만 우리들만으로 결정을 내리라는 것은 아무래도 무리인 듯싶습니다."

"맞습니다, 로드. 만약 로드의 말씀이 모두 사실이라면 일족들 모두가 힘을 합쳐도 힘든 일. 일족의 구성원들에게 의견을 구해서 만약의 일에 대비해야 할 것 같습니다."

레오니아의 말에 모두가 고개를 저으며 어려움을 말했다. 그녀의 말도 믿고 싶었지만 각자 나름대로 정보를 얻고 싶은 모양이었다.

"그럼 정확히 열흘을 드리지요. 그 이상은 안 됩니다."

불쾌한 표정을 드러내긴 했지만 레오니아는 이내 고개를 끄덕였다. 입장을 바꿔서 자신이 단순한 수장이나 원로의 자격으로 드래곤 로드에게 지금 같은 말을 들었더라도 이들처럼 말했을 것 같아서였다.

*　　　　*　　　　*

"그래, 벌써 다 익혔느냐?"

듬성듬성 빠진 수염에 하얀 면으로 된 두건을 쓴 노인이 인자한 미소를 지으며 바라보았다. 왼쪽 눈이 없고 왼쪽 얼굴 전체에 심한 화상 자국이 있었으며 셀 수 없이 많은 주름들이 가득했지만 부드럽고 인자하게 미소 짓고 있는 노인의 모습에선 역겨움이나 무서움은 조금도 느껴지지 않았다.

"네, 사부님. 사부님 덕분에 이런 경지까지 터득할 수 있었습니다."

"허허허, 노부가 너에게 해준 것은 그저 길을 갈 수 있는 방향만을 가르쳐 준 것뿐이니 어찌 사부라고 할 수 있겠느냐."

들려오는 청아한 목소리에 노인은 설레설레 고개를 흔들었지만 그의 노안에는 대견하다는 빛이 역력히 나타나 있었다.

"변변한 이름도 없이 그저 멍청이라고 불리는 저 같은 놈에게 사부님처럼 따스하게 대해준 분은 지금까지 단 한 명도 없었습니다. 저는 지난 8년간 사부님을 정말로 사부님으로 생각했고 그것은 제 생명이 끝날 때까지 결코 바뀌지 않을 것입니다. 목숨을 걸 수도 있습니다, 사부님."

"허허허."

노인은 긍정도 부정도 하지 않은 채 그저 환하게 웃을 뿐이었다. 다시 청아한 목소리가 이어졌다.

"미천하고 부족한 제자가 이름이 없어 말씀드리지 못하지만, 감히 청하옵건대 사부님의 존함을 가르쳐 주십시오. 죽는 날까지 결코 잊지 않겠습니다."

"허허허. 이 녀석, 또 이름을 묻는구나. 이제 그만 할 때도 됐거늘."

맑고 깨끗하며 정갈한 느낌까지 주는 목소리엔 간절함이 가득 담겨져 있었다. 하지만 노인은 끝내 고개를 저었다.

"노부가 부족함이 많아 지금까지 이루 헤아릴 수 없는 악연을 쌓아왔구나. 이곳 화산에서 그동안 쌓은 업을 나름대로 참회하며 살아오기는 했다만 모자라도 한참 모자라지. 허허허, 노부가 굳이 이름을 알려주지 않음은 너처럼 어여쁜 아이에게 노부의 악연이 닿을까 하는 염려 때문이라고 말해 주고 싶구나. 이름 따위가 뭐 어떻겠냐마는 세

상일은 모르는 것이고, 노부가 걱정거리를 없애기 위해서라고 생각해
주렴."

한쪽 얼굴에 화상을 입고 두 다리를 쓰지 못하는 노인에게선 악인다
운 면모는 눈을 씻고 찾아봐도 없었다.

"참, 사부님, 일전에 말씀해 주신 영검(靈劍)에 대해 여쭤볼 게 있습
니다."

아쉬움을 달래기 위함인지 들려오는 목소리에 제법 힘이 실려 있었
다. 노인이 놀란 표정으로 대답했다.

"허어, 이 녀석. 그것은 잊어버리라고 하지 않았느냐?"

"하지만 사부님의 사부님, 그리고 그 사부님의 사부님부터 내려왔다
고 하지 않으셨습니까? 이제 사부님의 진전을 미천한 제자가 이어받았
으니 더욱 확고히 알아야 하지 않겠습니까?"

"그렇긴 하다만 영검(靈劍)에 대해선 잊어버리거라. 어차피 꿈에서
조차 실현할 수 없는 무공이니라. 그리고 자칫 조그마한 실수라도 하
는 날에는 살지도 죽지도 못하는 상태에 이르니라. 그리고 그것을 그
렇게 깨우치고 싶거들랑 앞으로 50년 후에나 생각해 보거라. 알겠느
냐?"

"네, 사부님."

"허허허."

놀라던 노인이 다시금 얼굴 가득 주름살을 만들며 호탕하게 웃었다.
사부라고 부르지 말라면서도 대대로 내려오는 무공을 가르쳐 준 것을
보면 그를 무척 아끼고 있다는 것을 알 수 있었다.

"그놈 대답은 잘하는구나."

"무공의 끝을 꼭 배우고 싶으니까요."

"허어, 노부가 언제 영검을 무공의 끝이라고 했는고?"

"하지만 영검을 깨우치면 모든 것을 생각만으로 할 수 있다고 하셨잖습니까? 그것이 곧 무공의 끝이 아닌가요?"

"이 녀석아, 아무리 그렇다고 해도 그것을 가지고 무공의 끝이라 할 수 없느니라. 어쩌면 영검의 극한 뒤에는 또 다른 영검이 기다리고 있을지 누가 아느냐? 허허허."

마치 손자의 재롱에 웃음을 터뜨리는 할아버지처럼 노인의 웃음은 오래도록 그칠 줄 모르고 이어졌다.

"얘야, 노부의 부탁 한 가지를 들어줄 수 있겠느냐?"

"제자, 미력이나마 죽기로 따르겠습니다."

"허허허."

오랫동안 기분 좋게 웃음을 터뜨리던 노인이 부드러운 미소를 머금으며 말을 이었다.

"아무래도 노부에게 주어진 천명이 이제 다하지 않았나 싶구나. 비록 많은 악연을 쌓아왔다고 하지만… 죽을 때가 되니 고향이 그리워지는구나. 아가, 미안한 부탁인 줄 안다만… 노부가 죽거든 발해 땅에 묻어주지 않겠느냐?"

"이스, 왜 그래요, 이스~ 이스?!"

"으음……."

걱정이 가득 담긴 리켄의 목소리에 이스가 천천히 눈을 뜨며 주변을 둘러보았다. 금으로 된 기다란 서랍장이 가득하고 바닥 역시 금으로 된 곳이 이스의 시선에 잡혔다. 이곳은 드래곤 로드의 레어였다. 아니, 정확히 말하자면 레오니아의 침대 옆쪽으로 있는 작은 창고였다.

"허어, 꿈이었구나……."

깊은 탄식을 토하듯 조용히 중얼거리던 이스가 아직까지 어깨를 붙잡고 있는 리켄을 바라보았다. 놀랍게도 리켄의 눈에선 조금이지만 눈물이 흘러 뺨까지 적시고 있었다.

"허허허, 다 큰 녀석이 어찌 눈물을 보이는고?"

"에이 씨, 이스도 울었잖아요?"

"으응?"

부끄러운 듯 고개를 돌리고 팔꿈치로 눈물을 닦는 리켄의 말에 이스가 놀란 표정으로 눈가에 손을 가져가 만져 보았다. 조금 흐르다 멈추긴 했지만 분명 눈물이 흘러 광대뼈 근처까지 닿아 있었다.

"허허허, 그것참……."

낮게 웃음을 터뜨리며 이스 역시 눈물을 닦아냈다. 하지만 그의 노안으로는 의아함이 가득 피어올랐다. 영검을 터득하고서 한 번도 잠이란 것을 자본 적이 없었다. 그런데 이제 와서 잠을 잤다는 것이 놀라웠던 것이다.

'지금까지 잊고 있었던 사부님의 모습이 어찌하여…….'

너무도 오랜 세월이 지난 후이기에 꿈을 꾸기 전까지는 아무리 얼굴을 떠올리려 해도 희미하게만 생각났던 사부의 모습이 생생한 꿈으로 나타났다. 이스는 어째서인가를 잠시 생각했으나 꿈이려니 하는 마음으로 이내 생각을 접었다. 그때 웅성거리는 소리가 들려왔다.

"사람들이 많이 와 있는가 보구나?"

레어로 통하는 문은 꼭 닫혀져 있었으나 제법 큰 목소리가 들려왔다. 원래는 들리지 않을 것이나 안에서 돌아가는 상황이 궁금해 리켄이 마법을 걸어놓은 모양이다.

"이스?"

"왜 그러는고?"

눈물을 닦던 리켄이 굳은 표정으로 이스를 돌아보았다. 하지만 그의 눈에는 아직까지 물기가 아른거리고 있었다.

"앞으로 절대 눈물 보이지 말아요. 알았어요?"

"허허허, 사람이 눈물을 흘리는 것은 당연한 일이거늘… 어찌해서 아니 되는 것인고?"

"우씨, 이스한테 눈물은 어울리지 않아요. 알았어요?"

"그 녀석, 별걸 다 우기는구나. 허허허!"

커다랗게 웃음을 터뜨리는 이스에게 리켄은 끝까지 대답을 요구했고 이스는 마지못해 고개를 끄덕였다.

"칫."

끈질긴 요구 끝에 이스의 대답을 듣고서도 리켄은 불만스런 표정이었다. 이상한 모양이다. 인간이 눈물을 흘리는 장면은 셀 수 없이 봐왔고 그보다 더한 장면도 숱하게 목격했었다. 그런데 고작 꿈을 꾸며 눈물을 흘리는 이스의 모습에 리켄 자신도 눈물을 흘렸다. 아니, 눈물은 그저 먼지가 들어갔다고 생각할 수 있었으나 가슴이 저리고 아파왔다. 몇 번인가 인간 세상을 여행하며 사귄 인간들이 죽을 때도 이 정도까지 가슴 아팠던 적은 단 한 번도 없었다.

"그럼 열흘 후에 뵙겠습니다."

"최대한 빠른 시간 안에 뵙지요."

밖에서 여러 목소리들이 들려왔다. 모두 한결같이 다음에 보자는 말이었고 이내 하나둘 기척을 감췄다. 워프를 통해 어딘가로 사라진 모양이다.

"에구… 나가요, 이스."

레어에서 어머니와 쌔니의 기척만 느껴지자 리켄이 이스의 옷자락을 잡아끌어 밖으로 나갔다. 레어에는 미간을 찡그린 레오니아와 그녀의 어깨 위에 앉아 있는 쌔니 둘밖에 없었다.

"거봐요. 저 녀석들이 믿을 것 같아요?"

투덜거리는 리켄의 말에 레오니아가 미간을 잔뜩 찡그리며 입을 열려 할 때였다. 그녀의 어깨 위에 앉아 있던 쌔니가 날개를 펄럭이며 날아올라 레오니아의 얼굴 가까이 다가갔다.

『로드, 다크 드래곤 슈티악이 급히 만나뵙기를 청하고 있어요.』

"슈티악이?"

레오니아와 리켄에게서 동시에 같은 반응이 나왔다. 레오니아는 그러나 이내 고개를 끄덕이며 허락했다. 일족들의 수장과 원로들이 모두 가버렸고, 로드를 급하게 찾는다면 나름대로 상당한 이유가 있을 것이라 생각한 레오니아였다.

"처음 뵙겠습니다, 로드."

"무슨 일인가요, 슈티악?"

레오니아의 허락이 떨어지고 잠시, 짧은 흑발을 날리며 슈티악이 모습을 드러냈다. 그런데 그의 표정이 사뭇 긴장되고 초췌해 보였으며 입고 있는 옷 여기저기가 불에 그슬린 듯했고 머리칼도 부스스했다. 형님처럼 모시는 리켄이 옆에 떡하니 버티고 있었지만 슈티악에게는 보이지 않는 듯 떨리는 눈초리로 레오니아만 바라보고 있었다.

"그, 그게……."

슈티악은 자신이 겪은 일들을 상세히 설명해 주었다. 맹약을 맺은 인간과 항구 도시 미렐리아드에 도착한 일과 어디선가 들려온 이상한 목소리, 그리고 겪은 엄청난 일들에 대해 자세하게 설명했다.

"뭐, 뭐야? 이스!"

레오니아보다 먼저 리켄이 깜짝 놀라며 이스를 돌아보았다. 항구 도시 미렐리아드에서라면 누구보다 이스와 리켄, 그리고 이클립스가 잘 알고 있었다.

"진아를 불러야겠구나."

"아, 알았어요."

리켄은 곧바로 워프를 통해 자신의 레어로 돌아갔고 잠시 후 그가 다시 모습을 드러냈을 땐 침대 옆쪽 작은 창고로 기다란 타원형의 차원 이동 홀이 생겨났다.

"오늘은 이만 실례해야겠습니다. 그럼……."

"다음에 봐요, 어머니. 쌔니, 안녕."

레오니아를 향해 허리를 숙이며 인사를 건넨 이스는 서둘러 차원 이동 홀 속으로 들어갔고, 리켄이 뒤를 따랐다.

"리켄!!"

레오니아가 리켄의 이름을 부르며 달려갔지만 어느새 차원 이동 홀은 사라지고 없었다. 고개를 흔들며 낮은 한숨을 토하던 레오니아가 쌔니를 향해 말을 이었다.

"쌔니, 지금 즉시 종족 회의를 재소집하세요. 이것은 로드의 이름으로 내리는 특별 명령이에요. 종족 회의에서 있었던 사항에서 아주 중요한 증인인 슈티악이 나타났다고 전하세요. 서두르세요."

『네, 로드.』

대답을 마치자마자 쌔니는 곧 모습을 감췄다. 드래곤 일족들의 수장과 원로들의 레어를 찾아다니며 소집하려는 모양이었다.

"으음……."

레오니아의 미간에 생긴 골이 더욱 깊이를 더해갔으며 날카로운 눈초리 역시 더 더욱 가늘어졌다. 돌아가는 상황이 심상치 않았다. 그녀의 눈으로 직접 확인하지 않은 것이라 진실이 아니라고 생각할 수 있었으나 뭔가 불길한 느낌이 들었다.

＊   ＊   ＊

"젠장, 눈 때문에 아무것도 안 보인다!"

칼날처럼 불어오는 눈보라에 리켄의 짜증 섞인 목소리가 울려 퍼졌다. 리켄과 이스, 그리고 이클립스는 슈티악의 말을 듣고 난 이후 곧장 항구 도시 미렐리아드에 도착했으나 이상한 기적은 어디에서도 느껴지지 않았으며 매섭게 내리는 눈보라 때문에 주변 모습도 제대로 파악하기 힘들 지경이었다.

"으음……."

리켄과 같은 생각이었는지 잠시 고개를 흔들던 이스가 하늘을 바라보았다. 그 순간 두껍게 끼어 있던 검회색 구름들이 눈 깜짝할 사이에 사라져 버렸다. 일행들이 있는 일부분이 아닌 항구 도시 전체 아니, 눈에 보이는 모든 먹구름들과 눈보라가 말끔히 없어지고 파란 하늘이 나타났다.

"헉!"

"흐메……!"

이스에 의해 주변 하늘이 깨끗하게 변하자 공중에 떠서 주변을 두리번거리던 리켄과 이클립스가 찢어질 듯 커다랗게 입을 벌리며 이스를 돌아보았다. 하지만 그것도 잠시, 둘은 이내 공중으로 더욱 높이 몸을 띄웠고 얼마 지나지 않아 그 깊이를 추측키 힘들 것 같은 기다란 구덩이를 발견했다.

"허어, 이것이 무엇일꼬?"

구덩이 근처에 도착한 이스가 고개를 숙여 유심히 살펴보았다. 시커먼 구덩이는 그 깊이가 족히 몇백여 미터가 넘을 것 같았으며 너비 역시 상당했다. 항구 도시 미렐리아드를 떠날 때 이클립스가 위급한 상태여서 확실히 살피지 못했지만 분명 이러한 구덩이는 존재하지 않았었다.

"역시 슈티악의 말이……."

"도대체 무슨 일인데 그러는가, 리켄 군?"

다급하게 시간을 재촉하며 찾아왔기에 자세한 내막을 모르는 이클립스였다. 리켄은 곧 그에게 슈티악에게 들었던 얘기를 말해 주었다.

"으음, 하지만 이곳에서는 아무것도 느껴지지 않는군. 벌써 어딘가로 간 것 같은데?"

조용히 입을 여는 이클립스의 얼굴로 아쉬운 감정이 느껴졌다. 주변 어디를 둘러봐도 보이는 것은 하늘과 땅뿐이었다.

"그런 것 같구나."

"에이, 젠장."

이스와 리켄 역시 이클립스처럼 아쉬운 표정이었다. 이스가 돌아왔고 이제는 거리낄 것 없이 싸울 수 있는 곳이었는데도 이상한 기적은 커녕 살아 움직이는 생명체 하나 없었다. 일행들은 한동안 더 머물다 이내 에이프릴과 다른 일행들이 있는 리켄의 레어로 이동했다.

휘이이잉—

이스 일행들이 사라진 항구 도시 미렐리아드에는 차가운 바람만이 눈 덮인 대지 위를 쓸쓸히 지나쳐 갔다. 시리도록 파란 하늘 저편으로 조금씩 먹구름이 눈에 띄고 있었다.

제30장 미넬

이스와 이클립스, 그리고 리켄이 레어에 도착하고 난 후 며칠이 물처럼 흘러갔다. 그동안 들려온 소식은 드래곤 로드의 명령에 따라 2천 년 이하의 드래곤들, 그리고 해츨링과 함께 있는 드래곤, 거기에 앞으로 5년 사이에 알을 낳게 될 드래곤들은 일족의 수장과 원로들로 하여금 최대한 안전한 곳을 확보해 당분간 그곳에서 지내게 했으며 그 외의 드래곤들은 급박한 상황이 벌어져 드래곤 로드로부터 긴급 소집이 떨어질 경우 모두 1시간 내에 모여야 한다는 조항을 만들었다. 다만 특수 임무라는 자격으로 리켄과 그의 부인인 디아루는 예외로 했다.

리켄은 어머니인 레오니아로부터 '항 워프 마법'을 배워 그것을 숙달하는 데 모든 신경을 쏟고 있었고, 디아루는 리켄의 레어에서 의외로 많은 책들을 꺼내 조용히 읽으며 시간을 보냈다. 에이라는 예전보다 더욱 힘들고 혹독하게 에이프릴을 수련시켰다. 가혹하고 힘든 수련을 견디지 못하고 눈물을 보이는 에이프릴에게 그녀는 잔인하리만치 냉정하게 대했다. 옆에서 지켜보던 디아루와 리켄, 그리고 이스와 이클립스마저 혀를 내두를 정도였다.

"…그런 일들이 있었군요."

리켄의 레어에서 조금 떨어진 커다란 협곡 부근에서 이클립스와 이스가 나란히 앉아 아름답게 지는 노을을 바라보고 있었다. 이클립스와 이야기를 나누기 위해 다른 일행들을 레어에 두고 온 이스였다.

"그 오랜 세월 동안 이어지고 있는 원한을 이 할아비가 어찌 다 헤아릴 수 있겠느냐. 하지만 진아야, 언제까지나 그렇게 계속 이어지는 것이라면 언제가 됐든 누가 됐든 그 누군가는 그것에 종지부를 찍어야 하지 않겠니?"

이스가 이런 곳까지 이클립스를 홀로 데리고 온 것은 천계에서 있었던 일들, 특히 천계와 마계 사이에 중재를 서겠다는 말을 해주기 위함이었다.

"깊이… 깊이 생각해 보겠습니다, 이스님. 아직 시간이 조금 남아 있으니 말입니다."

"허허허, 고맙구나."

천계의 '천' 자만 들어도 이성을 잃고 분노를 표출하던 이클립스. 그러나 지금 그의 얼굴에서는 작은 미소까지 엿보였다. 천계에 대한 들끓는 분노와 원한이 깊고 깊었지만, 천계와 마계 간의 싸움을 말리기 위해 위험을 감수하고 홀로 천계에까지 갔던 이스를 생각하자 이상하게도 분노나 원한이 조금도 느껴지지 않았고 절로 미소까지 피어올랐다.

"그거 아십니까?"

"무엇을 말이냐?"

"이스님은 정말 이상한 분이십니다."

"허허허, 그건 할아비도 느끼고 있느니라."

"하하하!"

이클립스와 이스는 오래도록 커다랗게 웃음을 터뜨렸다. 그렇게 한동안 웃음을 터뜨리던 이스가 조용히 입을 열었다.

"할아비가 살던 곳에서는 말이다, 할아비는 한 번도 본 적이 없지만 신선(神仙)이란 사람이 있다고들 하더구나. 전설이라고 하는 사람도 있고 모두가 허구이고 거짓말이라는 사람들도 있기는 하지만, 그 뭐라더라? 도(道)를 닦아서 뛰어난 능력을 얻은 사람이라고 하던가 뭐라던가… 그분들은 인간 세상이 아니라 선경이라는 곳에 살고 늙지도 않고 산다더구나."

"이스님 같은 분들이시군요?"

웬일인지 이스의 목소리에서 허전하고 아쉬운 듯한 느낌이 전해졌다. 이클립스가 의아한 눈초리로 고개를 돌리자 이스가 말을 이었다.

"아주 가끔이지만 이런 생각이 들 때가 있더구나. 할아비가 원래는 신선이라는 것에 아주 근접했는데 욕심이 지나쳐 되지 못하는 게 아닐까 하고 말이야. 허허허."

웃고는 있었지만 이스의 웃음에는 회한과 허탈함까지 느껴졌다. 이클립스가 그런 이스의 얼굴을 가만히 바라보다 말을 이었다.

"후회되십니까?"

"무엇이 말이냐?"

"파괴신에 관한……."

"허허허. 할아비가 비록 늙기는 했다만 자신감만큼은 젊은이에 뒤지지 않느니라."

후회하지는 않으나 이스는 확실히 주저하는 듯했다. 리켄을 만나고,
그리고 이클립스와 합류하는 일행들이 많아질수록 그들에 대한 애정이
높아졌으며 더불어 걱정도 는 것 같았다.

"결정은 이스님께서 내리십시오. 이스님께서 하시는 일이라면 저는
조용히 따르겠습니다. 하지만 지금은 우선 파괴신의 열쇠를 모두 찾는
것이 먼저일 것 같습니다. 우리보다 먼저 그들이 이상한 짓을 한다면
돌이킬 수 없는 상황이 될 수 있으니까요."

"허허허, 그리해야지."

훨씬 밝아진 이스의 얼굴에 이클립스도 마주 웃음을 보였다. 둘은
한 시간여 동안 이런저런 말을 나누며 노을이 완전히 질 때까지 앉아
있다 리켄의 레어로 돌아왔다.

이스와 이클립스가 레어에 도착했을 때 수련을 마친 에이프릴은 울
다 잠이 든 모습으로 리켄의 커다란 침대 위에 누워 있었고 그 곁에 에
이라가 누워 그녀의 머릿결을 부드럽게 쓰다듬어 주고 있었다. 리켄과
디아루는 한쪽에 마련된 기다란 탁자에서 책을 보고 있었으나 사이나
의 모습이 보이지 않았다.

"사이나님께서 어디를 가신 것인고?"

"엥? 어디를 갔다가 오는 거예요?"

책에 빠져 있었는지 이스가 다가오고서야 기척을 느낀 리켄이 책을
덮으며 반가운 표정으로 고개를 들었다. 이스가 사이나에 대해 다시금
묻자 리켄이 생각난다는 듯 고개를 끄덕이며 대답했다.

"아, 사이나요. 저도 확실히 모르겠지만……."

이스가 이클립스와 함께 레어를 벗어난 후 드래곤 로드의 비서 역할

을 하는 쌔니라는 요정이 리켄의 레어로 찾아왔다. '아이들의 섬' 주인인 사이나를 찾기 위해서였다. 그리고 이내 리켄의 레어에서 사이나를 발견한 쌔니는 그녀와 잠시 이야기를 나누다 어딘가로 자취를 감췄다고 했다.

"흐음, 그런 일이 있었구나. 그래, 어디를 가신다 하더냐?"

"에이, 그걸 어떻게 알아요? 지들끼리 속닥거리다 없어졌는데. 그냥 아무 말도 없이 사라졌다니까요. 정말이에요."

"허어, 무슨 일이 벌어진 것인가?"

별다른 이유 없이 따라나섰던 사이나가 없어지자 걱정부터 앞서는 이스였다. 그녀의 고향인 '아이들의 섬'에 갔다면 그리 걱정하지 않아도 됐고 안심까지 할 수 있었으나 드래곤 로드와 함께 있던 쌔니가 갑작스레 찾아왔다면 뭔가 문제가 있을 것 같았다. 이스의 얼굴에서 사이나에 대한 걱정을 읽은 이클립스가 리켄을 잡아 일으켰다.

"리켄 군, 자네가 한번 알아봐 주게. 이스님께서 걱정하고 계시지 않는가?"

"으이구, 바빠 죽겠는데……."

잔뜩 투덜거리기는 했지만 리켄은 이내 어머니의 레어로 이동했고 십여 분이 흐른 뒤에 다시금 모습을 드러냈다. 그가 도착하자 이스의 물음이 이어졌다.

"그래, 무슨 일이 있는 것이야?"

"사이나는 아이들의 섬에 중요한 일이 있어 돌아갔다고 하고, 자세한 건 쌔니도 잘 모른다네요. 워프의 돌을 두 개씩이나 가지고 갔다고 하니까 또 모르죠, 다시 돌아올지도요. 그것들은 무슨 일만 있으면 꼭 어머니를 찾는다니까요. 평소엔 재수없다고 투덜거리면서. 짜식들, 안

된다니까……."

"흐음, 그렇구나."

다소 아쉬운 마음이 들기는 했지만 이스는 그래도 다행이라 생각했다. 앞으로 어떤 일들이 벌어질지 알 수 없는 일이었고 사이나의 능력은 하늘을 날아다닌 것을 제외하고는 거의 없는 듯했다. 게다가 그녀가 간 곳이 아이들의 섬, 즉 그녀의 고향이니 더욱 마음을 놓을 수 있었다. 그녀만의 공간에 있다면 이스가 아니고선 절대 해를 가하긴 힘들기 때문이다.

『휴우, 무겁다.』

그때 다행이라는 표정으로 고개를 끄덕이는 이스를 비웃기라도 하듯 레어 중앙 부근으로 작은 빛이 반짝이며 사이나가 자신의 몸만한 둥그런 모양의 커다란 돌을 들고 모습을 드러냈다. 그녀가 들고 있는 보석이 바로 '워프의 돌'이었다. 마법이 잘 통하는 보석에 4천 년 이상의 드래곤이 마법을 담아 만들 수 있는 것으로 단 한 번밖에 쓰지 못하고 한 번 쓰면 보석에서 돌이 돼버리기 때문에 드래곤들은 거의 만들지 않았다. 워프의 돌에 대한 필요성을 느끼지 못했을 뿐더러 아끼는 보석에 쓸데없는 짓을 한다고 생각해서였다.

"허허허, 어디를 다녀오시는 것인가요?"

이스가 반가운 표정으로 다가오자 들고 있던 돌을 바닥으로 내팽개친 사이나가 그의 어깨로 날아와 앉았다. 이제 상당히 익숙한 듯 이스의 어깨에 앉아 기다란 수염을 손잡이처럼 잡고 있는 폼이 제법 안정적이었다.

『뭐, 급한 일이라기에 찾아갔는데 별다른 일도 아니었어요.』

"흐음, 별다른 일이 아닌데 사이나님의 얼굴이 어두운 것 같습니다?"

이스의 말처럼 언제나 도도한 표정이던 그녀의 얼굴이 조금이지만 그늘진 것 같았다. 이스는 아무래도 그녀의 고향인 아이들의 섬에 뭔가 문제가 있을 것으로 생각하고는 그녀에게 돌아가기를 권하려 했다. 하지만 그보다 사이나의 입이 먼저 열렸다.

『일전에 말씀드렸죠, 황금 나무의 숲에 산다는 그 하이 엘프. 기억해요?』

"그곳에 문제가 생긴 것입니까?"

이번에는 이스의 표정이 어두워졌다. 황금 나무의 숲에서 겪은 일은 그가 이 공간에 도착하고 겪은 일들 중 가장 잊혀지지 않을 몇 가지 일 중에 하나였다. 그곳에서 오랫동안 있던 것도 아니었으며 작은 어린아이를 안고 있는 여왕이라는 하이 엘프와 오랫동안 말을 나눈 것도 아니었지만, 처참한 시체들이 가득한 마을의 모습은 지금까지 잊혀지지 않았다.

『아이가 있는데 많이 아파서 약재를 구하려고 저를 찾았더군요. 제게는 많은 것들이라 바로 건네주고 오는 길이에요.』

"허어, 아이가요?"

품 안에서 귀엽게 잠든 아이의 모습이 떠올랐다. 이마 한가운데로 기하학적인 문양이 보이는 아이였고 토실토실 젖살이 오른 게 어디 한 군데 이상한 곳이 보이지 않던 아이였다. 그런 아이가 갑자기 아프다는 말에 이스의 표정이 더욱 걱정스럽게 변했다.

『그렇게 걱정하지 않아도 됩니다. 약재를 전해줬으니 아이는 곧 괜찮아질 거예요. 아이들은 가끔 아플 수도 있고 황금 나무의 숲에 사는 하이 엘프들은 약재를 조제하고 조합하는 데 상당히 탁월한 능력이 있지요.』

"허허허, 그렇다면 다행이로군요. 워낙에 귀엽게 생긴 아이라 이 늙은이가 걱정했지 뭡니까."

다행이라는 듯 가슴을 쓸어 내리며 안도의 한숨을 내쉬는 이스의 행동에 사이나가 작은 미소를 보이다 리켄을 향해 고개를 돌렸다.

『리켄.』

"왜… 그래… 요?"

대답하는 리켄의 표정이 울그락불그락하며 시시때때로 변했다. 왜 이름 뒤에 '님' 자를 붙이지 않느냐는 불만 가득한 표정이란 걸 쉽게 알 수 있었으나 사이나는 모른 척 어깨를 으쓱하며 말을 이었다.

『혹시 약재가 더 필요할지 모르니 그분에게 이곳의 위치를 알려 드렸어요. 귀찮게 여기저기 왔다 갔다 해봤자 시간만 잡아먹을 것 같아서 말이죠. 괜찮죠, 리켄?』

"물론… 괘, 괜찮지요."

이스의 얼굴과 자신을 바라보며 얄밉게 재잘거리는 사이나가 때려주고 싶을 만큼 미웠지만 어쩔 수 없었다. 어차피 레어의 위치를 알려 줬으니 다시 뭐라고 할 수도 없었고 거부하면 분명 이스의 힘을 이용할 것 같아서였다.

"으이구, 언제부터 내 레어가……."

커다란 침대는 이미 두 여인이 자리 잡았고 탁자는 책을 읽는 디아루의 차지가 됐으며 바닥은 언제나 이스와 이클립스가 앉아 이야기를 주고받는 장소가 되었다. 게다가 알지도 못하는 하이 엘프가 언제 찾아올지도 모르는 일이라니……. 리켄은 긴 한숨을 내쉬며 털레털레 탁자로 향했다. 그의 레어였으나 이젠 자신의 레어가 아닌 모두의 집이 된 것 같았다.

"그나저나… 진아야, 아직 아무런 소식이 없는 게냐?"

이스의 물음에 이클립스가 오른팔을 들어 손목에 끼어 있는 황금 팔찌를 잠시 확인한 후 대답했다.

"아직 없습니다, 이스님. 제 생각으로는 놈들 중 한 명이 죽었고 또 한 명은 다쳤으니 당분간은 움직이지 않을 듯합니다."

"그렇기도 하겠지."

이클립스의 팔찌를 확인한 이스는 곧 고개를 끄덕이며 아쉬움을 달랬다. 이클립스가 끼고 있는 황금 팔찌. 이것은 세이트란 대륙의 모든 도시에 설치되어 있는 장치와 연결돼 있었다. 각 도시의 왕궁이나 시청, 혹은 마을 회관에 작고 둥그런 모양의 구슬이 장착돼 있었으며 이상한 일이 벌어진 것을 발견하고 누군가가 구슬을 만지면 이클립스의 황금 팔찌에 작은 진동과 함께 도시의 위치가 마족의 글씨로 나타나게 되는 특이한 팔찌였다.

리켄의 레어에 도착하고 며칠 사이 두 번이나 팔찌가 진동했는데, 한 번은 산간 마을에서 몬스터 몇이 마을 사람들을 습격한 일이었고, 다른 한 번 역시 비슷한 경우였다. 화가 난 이클립스가 쿠르디르드 황궁으로 찾아가 황제를 협박해 제대로 된 공문을 보내라고 말한 이후로는 단 한 번도 이상한 반응을 보이지 않았다.

"허허허, 때가 되면 찾을 수 있겠지."

자신이 조바심을 내고 있다고 생각한 이스가 낮은 웃음과 함께 몸을 돌려 에이프릴이 누워 있는 커다란 침대를 바라보았다.

혹독한 훈련에 지쳐 눈물 자국 가득한 얼굴로 자고 있던 에이프릴의 얼굴이 깨끗해져 있었다. 곁에서 부드럽게 에이프릴의 머릿결을 매만지는 에이라가 닦아준 모양이다.

"허허허, 녀석……."

자고 있는 에이프릴이 귀여웠는지 이스가 침대를 향해 천천히 걸음을 옮겼고 이클립스는 짓궂은 표정을 지으며 리켄에게로 다가갔다. 한동안 조용했으니 다시 장난을 칠 것 같은 얼굴이었다. 그러나 이스와 이클립스의 움직임은 고작 두 걸음을 옮겼을 때 멈춰졌다.

슈우우.

이스와 이클립스의 뒤쪽으로 하얀 빛무리가 생겨나며 누군가가 모습을 드러냈다. 뾰족한 귀에 30대 중반 정도의 정숙해 보이는 여인이었다. 이마 가운데로 기하학적인 문양이 새겨져 있었으며 우윳빛 살결에 기다란 황금 머릿결, 무릎까지 내려오는 녹색의 원피스 차림이었다. 황금 나무의 숲에서 이스가 한번 만난 적이 있는 하이 엘프 여인이었다.

"다, 당신은……?!"

깜짝 놀라기는 했지만 이내 반가운 얼굴로 다가가려던 이스가 다시금 걸음을 멈췄다. 동족 모두의 시체를 보면서도 눈썹 하나 까딱하지 않던 여인의 무서운 표정 때문이었다. 잔뜩 일그러진 눈매와 부서질 듯 앙다물려져 있는 입, 거기에 한쪽 손에 있는 길고 가느다란 황금빛 레이피어까지.

『무슨 일인가요? 제게 용건이 있는 것인가요?』

이스의 어깨 위에 앉아 있던 사이나가 사뭇 걱정스런 표정으로 날아올랐다. 그 순간 하이 엘프 여인이 몸을 날렸다.

쉬이익~

마치 뱀이 먹이를 향해 덮치듯 눈부신 속도로 움직인 하이 엘프 여인의 검이 사이나가 있던 허공을 눈 깜짝할 사이에 갈라 버렸다. 갑작스런 공격에 사이나는 움직일 생각조차 하지 못한 채 고개를 돌려 버렸다.

"무, 무슨 일이십니까? 말씀을 하셔야지요."

다행히 이스가 사이나를 잡아 채 멀찌감치 떨어졌고 하이 엘프 여인의 검은 허공만을 갈랐을 뿐이었다.

"비켜라!"

자초지종을 묻는 이스의 말에 하이 엘프 여인은 날카로운 외침을 토하며 재차 도약해 왔다. 이스는 할 수 없다는 표정으로 사이나를 멀찌감치 두고 품속에서 부채를 꺼내 여인의 검을 막았다. 제국 쿠르디르드 황도의 무기점에서 구입한 것으로 지금까지 단 한 번도 꺼내지 않았던 부채였다.

카캉!

검날과 손잡이 모두가 황금으로 된 여인의 레이피어와 검푸른 이스의 부채가 마주치며 불꽃이 사방으로 튀었다.

"진정하고 말씀부터 하시지요. 무슨 일입니까? 무슨 일로 아무런 말씀도 하지 않은 채 이러시는지 모르겠군요."

폭풍처럼 몰아치는 하이 엘프 여인의 매서운 공격을 이스는 단 한 걸음도 물러서지 않고 쉽게쉽게 막아내며 끊임없이 설득하고 또 설득했다. 그러나 여인에게선 아무런 대답도 나오지 않았다. 오히려 살기가 더욱 거세졌으며 몰아치는 검의 속도 또한 더욱 빨라졌다. 이클립스가 참지 못하고 다가왔다.

"감히… 알겠습니다."

그러나 이클립스는 이스가 한쪽 팔을 들어 제지하자 곧 고개를 숙여 보이며 물러섰다. 놀라울 정도로 대단한 실력이었지만 이스에겐 계란으로 바위 치기나 마찬가지였고, 이스에게 뭔가 생각이 있는 듯했기에 이클립스는 말없이 물러섰다.

카캉!

오랫동안 하이 엘프 여인의 검을 막던 이스가 더 이상은 안 되겠는지 살짝 힘을 실어 여인의 검을 멀찌감치 날려 버렸다. 잠시 공격을 받아주고 있으면 여인이 화를 풀지 않을까 해서 그동안 참고 있었던 모양이다.

"이익!!"

검이 손에서 떠나고 아무런 무기가 없는데도 여인은 주먹을 쥐고 달려들었다. 막무가내였고, 잔뜩 찌푸려진 눈에서는 눈물까지 흘러내리고 있었다.

"으으으, 으흐흑⋯⋯."

주먹으로 잠시 이스를 공격하던 하이 엘프 여인은 이내 힘없이 주저앉으며 커다란 울음을 터뜨렸다. 상대조차 되지 않는 이스의 힘 앞에 모든 것을 포기한 듯했다.

"무슨 일이십니까? 호, 혹시⋯ 아이가 잘못된 건가요?"

고개를 숙이고 엎드린 채 오열을 토하는 하이 엘프 여인의 어깨를 조심스럽게 잡은 이스의 얼굴에 안타까움이 가득 피어올랐다. 약을 구하기 위해 사이나를 찾았던 여인이 갑작스레 찾아와 무섭게 공격하고, 또 이렇게 흐느껴 운다는 것은 아이 때문이라고밖엔 생각되지 않았던 것이다.

『어찌 된 영문으로 이러는지 모르겠지만, 그대에게 드린 물건은 분명 제가 가지고 있는 것들 중에서 최고의 것이었어요. 절대 잘못될 리 없어요. 뭔가 오해를 하고 있는 것 같아요.』

어느새 이스의 어깨 위로 내려앉은 사이나가 조심스럽게 말을 건넸지만 흐느껴 우는 여인의 눈물은 그치지 않았다.

"당신 때문이야!"

"무엇이 말입니까?"

오랫동안 오열을 토하며 흐느끼던 하이 엘프 여인이 천천히 고개를 들어 이스를 바라보았다. 그녀의 얼굴이 온통 눈물로 뒤덮여 있었다.

"당신이… 당신이 우리 마을에 찾아와서, 그래서… 나와 내 아이가 밖으로 나가지만 않았던들… 당신 때문에, 당신 때문이야!"

이스의 옷자락을 부여잡고 원망 섞인 눈초리로 바라보던 여인의 눈에서 굵은 눈물이 흘러내렸다. 사이나에 대한 분노가 이스에게로 넘어간 것 같았다.

시체가 가득했던 곳에, 그리고 시체를 태웠던 곳에서 멀지 않은 곳에 황금 나무가 있었고, 그런 이스에게 답례하기 위해 아이를 안고 밖으로 나왔던 것이 아이가 병에 걸린 원인이라고 생각한 모양이다.

"허어, 그것참… 어찌 된 일인지 영문을 모르겠으나 이 늙은이의 탓이라면 뭐라 드릴 말씀이 없습니다. 죄송합니다."

"이스님께서 뭘 잘못하셨다는 말입니까! 저 계집이 감히 누구에게 함부로 입을 여는 것인가!"

"저게 죽으려고 작정했구만. 가만히 놔두니까… 여기가 어딘 줄 알고 지랄이야, 지랄이?!"

말도 안 되는 하이 엘프 여인의 원망과 그런 원망에 어이없을 정도로 고개를 숙이며 용서를 구하는 이스의 모습에 이클립스가 두 눈을 피처럼 붉게 물들이며 다가왔다. 무서운 모습이었고 이스만 아니라면 하이 엘프 여인을 당장이라도 죽일 기세였다. 리켄 역시 탁자에 앉아 있다 인상을 온통 구기며 다가왔다. 이클립스만큼은 아니었지만 그 역시 상당히 불쾌하다는 표정이었다.

"허어, 이 녀석들. 조용히 있거라. 생각해 보니 이 할아비가 잘못한 일인 것도 같으니 이분의 말씀이 틀리지 않구나."

이스의 말에 다가오던 이클립스와 리켄이 멍한 표정으로 말을 잇지 못했다. 어째서 자신을 죽일 듯이 공격한 상대를 감싸주는 것인지 모르겠다는 얼굴이었다.

"저 아이들을 용서하……."

한데 이스가 고개를 돌려 용서를 구하려는 순간 하이 엘프 여인은 바닥으로 쓰러져 버렸다. 죽은 것이 아니라 기력을 너무 많이 써서 탈진해 기절한 듯했다. 여인은 아이를 잃고 분명 상당히 오랫동안 흐느꼈을 것이었다. 그러던 중 원망이 엉뚱한 곳으로 튀어 사이나에게 미쳐, 그녀를 찾아 쉬지도 않은 채 이곳까지 찾아와 검을 휘둘렀으니 기절하지 않는 것이 이상할 정도였으리라 생각한 이스였다. 이스는 곧 여인을 안아서 침대에 뉘었다. 장정 열 명이 누워도 충분할 것 같은 커다란 침대였기에 한 명쯤 더 누워도 아무런 문제가 없었다.

"제가 황금 나무의 숲에 데려다 놓겠습니다, 이스님."

조용히 지켜보던 이클립스가 이스 가까이 다가왔다. 레어에 도착한 순간 다짜고짜 이스를 향해 덤벼들고 말도 안 되는 헛소리로 이스의 동정을 샀다고 생각한 이클립스에게 하이 엘프 여인은 못마땅한 존재인 듯 그의 미간이 사뭇 일그러져 있었다.

"되었다. 그곳에 가봤자 돌봐줄 사람이 아무도 없는데 어찌 그리 매몰차게 대할 수 있겠느냐. 깨어날 때까지 기다리자꾸나."

"하, 하지만……."

"허허허, 녀석. 이제 그만 하거라. 아이를 잃은 어미의 심정을 어떻게 헤아릴 수 있겠느냐. 아무리 심한 행동을 하였다 하나 이 여인의 마음이 얼마나 아팠으면 그리했겠고. 이해하려무나."

한없이 인자하고 너그러운 이스의 말에 찌푸린 눈초리로 다가왔던 이클립스의 입가로 보일 듯 말 듯한 미소가 피어올랐다. 이클립스는 이내 고개를 숙여 보인 후 물러섰다.

"에고……."

멀리서 이스와 이클립스의 행동을 보고 있던 리켄이 한숨을 내쉬며 고개를 흔들었다. 아무래도 비좁은 레어에 한 명이 더 늘 것 같은 불길한 예감이 엄습했다.

하이 엘프 여인이 깨어난 것은 그녀가 기절하고 이틀이 지난 정오 무렵이었다. 하지만 그녀는 침대에서 상체만 겨우 세우고 고개를 푹 숙인 채 아무런 말도 하지 않았다. 리켄과 이클립스는 불만 섞인 표정으로 한차례 슬쩍 바라봤을 뿐 어떤 행동도 하지 않았고, 디아루 역시 무시한 채 조용히 책만 읽어 내렸다. 에이프릴과 에이라는 레어 밖에서 아직 돌아오지 않았다. 이른 아침부터 시작되는 검술 수련은 항상 저녁 늦게까지 이어졌기 때문이다.

"이거라도 좀 들고 기운을 차리시지요."

아무도 나서려 하지 않자 이스가 리켄을 시켜 사 온 과일 수프를 들고 가 그녀에게 건네줬다. 고개를 숙이고 있어 기다란 황금빛 머리칼이 그녀의 얼굴을 확인하는 데 방해가 됐다. 이스는 가만히 침대 위쪽 선반에 수프를 내려놓고 물러섰다. 아직 충격에서 벗어나지 못했을 것이기에 당분간은 조용히 지켜보는 것이 좋을 것 같아서였다.

"어제는… 제가 지나쳤어요."

몸을 돌려 걸어가려는 이스를 향해 하이 엘프 여인이 입을 열었다. 차분하고 높낮이가 느껴지지 않는 조용한 목소리였다.

"이틀을 주무셨습니다."

"…그렇군요."

여인은 고개를 들고 가만히 이스를 바라보았다. 조금 부은 것을 제외하곤 나쁘지 않은 혈색이었다.

"수프를 좀 드시지요. 어서 기운을 차려야 먼저 간 아이도 슬퍼하지 않을 것입니다."

"가면을 쓴 여인……."

손짓으로 수프가 놓여 있는 곳을 가리킨 이스가 다시 몸을 돌리려 할 때 하이 엘프 여인의 입이 다시 열렸다.

"저는 한 번도 본 적 없었지요. 하지만 그녀가 쫓겨난 일족의 이름을 외치며 우리 종족을 학살하는 것으로 보아 그녀는 숲에서 쫓겨난 우리 일족 중 한 명과 상당히 친밀한 사이 같았어요. 어쩌면 부부의 연을 맺었을지도 모르겠군요."

"그런데 어찌하여 그녀는 마을 사람들에게 그리 잔혹한 짓을 한 것인지요? 그 쫓겨난 자가 못된 성격이어서 그녀에게 그런 짓을 시킨 겁니까?"

"아니요. 아마도 그녀는 그가 쫓겨난 데 대해 앙심을 품었던 것 같았어요."

"아니, 겨우 쫓겨났다는 것만으로 마을을 공격했다는 건가요?"

미간이 사뭇 좁혀지며 더욱 깊은 골을 만들고 있는 이스의 표정엔 의아함이 가득했다. 고작 쫓아낸 일 가지고 그런 엄청난 일을 벌인다는 것이 이해가 가지 않았던 것이다. 여인의 말이 이어졌다.

"우리 일족 누구도 제 허락 없이 섬 밖으로 나갈 수 없지요. 그리고 만약 그것을 어길 시엔 일종의 저주 같은 것을 걸 수 있지요. 저처럼 왕족인 하이 엘프에게만 있는 능력이지요… 그런데 그자는 그것을 어겼고 저는 벌을 내릴 수밖에 없었지요. 아마도 그자는 섬을 나가 오래 살지 못하고 처참하게 죽었을 것이고, 그래서 그 가면의 여인은 복수를 위해 찾아온 것이겠지요."

"허어……."

고개를 흔들며 낮은 한숨을 토하는 이스는 인과응보(因果應報)라는 말이 떠올랐다. 자신의 남편이 그저 허락없이 섬을 이탈했다는 이유로 처참하게 죽었으니 그 원한이 깊을 수밖에 없을 것이라 생각했다. 하지만 그것에 대한 복수로 한 마을의 하이 엘프들을 모조리 학살한다는 것은 이스로썬 이해할 수 없는 행동이었다. 여인의 말이 이어졌다.

"그녀가 마을에 찾아왔을 때, 저를 찾았지만… 그때는 제 아이 때문에 나무 밖으로 나갈 수 없었지요. 아이를 살리기 위해선 어쩔 수 없었어요. 하지만 이제는… 이제는……."

차분히 말을 이어가던 여인의 눈에서 한줄기 눈물이 흘러 시트를 적셨다. 이스는 아마도 여인의 아이가 죽은 것을 떠올리며 눈물을 흘리는 것이라 생각했다. 한동안 입을 틀어막고 슬픔을 억누르던 여인이 잠시 후에 침착한 모습으로 말을 이었다.

"잘못이 제게 있다는 것은 알고 있어요. 하지만 그녀가 한 짓은 결코 용서할 수 없어요. 도와주세요."

"도와달라니… 무엇을 말입니까?"

흔들리는 눈초리로 이스를 향해 도와달라고 말하던 하이 엘프 여인이 다시 고개를 숙이며 말을 이었다.

"인정하기는 싫지만 지금의 저로서는 그 여자의 상대가 되질 않아요. 일족들 모두가 덤벼들어도 이길 수 없을 정도로 믿을 수 없을 만큼 대단한 힘을 가지고 있는 여자였지요. 그렇지 않아도……."

"이스라는 이름으로 불리는 늙은이입니다."

"이스님을 찾을 생각이었어요. 저를 도와주세요."

황금 나무의 숲에서 이스가 한 것은 흩어져 있던 시체들을 모으고 태운 일뿐이었다. 하지만 그 모든 일들을 손가락 하나 대지 않고 처리하는 이스의 모습이 하이 엘프 여인이 보기엔 놀라웠던 모양이다. 그리고 또 하나, 그녀가 일족을 제외하고 알고 있는 사람은 이스뿐이었다. 아주 가끔 요정들을 찾기는 했지만 그들과는 극히 사무적인 거래를 위해 만났을 뿐이고, 그들의 역량이야 미미하고 보잘것없으니 도움이 될 리 만무했다. 오랜 세월 동안 황금 나무의 숲에서 벗어나지 않았던 그녀였기에 이스를 찾은 것은 어쩌면 당연한 수순일 수 있었다.

"그 여인을 찾아 복수할 생각이신가요?"

그 여인은 항구 도시 미렐리아드에서 리켄이 만났다는 여인과 동일 인물인 것 같았으나 이스는 하이 엘프 여인의 생각을 알고 싶은 듯 그에 대해선 일절 말하지 않았다.

"네."

이스의 물음에 잠시 입을 열지 않던 여인이 고개를 끄덕였다. 복수를 한다면서도 대답하는 그녀의 눈초리엔 힘이라곤 조금도 느껴지지 않았다.

"그리합시다. 그렇지 않아도 이 늙은이와 여기 있는 아이들이 가면을 썼다는 여인과 그 여인의 동료들을 찾고 있으니 어렵지 않은 부탁이로군요."

　처음엔 거절할 생각이었던 이스였으나 복수하겠다고 대답하는 하이
엘프 여인의 표정에 그만 허락하고 말았다. 가면의 여인과 하이 엘프
여인 사이에 좀 더 뭔가가 있는 듯도 했고 그의 말처럼 일행들이 찾는
여인과 같으니 허락해도 되겠다고 생각한 것이다.

　"하지만 여왕님."

　"이제 저 하나뿐이니 그 호칭은 듣기 민망하군요. 제 이름은 미넬
드소이드 카산다람 포일스. '미넬' 이라고 부르세요."

　"미넬님, 언제가 될지 모르나 미넬님께서 찾는다는 그 여인을 만나
기 전까지 많은 어려움과 위험이 따를 것입니다. 어쩌면 그 여인을 만
나보지도 못하고 위급한 상태에 빠질 수도 있습니다."

　"이미 각오한 일이에요."

　"알겠습니다. 그러면 이제 미넬님께서 기력을 되찾으셔야 할 일만
남았군요. 우리들은 언제, 어느 때 움직일지 모르니 시간이 있을 때 드
서두시지요."

　침대 위 선반에 놓아둔 수프를 미넬 옆으로 다시 내려놓은 이스는
리켄과 이클립스가 있는 곳으로 걸어갔다. 곧 리켄의 투덜거림과 이클
립스의 조용한 목소리가 이스에게 향했으나 오래지 않아 모두 할 수
없다는 표정으로 고개를 저었다.

제31장 두 번째 열쇠(上)

"칫."

지상에서 대략 3백여 미터 높이의 허공에 둥실 떠 주변을 잠시 둘러 보던 이클립스의 미간이 잔뜩 일그러져 있었다.

미넬이 기절에서 깨어나고 3일이 지났을 때 팔찌의 진동을 느끼고 이곳을 찾았다. 그러나 이상 징후나 항구 도시 미렐리아드와 4국 연맹 에서 만났던 자들의 기척은 어디에서도 느껴지지 않았으며 구름 한 점 보이지 않는 하늘에는 날아가는 새 한 마리조차도 보이지 않았다.

이곳은 세이트란 대륙 중서부에 위치한 곳으로 '거대 도시 세이드라 팔'이라는 이름으로 불리는 도시였다. 제국 쿠르디르드의 황도와는 비 교할 수 없을 정도로 작았으나 항구 도시 미렐리아드보다 족히 세 배 이상 큰 도시였다.

거대 도시 세이드라팔, 이곳은 제국 쿠르디르드가 계획적으로 만든 곳으로 도시의 대다수를 상인 집단이 장악하고 있었다. 동서남북으로 통하는 좋은 길이 대륙 이곳저곳으로 이어져 있었으며 커다란 강을 끼고 있어서 물류의 유통에 있어 요지 중의 요지였다. 사실 이곳은 원래 작은 왕국이 자리 잡고 있었다. 하지만 지금으로부터 백여 년 전, 은밀히 군사력을 키웠다는 어이없는 명분을 내세운 제국이 어마어마한 병력을 동원해 병합한 도시였다.

"빌어먹을 놈들이."

낮은 목소리로 욕지거리를 내뱉은 이클립스의 몸이 빠른 속도로 수직 하강했다. 장치를 누른 자를 만나 따끔하게 혼내줄 심산이었다. 혼자 왔으니 망정이지 다른 일행들과 함께였다면 망신도 이만저만한 망신이 아니었다.

도시 정중앙 부근으로 왕궁처럼 잘 꾸며져 있는 건물이 있었으나 이곳은 쿠르디르드 제국에서 파견한 귀족이 머무는 장소였고 바로 이곳에 이클립스의 팔찌와 연결된 장치가 마련돼 있었다.

"감히 나를 능멸하는 것인가!"

땅에 내려서자마자 이클립스가 40대 중반으로 보이는 남자의 멱살을 거칠게 잡아 올렸다. 올백으로 빗어 넘긴 짧은 흑발에 멋지게 턱수염을 기른 40대 중반의 남자, 이자가 바로 이곳 거대 도시 세이드라팔의 총독인 '란델 카드마' 백작이었다.

"크으윽, 크윽……!"

멱살을 붙잡혀 허공에서 대롱대롱 흔들리는 란델 카드마 백작의 표정이 비굴하게 변했다. 10여 년 전에 있었던 전쟁에선 '불굴의 카드마' 혹은 '불사신 카드마'라는 애칭으로 불리며 용맹과 투지를 불사르던 자였으나 10여 년이 흐르자 권력을 탐하고 어떻게든 보다 높은 작위와 직위를 얻으려는 탐관오리로 변해 버린 자였다.

"크윽, 아닙니다. 결코 거짓으로 장치를 누른 것이 아닙니다."

"절대 아닙니다, 각하!!"

란델이 간신히 입을 열어 대답하자 주위에 늘어서 있던 수십여 명의 관료들과 수백 명의 병사들 모두가 한쪽 무릎을 꿇는 예를 취하며 합창하듯 대답했다. 이들 모두 이클립스를 황제의 전권을 부여받은 어마어마한 권력자, 혹은 새롭게 떠오르는 실세 중의 실세라고 생각했다. 그도 그럴 것이 제국의 황궁에서 황제의 인장이 찍힌 공문이 오래전에 도착했고, 그곳엔 장치에 대한 내용과 그것을 누른 이후 나타나게 될 사람에게 황제의 모든 전권을 부여했으니 황제를 대하듯 깍듯하게 모시라고 적혀져 있었던 것이다. 덧붙여 이클립스의 외모에 대해 소상히 적어놓은 것은 물론이고.

그리고 또 하나, 항간에 떠도는 소문이었다. 소문의 내용은 오랫동안 제국의 권력을 잡고 있던 듀라이미히 마르키드 대공이 황제에게 잘못 보여 거의 유폐될 정도로 권력에서 배제됐다는 내용과 오래지 않아 새로운 권력자가 나타날 것이라는 소문이었다. 그리고 오늘 장치를 누르자 공문에 적혀 있던 외모와 똑같은 이클립스가 나타났고 그는 하늘을 유유히 날아다녔으며 그 외모가 남자의 눈까지 멀게 할 정도로 뛰어났으니 그가 바로 새로이 떠오르는 대단한 인물이라고 생각한 것이다.

"말하라! 한 치의 거짓이라도 발견될 시 그대는 목숨으로써 죄를 청해야 할 것이다!"

"콜록, 콜록……."

멱살을 풀어주자 란델 백작은 목을 부여잡고 허리를 숙인 채 연신 기침을 토해냈다. 그의 목 언저리가 시커멓게 변해 있었으니 그 고통을 참고 기침만 토하는 것도 대단한 일이었다.

"얼마 전, 바로 6시간 전이었습니다, 각하!"

란델 백작에게서 좀처럼 대답이 나오지 않을 것 같자 길게 늘어서 있던 병사들 중 40대 중반쯤으로 보이는 사내가 이클립스를 향해 한 걸음 다가오며 대답했다. 뛰어난 근골에 다부진 얼굴, 거기에 제법 매서운 눈매를 한 모양새가 고지식한 군인의 모습 그대로였다. 이런 자들의 대부분은 아무리 상부의 명령이 잘못된 것이라도 끝까지 완수하는 스타일이었다.

"하늘 위를 지나가는 커다란 괴물을 분명히 제 눈으로 똑똑히 목격했습니다."

"6시간 전이라? 한데 어째서 그렇게 많은 시간을 허비한 후에야 나를 찾은 것인가!"

"그, 그것은……."

병사는 우물쭈물하며 란델 백작을 볼 뿐 제대로 말을 잇지 못했다. 사실 괴물을 발견한 병사는 무척 빠른 속도로 란델 백작에게 보고했으나, 도시의 이곳저곳과 총독 관저를 사람들로 하여금 청소시키고 앞으로 나타나게 될 황궁의 실세를 위한 여러 준비를 하다 보니 시간이 늦어진 것이었다.

"사실은 병사가 봤다는 괴물에 대한 보다 확실한 정보를 얻은 연후에……."

한참 동안 목을 쓰다듬으며 기침을 토하던 란델 백작이 일어나 주절주절 변명을 늘어놓았으나 이클립스의 시선은 하늘로 향해 있었다. 병사의 목소리와 행동에서 봤을 때 거짓은 분명 아닌 것 같았다. 하지만 시간이 너무 흘러 있었고 하늘을 지나쳤다는 괴물을 이클립스와 이스가 찾고 있는 자들이 부렸는지는 알 수 없었다. 또 하나 이상한 점은 한번 시작하게 되면 밀물처럼 들이닥쳐 도시를 공격했던 것이 지금까지 놈들이 보여줬던 방식이었다. 항구 도시 미렐리아드에서는 좀비 떼, 4국 연맹에서는 광기로 물든 늑대 무리, 두 곳 모두 한번 시작하자 속수무책으로 밀려들었다.

"그대가 봤던 괴물의 생김새가 어떠하던가? 생각나는 대로 말하라."

한동안 하늘을 바라보며 생각에 잠겼던 이클립스의 말에 병사가 한 차례 고개를 숙여 보인 후 대답했다. 그가 봤던 괴물은 하늘 높이 떠 있어 확실한 모습을 알 순 없었으나 박쥐 같은 날개의 길이는 상당히 길쭉했고, 몸은 타원형 모양으로 날렵했으며, 입 부분이 상당히 뾰족했다. 또한 그 크기는 대략적인 눈짐작으로 봐도 머리에서 꼬리까지 족히 50여 미터가 넘을 것이라 했다.

"흐음……"

병사의 설명을 들은 이클립스가 다시금 하늘을 향해 고개를 들었다. 구름 한 점, 새 한 마리 없었으나 자꾸 미련이 남는 모양이었다.

'도대체 뭐지?'

드래곤이라고 하기엔 턱없이 작고 왜소했으며 와이번이라고 하기엔 터무니없을 만큼 커다란 크기였다. 이클립스가 지금까지 봐온 와이번 중 가장 커다란 것이 30여 미터도 되지 않았고, 드래곤들 중 가장 작은 크기는 일백여 미터였다.

'빌어먹을, 모르겠군.'

오랫동안 하늘을 바라보던 이클립스가 낮은 한숨과 함께 고개를 흔들었다. 생각해 봤자 시간만 허비할 것 같아 후일 리켄과 상의해 볼 심산이었다.

"저… 각하?"

"무슨 일인가?"

이클립스의 행동을 예의 주시하고 있던 란델 백작이 비굴한 미소를 지으며 다가왔다.

"당분간 이곳에서 머무심이 어떠할까요? 혹시라도 그 같은 괴물이 또 나타날 수도 있으니 말입니다. 그리고 우리 제국 쿠르디르드를 위해 신명을 바쳐 충성을 다하시며 모든 대신들의 표상과 같으신 각하의 고된 심신을 조금이라도 쉴 수 있게 해드리지 못한다면 이 란델 카드마가 어찌 황제 폐하를 모시는 신하라 할 수 있겠습니까! 또한 휴식을 취해야만 직무에 보다 능률이 오르지 않겠습니까."

"후후후… 흐음."

눈물까지 글썽이며 애원조로 말하는 란델 백작의 행태에 어이없다는 표정으로 웃음을 흘리던 이클립스가 순간 뭔가가 생각났는지 웃음을 멈추고 심각한 눈초리로 생각에 잠겼다.

'혹시 모르니 잠시 머물러 볼까?'

다시금 괴물이 나타날 수 있을지 모른다는 란델의 말은 그저 흘려듣기엔 제법 여운이 남는 말이었다. 그리고 이곳에서 이삼 일 머무른다 해도 그리 무리는 없을 것 같았다. 이상 징후가 나타난다면 팔찌가 울릴 것이기 때문이었다.

"흐음, 그대의 말에 일리가 있군. 그대의 업무에 지장이 되지 않는다면 며칠 묵어가는 게 좋을 것 같네."

"제 업무에 지장을 준다니요? 그 무슨 천부당만부당하신 말씀을! 제국을 위해 동분서주하시는 각하의 고된 직무를 위해 할 수 있는 일이라면 소신은 끓는 불 속이라도 뛰어들 것입니다. 자, 어서 저쪽으로."

머리가 땅에 닿을 정도로 허리를 숙이던 란델 백작이 이클립스 앞에서 굽실거리며 길을 안내했다.

상인들이 주를 이루고 있는 도시답게 주위로 보이는 모든 건물들이 화려하고 웅장했다. 그만큼 돈이 잘 돌고 또 많이 벌어들인다는 말이었다. 다만 그렇게 모여진 세금을 총독부 꾸미는 데 과도하게 투자한 것 같았다.

"응?"

"왜 그러십니까, 각하?"

잠시 걸음을 옮기던 이클립스가 갑자기 자리에 멈춰 서 뒤를 향해 고개를 돌리자 란델 백작과 그 뒤를 따르던 관료들 모두가 걱정스런 표정으로 이클립스를 바라보았다. 새롭게 떠오르는 실세에게 최대한 잘 보여야 하는 판국에 돌연 이상한 반응을 보이자 덜컥 겁부터 집어먹은 표정들이었다.

"으음, 아닐세. 어서 가세."

뒤쪽 먼 하늘을 무섭게 빛나는 눈초리로 노려보던 이클립스가 이내 고개를 흔들며 다시금 걸음을 옮겼다. 먼 하늘 저편에서 찰나적인 순간 이상한 느낌을 받았으나 고개를 돌려보니 구름이 조금씩 밀려오는 것뿐이었다. 이클립스는 그저 신경이 예민해졌나 생각했고 다른 이상한 느낌은 더 이상 느껴지지 않았기에 망설이지 않고 몸을 돌려 버렸다.

"어서 오십시오, 각하."

우윳빛 벽돌로 이뤄져 있는 기다란 길을 따라 한참을 걷자 커다란 연회장이 나타났다. 지붕은 보이지 않았지만 바닥은 눈이 돌아갈 정도로 휘황찬란했다. 금과 은으로 덮여 있는 바닥이며 수십여 미터가 넘을 것 같은 대리석 탁자와 금으로 치장된 의자들은 족히 백여 개가 넘어 보였다. 사람들 역시 상당히 많았다. 군부의 고위급 간부들이며 천문학적인 재산을 소유하고 있는 상인들, 거기에 빛의 신 '라 샤이테'의 문양이 들어간 옷차림의 신관들까지, 그 숫자가 족히 2백 명은 넘을 것 같았다. 이미 이클립스를 맞을 모든 준비를 마친 상태에서 장치를 눌렀다는 것이 다시 한 번 드러나는 순간이었다.

많은 인사를 받고 자리에 앉아 최고급 와인 몇 잔을 상당히 느린 속도로 마신 이클립스가 주변을 주욱 둘러보며 란델 백작에게 말했다.

"이런, 위대하신 빛의 신을 모시는 신관 분들이 상당히 많이 찾아오셨군."

"이 도시는 제국의 중요 거점 중 한 곳이니까요. 중앙 대신전에서도 상당히 신경 쓰는 곳이라 대륙에서도 몇 손가락 안에 들 정도로 신관들이 많을 것입니다."

"그렇군."

이클립스의 말처럼 신관들의 숫자가 오히려 관료들이나 상인들보다 훨씬 많았다. 다른 사람들 대부분은 제법 나이가 있어 보이거나 어느 정도 세상에서 잔뼈가 굵은 듯했지만, 신관들은 20대 초, 중반 정도가 대부분을 차지하고 있었으며 개중엔 눈이 돌아갈 만큼 아름다운 여자 신관들도 눈에 띄었다.

"어떻습니까, 젊고 아름답지요? 저 아이가 이 도시에서 가장 아름답다고 칭해지는 아이랍니다. 신전에 들어온 지는 얼마 되지 않았고 이제 19세지요."

"허……."

이클립스의 곁에 앉아 있던 50대 초반의 신관이 조용한 어조로 속삭이며 얼굴을 들이밀었다. 순간 이클립스의 표정이 멍하게 변해 버렸다. 마치 자신의 하룻밤을 책임지게 할 수도 있다는 듯한 말투 때문이었다. 사내의 말이 이어졌다.

"대신관님께서 각하와 만나기를 학수고대하고 계십니다. 황도에 돌아가시는 대로 한번 만나보심이……."

"후후후, 그리하지요."

"감사합니다, 각하. 제 미천한 이름은 '웰슨 율지즈' 입니다. 꼭 기억해 주십시오. 그럼."

사내는 자신의 이름을 또박또박 힘줘 말한 후 자리에서 일어나 도시에서 가장 아름답다는 여자 신관에게 다가가 귓속말로 뭔가를 중얼거렸다.

이제 갓 소녀티를 벗은 것 같은 여자 신관의 표정이 마치 악어들에게 둘러싸인 것처럼 변해 버렸으나 사내는 조금도 개의치 않고 이클립스를 손짓하며 끊임없이 중얼거렸다. 아마도 다짐을 받아두려는 행동인 듯했다.

"크하하! 정말 재미있군, 재미있어."

손으로 이마를 짚으며 웃음을 터뜨리는 이클립스의 표정은 재미있어 웃는다기보다 어이가 없어 웃는다는 것이 정확해 보였다. 그저 조금이라도 잘 보여 출세하기 위해 6시간이나 시간을 지체한 이후에 장치를 누른 란델 백작의 행태, 오로지 대신관의 눈에 들기 위해 여자 신관을 창녀처럼 부리는 신관, 수천 명이 배불리 먹고도 남을 것 같은 어마어마한 음식들······.

이런 모습을 보고 있자니 대륙 모든 도시들마다 장치를 한 것이 후회가 되는 이클립스였다. 정말 위험에 닥쳤을 때 과연 몇 개의 도시가 제대로 된 보고를 할지 가늠조차 하지 못할 것 같았다.

"웰슨 신관님, 혹시 요 사이 마족이나 드래곤들에 대한 이야기가 돌지 않던가요?"

한동안 웃음을 흘리던 이클립스가 묘한 뉘앙스를 풍기며 다시금 자리에 앉은 웰슨을 바라보았다. 처음 이스와 만나고 여자 산적 두목을 만났을 때 분명 마족과 드래곤에 대한 이야기를 했었고, 여자 산적 두목 역시 상당히 놀란 표정이었기에 지금쯤 대륙이 들썩여도 이상하지 않을 것이었다. 한데 그 어디에서도 마족이나 드래곤에 관한, 그리고 파괴신에 관한 이야기는 들려오지 않았다.

"글쎄요, 금시초문입니다만······?"

"후후후, 아닙니다. 그저 웃자고 드린 말씀입니다."

"각하 같은 훌륭하신 분께서도 농담을 하시는군요. 하하하!"

마주 웃음을 터뜨리기는 했지만 이클립스는 이상하다고 생각했다. 하지만 이내 그것에 대한 생각을 지워 버렸다. 출세와 물욕밖에 모르는 이런 자들이 알아봤자 할 수 있는 일이라곤 아무것도 없을 것이기 때문이었다.

하지만 여자 산적 두목··· '레이스'라는 이름의 그녀는 확실히 마족과 드래곤, 그리고 파괴신에 관한 것을 신관에게 전달했고 그 신관·역시 빛의 신전 카난 지부의 대장로에게까지 전했다. 하지만 그곳에서부터 잘못되었다. 카난 지부에서 중앙 대신전까지 소식이 들어갔으나 대신전에서 정보를 관리하는 신관이 터무니없는 내용이라 생각하고는 카난 지부에서 올라온 문서를 아예 없애 버렸던 것이다.

"황제 폐하께선 복도 많으십니다. 저토록 아름다우신 분께서 제국을 위해 일하시다니요."

"그러게 말입니다. 아까 전에 봤는데 글쎄 하늘을 마음대로 날아다니시더군요."

"그것도 그렇지만 글쎄 장치를 누르고 삼십 분도 되지 않아 도착하셨지 뭡니까?"

"정말 대단한 분이십니다. 우리 제국의 홍복이지요."

이클립스가 앉아 있는 곳 주변에서 그에 대한 찬사가 끊임없이 쏟아지고 있었다. 하지만 사내들의 목소리가 지나칠 정도로 컸고 한마디 한마디 하면서 이클립스의 표정을 힐끔거리는 것이 아부를 하고 있다는 걸 충분히 알 수 있었다.

"흐음……."

돌아가는 분위기가 어이없어 한동안 지켜보자는 마음으로 미소를 띠고 와인을 홀짝이던 이클립스의 표정이 어느 순간 조금씩 굳어지기 시작했다.

"란델 백작."

"넷, 각하. 무슨 일이십니까? 무엇이든 말씀만 하십시오."

곁에 머물며 하인처럼 이것저것 챙기던 란델 백작은 천천히 자리에서 일어서는 이클립스의 표정이 심상치 않자 자신이 뭔가 잘못한 것이 있는지 생각했다. 하지만 아무것도 떠오르지 않았고, 다행히 이클립스의 시선은 먼 하늘 저편에 닿아 있었다.

"지금 즉시 군사들을 풀어 사람들을 안전한 곳으로 이동시키도록."

"네? 그, 그게… 무슨 말씀이신지… 갑자기……?"

너무도 갑작스러운 명령에 란델 백작이 올빼미처럼 커다랗게 눈을 뜨며 다시금 물어보려 했다. 하지만 그의 말은 이어지지 않았다. 먼 하늘로 시선을 주고 있는 이클립스를 보고 있자 이상하게도 말문이 막혀버렸고 온몸에 소름이 돋았으며 몸까지 부르르 떨려왔다. 이클립스가 고개를 돌려 란델 백작의 멱살을 잡아 올려 으르렁거리듯 말했다.

"지금 즉시 실행하라! 병사들을 모조리 풀어 사람들을 모두 대피시켜라. 아니면 이 자리에서 네놈의 목을 뽑아버릴 것이다!"

"히익……!"

하얗게 질려 제대로 말을 잇지 못하는 란델이었다. 그러나 이클립스는 백작의 대답도 듣지 않은 채 곧바로 몸을 날려 하늘 높이 날아올랐다. 순식간에 그 모습은 하늘 높이 솟아올라 보이지 않았다.

"크크크……."

먼 하늘을 바라보며 잠시 음산한 웃음을 흘린 이클립스가 기다란 타원형의 차원 이동 홀을 만들어 그 속으로 들어갔다. 그리고 잠시 후 그가 다시 모습을 드러냈을 땐 어깨 위에 사이나를 앉힌 이스와 리켄, 그리고 디아루와 미넬이 함께였다. 어떤 위험이 따를지 모르는 일이라 에이프릴은 레어에 남겨놓았고 에이라가 그녀의 곁을 지키고 있었다.

"칫."

이클립스는 불쾌한 표정으로 미넬을 흘낏 바라본 후 고개를 돌려 버렸다. 다른 이의 도움 없이 허공에 몸을 띄운 것은 놀랄 만한 일이었으나 일행들에게 방해만 될 것이 분명할 것 같았기에 이클립스의 심기가 좋지 못했다. 이스의 어깨 위에 앉아 있는 사이나야 크기도 작았고 언제나 이스의 어깨에서 떠나지 않을 것이니 걱정하지 않아도 됐지만 형편없는 마법 실력에 보잘것없는 검술을 가지고 있는 미넬이 어째서 따라왔는지, 그리고 어째서 이스가 허락하고 함께 올 수 있도록 한 것인지 이해가 가지 않았다.

"저곳입니다, 이스님."

"호오."

이클립스가 팔을 들어 가리킨 방향으로 시선을 돌린 이스가 낮은 탄식을 터뜨리며 고개를 끄덕였다. 먼 하늘 저편에서 시커먼 먹구름이 이스와 일행들이 있는 곳을 향해 느린 속도로 몰려오고 있었다. 상당히 먼 거리였으나 도착한다면 며칠 동안은 눈이나 비가 내릴 정도로 상당한 두께를 자랑하는 먹구름이었다.

"히야! 역풍인데도 잘도 오네."

먹구름을 바라보는 리켄의 얼굴엔 비릿한 미소가 담겨져 있었다. 그의 말처럼 바람은 역풍으로 불어오고 있었다. 그것도 머리칼이 심하게 흔들리고 망토와 옷자락이 파르륵 하는 소리를 낼 정도로 상당히 강한 바람이었다. 한데도 느린 속도로 움직이는 먹구름은 일행들을 향해 다가오고 있었다.

"어떻게 할까요, 이스? 그냥 우리가 먼저 쳐들어가서 모조리 잡아버릴까요?"

이스 곁으로 다가온 리켄이 어깨를 흔들며 재촉했다. 이미 항 워프 마법을 완벽히 마스터했기에 자신감이 넘치는 표정이었다.

"이스님께선 이곳에 계시지요. 저 정도는 저 혼자로도 충분하니 제가 가서 처리하겠습니다. 확실치 않지만 놈들의 목적은 분명 인간들의 도시에 있는 듯하니 이곳에서 무슨 일이 벌어질지 모르니까요."

"흐음, 진아의 말이 옳은 듯싶구나. 그리하마."

"네, 그럼……."

이스의 허락이 떨어지자 이클립스의 신형이 눈 깜짝할 사이에 멀어졌다. 마계에서 한층 높아진 이클립스의 힘을 봤던 이스였기에 그에 대한 믿음 역시 대단했다. 이클립스가 멀어지자 리켄이 '내가 먼저 간다고 했단 말야'라고 투덜거리며 뒤를 따랐다.

『고작 구름 때문에 몰려온 건가요, 이스?』

이클립스와 리켄의 모습이 점처럼 변할 때까지 조용히 지켜보던 사이나가 이스의 수염을 잡고 살짝살짝 흔들었다. 바람을 거슬러 오는 구름이 이상하기는 했지만 그렇다고 이렇게 몰려올 일은 아닌 것 같았기에 궁금한 모양이었다. 이스의 양 옆에 서 있던 디아루와 미넬 역시 말은 하지 않았으나 사이나와 같은 표정을 하고 있었다.

"구름 뒤에 무언가가 숨어 있구나."

『네?』

"뭐?!"

구름을 보며 고개를 갸우뚱거리는 사이나와는 달리 디아루는 사뭇 놀란 표정으로 이스와 멀리 떨어져 있는 구름을 번갈아 보았다. 그녀의 나이 이미 5천 살을 넘어섰다. 최상의 능력을 쓸 수 있다는 에인션트 급은 아니었지만 세이트란 대륙에 사는 드래곤들 중 자신을 상대할 수 있는 드래곤은 얼마 되지 않는다고 생각했다. 한데 그런 그녀에게조차 그저 구름으로밖엔 보이지 않았다.

『그런데 우리는 여기서 계속 기다리고 있는 건가요, 이스?』

무언가 숨어 있다는 구름이 궁금한지 사이나는 이클립스와 리켄을 따르고 싶은 모양이었다. 그러나 이스는 고개를 저었다.

"아마도… 이곳에서 할 일이 있을 듯싶군요."

조용히 대답하는 이스의 말투가 마치 한숨을 내쉬는 것 같았다. 제국의 황도(皇都)보다 작기는 했지만 거대 도시 세이드라팔의 크기는 거대 도시라는 이름에 걸맞는 대단한 크기였고 언뜻 보기에도 미렐리아드의 몇 배가 넘을 사람들이 살고 있는 듯했다. 이런 거대 도시가 항구 도시 미렐리아드나 4국 연맹처럼 되지 말라는 보장은 없었기에 걱정스런 표정이 가득한 이스였다.

쿠우우우.

"헤에~ 대단한걸."

불어오는 바람을 역으로 거슬러 올라오는 거대한 먹구름의 위용은 마치 몇백만 대군이 천천히 진군하는 모습 같았다. 시커먼 하단부는 검정색 갑옷과 흑마(黑馬)를 탄 기사단처럼 보였으며 거무튀튀한 상단부는 말발굽에 솟아오른 흙먼지 같았다.

"그런데 저런 구름에 숨어서 오는 이유가 뭘까? 미친놈들, 올 거면 그냥 올 것이지……."

다가오는 먹구름과의 거리는 대략 1킬로미터 정도. 하지만 보통 먹구름에선 절대 느껴지지 않을 지독한 위압감이 가득했다. 웬만큼 강심장을 가진 기사라도 겁에 질려 오줌을 지릴 지경이었다. 그러나 이클립스와 리켄의 표정엔 비릿한 미소와 잔인한 눈빛만이 가득했다. 그만큼 각자의 힘에 대한 자신감을 가지고 있다는 의미였다.

"크크크, 그 정도쯤이야 알아보면 되겠지."

"으이구, 이 자식은 꼭 그렇게 웃어야 되겠냐."

리켄의 투덜거림에도 이클립스는 음산한 웃음을 흘리며 천천히 팔을 들어 올려 먹구름을 향해 뻗었다. 뭔가를 잡으려는 듯 펼쳐진 그의 손바닥이 타오르는 불처럼 이글거리며 흔들렸다.

"크핫!"

한동안 팔을 뻗고만 있던 이클립스가 낮은 기합을 터뜨리며 먹구름을 향해 벌리고 있던 손을 빠르게 움켜잡았다. 순간 이클립스와 먹구름을 번갈아가며 둘러보던 리켄의 입이 턱이 빠질 것처럼 커다랗게 벌어졌다. 펴고 있던 손가락을 움켜잡는 순간 1킬로미터나 떨어져 있던 거대한 먹구름의 한가운데가 완전히 사라져 버렸다. 거대한 먹구름의 절반이 훨씬 넘는 어마어마한 부분이 순식간에 없어진 것이었다.

리켄 역시 마법을 이용한다면 어렵지 않게 할 수 있는 능력이었으나, 바로 곁에 있던 이클립스에게서 느껴진 힘은 상당히 미약했었다. 지금까지 자주 만나지는 않았지만 만날 때마다 싸웠던 둘이었기에 서로의 힘에 대해선 누구보다 잘 알고 있다고 해도 과언이 아니었다. 한데 지금 보여준 이클립스의 힘은 리켄의 예상을 몇 단계나 초월하고도 남음이었다.

"뭐, 뭐야, 저것들은?"

놀란 표정이던 리켄의 얼굴이 묘하게 뒤틀렸다. 먹구름이 사라진 뒤로 새까맣게 흔들리는 이상한 물체들과 그 뒤로 제법 덩치가 커다란 것이 시야에 들어왔다.

"이보게, 리켄 군, 저것들이 혹시 와이번들인가?"

"에이, 설마."

비록 상당히 먼 거리였으나 마법을 이용해 시력을 높인 이클립스와 리켄의 시야에는 흔들리는 물체 하나하나의 모습이 확실하게 들어왔다. 겉모습은 와이번과 흡사하게 생겼으나 머리는 하나였고 주욱 튀어나온 주둥이가 두 개나 됐다. 거기에 피부는 지독하게 썩어 너덜너덜거렸고 여기저기 드러난 하얀 뼈들 사이로는 누런 액체까지 흘러내렸다.

"햐, 정말 취향 한번 더럽구만. 이왕 쓸어버릴 거면 좀 깨끗한 것들을 이용할 것이지 말이야. 막는 사람 입장도 생각해야지."

고개를 좌우로 흔들며 투덜거리는 리켄의 눈초리가 매섭게 빛나고 있었다. 수만, 아니, 수십만은 넘을 듯한 어마어마한 괴물들보다 그것들을 움직이는 자를 찾으려는 리켄이었다. 그리고 오래지 않아 그의 눈초리가 먹이를 발견한 매처럼 빛을 발했다.

"리켄 군, 여기를 부탁하네."

"어, 야!!"

리켄이 움직이려 할 때 그보다 먼저 이클립스의 몸이 흔들리듯 눈깜짝할 사이에 멀어져 갔다. 그가 멀리까지 떨어진 이후에 목소리가 들린 듯한 착각이 들 정도였다.

"으이구, 나처럼 고귀한 몸에게 저런 것들을……."

이클립스를 잡아 서로 상대를 바꾸자고 말하고 싶었으나 이미 그의 모습은 어디에서도 보이지 않았다. 리켄은 토할 것 같은 표정으로 잠시 한숨을 내쉬었다. 그러나 그의 눈초리에 점차 무서운 살기가 아른거리기 시작했다.

"귀찮은 것들, 모조리 구워주마."

하얀 이 사이로 으르렁거리는 듯한 목소리가 흘러나옴과 동시에 리켄 주변 하늘이 순식간에 불덩이들로 가득 찼다. 불덩어리 하나하나의 크기가 웬만한 집 한 채 정도의 크기였으며 어림잡아도 수천 개가 넘을 어마어마한 숫자였다.

슈슈슈…….

강렬한 살기가 감도는 눈초리로 다가오는 괴물들을 잠시 바라보던 리켄의 이에서 뿌득 하는 소리가 들린 순간, 그의 주변 하늘을 가득 메우고 있던 불덩어리들이 눈부신 속도로 쏘아졌다.

콰콰쾅! 콰콰쾅!!

마치 불꽃놀이를 하는 것 같은 폭발이 하늘을 가득 메웠다. 불덩어리 하나에 수십 수백의 괴물들이 재조차 남기지 않고 죽어갔고 리켄에게서 쏘아지는 불덩어리들은 끊임없이 이어지고 있었다.

"카하하, 빨리빨리 죽어버려라, 더러운 것들!!"

괴물들을 막기보단 쌓인 스트레스를 푸는 듯한 리켄의 행동이었다.

"크크크, 오랜만이군."

리켄이 괴물들을 상대하고 있을 무렵 이클립스는 다섯 개의 커다란 산을 지나 허공에 멈춰 서 있었다. 거대 도시 세이드라팔이 주먹만하게 보일 정도로 상당히 멀리 떨어져 있는 곳이었다.

"이런 곳에 쥐새끼처럼 숨어 있다니."

비릿한 미소를 머금고 강렬한 살기가 번들거리는 이클립스의 시선은 대지로 향해 있었다. 그가 바라보는 곳에는 잔뜩 시들어 빠진 잎사귀들을 매달고 있는 나무들과 누런 수풀들뿐이었다. 하지만 이클립스의 목소리가 흘러나오고 잠시 후 아래쪽 수풀이 흔들리며 누군가가 모습을 드러냈다. 140㎝ 정도의 작은 키에 깊숙이 로브를 눌러쓴 자였다. 4국 연맹에서 이클립스와 치열한 공방전을 펼쳤던 인물 테라였다. 리켄조차 느끼지 못했던 테라의 기운을 이클립스는 놓치지 않았다.

"또 네놈인가……."

수풀을 벗어난 테라가 로브에 묻은 풀잎들을 쓸어 내리며 이클립스를 정면으로 바라볼 위치까지 몸을 띄웠다. 대략 오십 보 정도의 거리를 두었으나 테라의 가래 끓는 듯한 목소리는 위축되거나 흔들리지 않았다.

"흐흐흐."

이클립스는 아무런 대답 없이 낮은 웃음만 흘리며 테라를 노려보았다. 듣는 것만으로도 소름이 돋을 음산하고 괴기스런 웃음소리였다. 하지만 어느새 이클립스의 몸 주위로 검은 기운이 넘실거리며 지독한 기운을 뿜어대고 있었다. 마치 그의 몸이 검정색의 불꽃 속에 휘감긴 듯한 착각이 들 정도였다.

콰쾅! 콰콰쾅!

멀리서 들려오는 폭발 소리가 조금씩 줄어드는 느낌이었으나 끊임 없이 이어지고 있는 것은 여전했다.

'빨리 끝내고 와라, 리켄.'

지금이라도 당장 달려들어 죽일 것 같은 겉모습과는 달리 이클립스의 귀는 뒤쪽 먼 하늘에서 들려오는 폭발 소리에 집중돼 있었다. 다른 사람들이나 생명체가 없는 곳이었고 도시와의 거리도 상당했기에 자신의 힘을 모두 발휘해도 상관없었으나 상대 역시 만만치 않았다. 아니, 갑작스레 모든 힘을 보여주면 분명 도망칠 것이고, 그렇게 된다면 다시 시간만 낭비하는 꼴밖에 되지 않을 것 같았다. 이클립스는 테라에 대한 분노로 성급히 움직인 것을 후회했으나 이미 돌이킬 수 없게 되었다.

"정말 이해가 가지 않는군."

무섭게 타오르는 이클립스의 위압감에 흠칫 몸을 떨기는 했지만, 테라는 물러서지 않았다. 얼마 전 4국 연맹에서 만났을 때보다 조금 더

강한 느낌이라 놀라기는 했지만 충분히 감당할 수 있다는 자신감이었다. 테라의 가래 끓는 듯한 목소리가 이어졌다.

"마족이 인간들을 위해 나서다니. 네놈, 무슨 일을 꾸미고 있는 것인가?"

"흐흐흐, 명예로운 마족이 고작 인간 따위를 상관할까 보냐."

"그렇다면 뭐지?"

"네놈이 훔쳐 간 대신관의 목걸이를 되찾으려 한다면?"

"크하하! 재미있는 마족이로구나."

이클립스의 말에 테라는 어깨를 들썩이며 걸걸한 웃음을 터뜨렸다. 조롱 섞인 웃음이었다. 순간 이클립스의 두 눈에서 불꽃이 번뜩이며 미간이 잔뜩 일그러졌으나 몸을 움직이거나 힘을 쓰진 않았다.

콰쾅! 콰콰쾅!

뒤쪽 먼 하늘에서는 아직까지 폭발음이 들려오고 있었다. 테라와 그리 많은 대화를 나눈 것은 아니었지만 그래도 제법 많은 시간이 흘렀고 리켄의 능력이라면 오래지 않아 끝날 것으로 생각했으나 웬일인지 잦아졌던 폭발음이 더욱 기세등등하게 들려왔다.

"저기 있는 드래곤을 기다리는가 보군."

깊숙이 눌러쓴 로브가 아니었다면 비웃음을 잔뜩 머금었을 얼굴이 보였을 것 같은 테라의 목소리였다. 4국 연맹에서의 일을, 급작스런 공격으로 타격을 입었던 일을 기억하고 있는 모양이었다. 갑작스런 그의 말에 이클립스는 아무런 대꾸 없이 묵묵히 있었으나 테라의 말을 시인하듯 그의 한쪽 눈썹 부근이 부르르 떨리고 있었다. 테라의 말이 이어졌다.

"마족과 드래곤이라… 크흐흐, 어이가 없군 그래. 마족과 드래곤이 인간들의 도시를 막는다? 그러나⋯⋯."

"응?"

말을 끊은 테라가 이클립스의 어깨 너머로 슬쩍 고개를 돌렸다. 뭔가 있는 듯한 이상한 행동이었기에 이클립스는 빠르게 고개를 돌려 뒤쪽을 살펴보았다. 하늘 저 멀리에서 또 다른 거대한 먹구름들이 시야에 들어왔다. 리켄의 반대 편, 이스와 디아루 일행들의 뒤쪽이었다. 그것뿐만이 아니었다. 이스의 양쪽에서도 같은 크기의 거대한 구름이 조금씩 모습을 드러내고 있었다.

이클립스의 눈초리가 경련을 일으키듯 심하게 떨려왔다. 세 방향에서 다가오는 거대한 먹구름들 모두는 분명 리켄이 막고 있는 곳처럼 어마어마한 숫자의 괴물들이 가득할 것이었다. 어떻게 저런 많은 숫자를, 그리고 어디에서 찾아 이용하는 것인지 이클립스조차 어안이 벙벙할 지경이었다.

"크카카카!"

이클립스의 그런 반응에 테라가 어깨를 들썩이며 커다란 웃음을 터뜨렸다. 항구 도시 미렐리아드 때와 4국 연맹에서의 실패가 있은 이후 그도 나름대로 상당한 준비를 한 모양이었다.

"후후후, 어리석은 것."

오랫동안 고개를 돌리고 주변을 둘러보던 이클립스가 낮은 웃음을 흘리며 테라를 향해 천천히 몸을 돌렸다. 그런 그의 얼굴엔 비웃음으로 보이는 미소가 가득했다.

"고작 저따위로 어떻게 할 수 있다고 생각한 모양이지?"

리켄의 부인인 다크 드래곤 디아루가 있었고 무엇보다 이스가 떡하니 버티고 있었다. 거대 도시 세이드라팔 때문에 움직이지 못할 뿐 세 방향에서 다가오는 괴물들쯤이야 이스에겐 계란으로 바위 치기조차 되지 않을 것이었다.

"크크크, 그럴까?"

이클립스의 자신감처럼 테라에게서 흘러나오는 목소리 역시 만만치 않았다. 뭔가를 더 준비한 것 같았으나 현재까지 보이는 것은 먹구름 들뿐이었다. 이클립스는 어서 빨리 리켄이 도착하기만을 기다렸다.

'이놈을…….'

계속되는 테라의 비웃음과 조롱을 견디지 못한 이클립스의 두 눈에서 불꽃이 번쩍이듯 지독한 살기가 뻗어 나갔다. 최대한 리켄이 올 때까지 기다리려 했으나 계속되는 테라의 역겨운 웃음소리가 이클립스의 자존심을 자극했다.

뿌득.

이클립스에게서 이가 갈리는 섬뜩한 소리가 울려 퍼졌다. 그리고 그 순간 테라의 주변 공기가 둥그렇게 일그러지며 꿈틀거렸다. 어둠의 힘을 이용해 테라를 잡으려는 계획이었다. 하지만 주변 공기가 일그러지는 찰나의 순간 테라의 신형 역시 흔들리듯 사라져 버렸고 결국 빈 허공만 일렁이다 사라졌다.

"크크크, 네놈 실력이 대단하다지만 그 정도 가지고는 어림도 없다."

정면에서 사라졌던 테라의 목소리가 어느새 좌측에서 들려왔고, 이클립스의 시선 역시 그쪽으로 향해 있었다.

"쥐새끼 같은 놈이……."

공격이 실패하자 이클립스의 이성이 돌아왔다. 가슴속에서 뜨거운 화산이 부글부글 끓는 것 같았으나 지금으로선 리켄을 기다리는 것 외엔 다른 방법이 없었다. 그러나 들려오는 폭발음은 여전했고 테라가 언제까지 기다려 줄지도 의문이었다.

"아닛!!"

우려했던 일이 사실로 나타나 버렸다. 이클립스를 향해 낮은 웃음을 흘리던 테라가 갑작스레 모습을 감췄다. 몸을 움직여 이클립스를 공격하기 위해서가 아닌 워프를 통해 어딘가로 없어져 버린 것이다.

"이 빌어먹을 놈이!!"

커다란 외침과 함께 분노를 토했지만 이미 테라의 모습은 그 어디에서도 보이지 않았다. 이클립스는 부서질 듯 주먹을 꽉 쥐고 아쉬워하다 이내 고개를 저으며 리켄을 향해 움직였다.

"하아, 하아… 에구, 죽겠다."

이클립스가 도착했을 때 간신히 괴물들을 처리한 리켄은 거친 숨을 토하며 이마와 목 언저리에 흐르는 땀을 닦고 있었다. 인간의 모습이라지만 무한대의 마법을 사용할 수 있는 그조차 상당히 지친 모습이었다.

"얼굴이 왜 그래? 놓쳤냐?"

리켄의 물음에 이클립스는 고개를 끄덕이는 것으로 대답을 대신했다. 이미 어쩔 수 없는 일이라고 생각했음에도 아쉬움이 남는 모양이었다. 리켄의 말이 이어졌다.

"그런데 말야, 그놈들 어디에서 그런 힘을 얻었을까?"

"글쎄……."

리켄의 말처럼 인간이라고 하기엔 너무도 강력한 힘을 발휘하는 자들이었다. 이클립스는 그러나 관심없다는 듯 무심히 대답했다. 궁금한 것은 그자들을 자신의 손으로 잡아 알아내면 그만이라고 생각했다.

"이스님께 가자."

"그래."

세 방향에서 다가오던 거대한 먹구름들은 이클립스와 리켄이 몸을 돌렸을 땐 어디에서도 보이지 않았다. 이스가 손을 쓴 모양이었다.

"그래? 어쩔 수 없는 일이로구나."

이클립스에게서 대략적인 이야기를 전해 듣고도 이스는 그리 아쉬워하지 않는 듯 보였다. 그러면서도 그의 시선은 여기저기 옮겨지고 있었다.

"그런데 진아야."

"말씀하십시오, 이스님."

한동안 주변을 둘러보던 이스가 고개를 갸우뚱거리며 이클립스에게 말했다.

"뭔가 이상하지 않느냐?"

"네? 무엇이?"

"너무 조용한 듯싶구나. 너와 싸우던 자가 사라지곤 너무도 조용해. 어디에서도 이상하게 느껴지는 곳이 없으니 말이다."

이스의 말에 이클립스와 리켄의 고개가 절로 끄덕여졌다. 둘 역시 같은 생각이던 표정들이었다.

"응?"

한동안 이어지던 침묵을 깨고 이클립스가 돌연 미간을 찡그리며 팔을 들어 올렸다. 황금 팔찌가 끼어 있는 손이었다.

"이, 이스님!!"

"왜 그러는 게냐?"

"이곳은 미끼인 듯합니다! 어서 이쪽으로……!"

외치듯 커다랗게 대답한 이클립스가 서둘러 차원 이동 홀을 만들었다. 갑작스런 그의 행동에 이스와 다른 일행들 모두 이상하다는 얼굴이었지만 상황이 급박한 듯하자 말없이 차원 이동 홀 속으로 들어갔다.

콰과쾅! 치치치―

차원 이동 홀을 통과한 일행들을 가장 먼저 맞이한 것은 귀청을 찢을 듯한 폭발음과 매캐한 연기, 그리고 뱀처럼 춤을 추는 시커먼 낙뢰들이었다.

"세상에……!!"

지금까지 조용히 있던 디아루에게서 떨리는 목소리가 흘러나왔다. 일행이 도착한 이곳은 대륙 남서부에 위치한 '란스하르드'라는 왕국의 수도였다. 제국 쿠르디르드 다음으로 세이트란 대륙에서 정치와 경제가 가장 안정된 국가였다. 그러나 그것은 이미 옛말이었다. 거대 도시 세이드라팔과 엇비슷한 크기의 수도는 이미 지옥처럼 변해 버렸다.

셀 수 없이 많은 매캐하고 검은 연기가 도시를 뒤덮다시피 했으며 40년생 통나무보다 두터운 두께의 시커먼 낙뢰들이 지상에서 솟아 하늘 높이까지 솟구쳤으며 그 숫자 역시 무수히 많았다. 이것만이 아니었다. 거리엔 항구 도시 미렐리아드와 4국 연맹에서처럼 좀비와 늑대들로 가득했다. 왕궁은 물론 도시의 건물들 대부분이 형편없이 무너져 있었으며 살아 있는 사람의 모습은 거의 찾아볼 수 없었다.

"빌어먹을! 미끼였단 말인가!!"

부서질 듯 이를 앙다물며 욕지거리를 토하는 이클립스의 눈에선 불꽃이 튀는 듯한 살기가 번들거렸다. 팔찌가 울리고 곧바로 도착했는데도 도시는 지옥처럼 변해 있었다. 그만큼 놈들의 공격이 신속했다는 말이었고 엄청난 빠르기로 당한 듯했다.

"허어……"

일행들 사이에서 이스의 한숨이 흘러나왔다. 너무나 기가 막히고 엄청난 모습이라 탄식만 흘러나올 뿐이었다. 다른 일행들 모두 마찬가지였다. 움직이기는 해야 했으나 어디서부터 어떻게 움직이고 손을 써야 할지 막막한 모습들이었다.

"리켄!"

"알았어."

오래도록 가만히 분노만 토하던 이클립스의 외침에 리켄은 두 눈을 감고 팔을 도시를 향해 뻗으며 조용히 뭔가를 중얼거렸다. 그렇게 조금의 시간이 흐르고 리켄이 다시 눈을 떴을 때 그의 표정엔 자신감이 가득 피어올랐다.

"됐어, 이클립스. 이제 놈들은 이 도시 안에서만큼은 절대 워프를 쓰지 못할 거야. 하지만 도시 밖으로 나가게 해선 안 돼."

드래곤 로드만의 항 워프 마법이라도 어느 정도 범위의 제약이 있는 모양이었다. 이클립스는 그러나 만족스런 미소를 머금고 고개를 끄덕여 주었다. 조금 전에 만났던 테라와 그 일당들의 기운이 도시를 벗어나지 못했기 때문이다.

"이스님, 저쪽은 제가!"

도시 좌측을 가리키며 말하는 이클립스에게 이스는 말없이 고개를 끄덕였다. 말조차 꺼내기 싫은 심정인 것 같았으며 고개 역시 보일 듯말 듯 끄덕여졌다.

"그럼……."

허락이 떨어지자 이스를 향해 살짝 고개를 끄덕인 이클립스의 신형이 눈 깜짝할 사이에 사라졌고, 리켄이 몸을 풀듯 어깨와 목을 잠시 움직인 후 이클립스의 반대 편으로 사라졌다. 디아루 역시 잠시 망설이는 듯했으나 이내 리켄의 뒤를 따랐다. 하지만 이스와 사이나, 그리고 미넬은 충격에 휩싸인 듯한 표정으로 그 자리에서 조금도 움직이지 못했다. 특히 미넬은 사색이 된 얼굴이었고 반쯤 벌리고 있는 아랫입술은 눈에 보이게 떨리고 있었다.

『여기에서 기다리고 있을 건가요, 이스님?』

"허어……."

오랜 침묵을 깨고 어깨에 앉아 있던 사이나가 입을 열자 긴 한숨으로 대답을 대신하는 이스였다. 마치 오랫동안 숨을 참고 있다가 내쉬는 것 같았다.

『이스님?』

"아닙니다, 움직여야지요."

수염을 잡고 재차 물어오는 사이나의 말에 이스가 고개를 흔들며 천천히 몸을 움직였다. 도시 중앙 부근을 향해서였다.

이스가 도시 중앙을 향해 몸을 움직일 때 이클립스는 삼십 보 거리를 둔 채 크레이스와 마주하고 있었다. 반쯤 무너진 건물 난간 위에서 팔짱을 끼고 있던 크레이스였기에 찾는 것은 어렵지 않았다.

"마족이로군."

얼굴을 온통 가리고 있는 머리칼 때문에 표정은 알 수 없었으나 이클립스를 마주하고도 높낮이가 느껴지지 않는 목소리로 말을 잇는 크레이스에게선 오히려 자신감까지 엿보였다. 한쪽 입꼬리를 올리며 크레이스가 말을 이었다.

"어째서 귀찮게 하는 것인지 모르겠군. 마족들에게 이 정도 일쯤은 아무런 감흥도 없을 터인데."

"칫."

조롱이 가득한 크레이스의 말이 흘러나왔지만 이클립스는 잠시 주변을 두리번거리며 아쉬운 표정을 드러냈다. 그가 만나고자 한 이는 테라였다. 마족 최강의 전사가 코앞에서 두 번이나 놓쳐 버린 것, 그리고 자신을 비웃는 그 역겨운 목소리를 생각하면 머리털이 쭈뼛 설 정도로 화가 치밀었기에 리켄보다 먼저 움직였으나 아쉽게도 처음 보는 인물이었다. 이자 역시 인간이라고 볼 수 없을 정도의 강력한 힘의 소유자였지만 테라와는 비교할 수 없었다.

"후후. 나를 무시하는 건가, 마족이여?"

"뭐?"

크레이스의 말에 두리번거리던 이클립스가 황당하다는 표정으로 고개를 돌렸다. 크레이스의 말이 이어졌다.

"쓸데없이 명을 재촉하지 말고 꺼지거라."

"크큭… 크하하하~"

어이없다는 표정으로 웃음을 참으려던 이클립스가 결국 허리까지 숙이고 커다란 웃음을 터뜨렸다. 그러나 그의 눈초리에는 보는 것만으로도 심장이 멎을 듯한 살기가 가득했고 하얗게 드러난 이도 부서질 듯 앙다물려져 있었다. 웃음을 멈춘 이클립스가 천천히 허리를 폈다.

쿠쿠쿠—

이클립스가 허리를 편 순간 주변 수백여 미터에 가득하던 좀비들과 피처럼 붉은 눈의 늑대들이 순식간에 터져 버렸으며 무수한 건물들까지 모래성처럼 허물어졌다. 주변 모습이 순식간에 아수라장이 돼버렸다. 마치 무언가 보이지 않는 강력한 힘이 내리누른 것 같았다.

"어억?!"

조금 전까지 느긋한 표정으로 비웃음을 머금던 크레이스의 입이 반이나 벌어졌다. 팔짱을 끼고 있던 팔도 엉거주춤하게 풀어졌으며 전신이 미세하게 떨리기 시작했다. 이클립스로부터 느껴지는 어마어마한 기운에 크레이스는 수많은 벌레들이 살갗을 파먹는 것 같은 고통을 느꼈으며 숨조차 제대로 쉴 수 없을 정도였다.

"크흐흐……"

피처럼, 아니, 피보다 더욱 붉게 물든 눈망울과 하얗게 드러난 이빨, 전신을 둘러싸고 불처럼 타오르는 검은 기운과 부드럽게 일렁이는 기다란 머리칼과 망토… 음산한 웃음을 흘리고 있는 이클립스의 모습은 지옥에나 있을 법한 사신처럼 비춰졌다.

"도망쳐 보시지."

느린 속도로 조금씩 거리를 좁혀오는 이클립스의 공포스런 모습에 크레이스는 어떻게 해서든 움직이려 했으나 몸이 말을 듣지 않았다. 이제껏 그가 유일하게 인정했던 이는 테라뿐이었다. 하지만 이클립스에게서 느껴지는 힘은 테라와 비교조차 할 수 없을 정도였다. 차원이 달라도 현격히 달랐다.

"큭!!"

이클립스를 노려보던 크레이스는 이를 앙다물며 뭔가를 중얼거리듯 입술을 들썩였다. 그러나 보일 듯 말 듯 들썩이던 그의 입이 이내 커다랗게 벌어졌다.

"어억?!"

"크흐흐."

비명처럼 터진 크레이스의 외침에 이클립스가 낮은 웃음을 터뜨리며 어깨를 들썩였다. 그 순간 십여 보 거리가 순식간에 좁혀들며 크레이스의 목을 잡아 올리는 이클립스의 모습이 보였다.

"컥! 크윽……."

허공에 매달린 채 격한 신음을 토하며 발버둥 치는 크레이스의 모습이 흡사 낚싯줄에 걸린 물고기 같았다. 그러나 크레이스의 발버둥은 오래가지 못하고 조금씩 약해지다 이내 축 늘어졌다. 완전히 포기한 모양이었다.

"얼굴 좀 볼까?"

"크윽……."

잠시 미소를 흘리던 이클립스가 팔을 뻗어 크레이스의 얼굴을 가리고 있는 머리카락을 움켜쥐고 힘껏 잡아당겼다. 순간 크레이스의 낮은 비명 소리와 한 움큼의 머리카락이 뜯겨졌다. 그러나 이클립스는 여기서 멈추지 않고 크레이스의 얼굴이 모두 보일 정도가 될 때까지 머리카락을 사정없이 뜯어버렸다. 얼마나 심하게 뜯어버렸는지 피까지 흘러내렸다.

"멋진 상처로군."

드러난 크레이스의 얼굴은 30대 초반 정도로 보였다. 오뚝한 코에 계란형 얼굴, 적당한 크기의 눈초리와 연둣빛 눈동자가 신비스런 느낌을 주었으며, 콧등부터 이마까지 무수히 많고 깊은 상처가 가득했지만 미남자임에는 분명했다.

"검인가? 흐음, 검으로 이런 상처를 만들긴 조금 힘들 듯한데……."

"크윽… 크으윽……!!"

원망 섞인 눈초리로 노려보던 크레이스의 눈에서 물기가 아른거렸다. 고통이나 두려움보다 치부를 보였다는 수치심 때문인 듯했다. 하지만 그의 눈초리는 이내 감겨 버렸다. 지독한 고통을 이기지 못하고 기절한 듯했다.

"이런, 이런, 쯧쯧쯧."

기절해 버린 크레이스를 향해 혀를 차며 고개를 흔들던 이클립스는 이내 도시 중앙을 향해 몸을 날렸다.

제32장 두 번째 열쇠(下)

란스하르드 왕국의 수도.

다른 왕국들이 대부분 그렇듯 도시 중심 부근으로는 거대한 황궁이
자리 잡고 있었다. 높다랗고 튼튼한 성벽에 화려한 무늬가 들어간 탑,
규칙적으로 자라난 아름드리 나무들과 상당한 정성을 기울였을 묘목
들. 하지만 지금 보이는 란스하르드 왕국의 황궁은 도시의 다른 건물
들처럼, 아니, 그것보다 더욱 심하게 파괴돼 있었다.

성벽은 형체조차 알아보기 힘들 정도로 뭉개졌고 아름드리 나무와
크고 작은 묘목들은 시커멓게 타버리거나 뿌리째 뽑혀 여기저기 쓰러
져 있었다. 여러 기능을 하는 탑과 웅장한 황궁이었을 건물은 간신히
그 형체만 알아볼 수 있을 정도였다.

갑옷과 무기를 부여잡고 쓰러진 병사들의 시체와 황궁에서 일했을
많은 사람들의 시체들이 황궁 터 가득 널브러져 있었으며 남자였을지

여자였을지 형체조차 모를 처참한 시체들을 광기로 물든 늑대들과 좀비들이 뜯어 먹고 있었다. 사람들의 시체보다 늑대와 좀비들의 숫자가 몇 배나 많았기에 먹이를 놓고 공방전을 펼치는 늑대들도 자주 눈에 띄었다.

스스스……

무수한 시체들과 그것보다 더욱 많은 늑대, 그리고 좀비들. 하지만 황궁의 정중앙 부근에는 단 한 구의 시체도 없었으며 늑대들과 좀비들 모두 중앙 부근에서 둥그렇게 회오리치는 검은 기류에서 백 보 이상 떨어져 다가올 생각을 하지 않았다. 어찌 보면 뭔가가 타는 듯했고 회오리치는 둘레가 고작 한 걸음도 되지 않았음에도 가끔 힐끔거리는 좀비들과 늑대들의 눈초리에는 두려움이 가득 담겨져 있었다.

"크흐흐."

작게 회오리치는 검은 기류 곁으로 로브를 깊이 눌러쓴 작은 체구의 테라가 연신 음산한 웃음을 흘려댔다. 그의 머리가 회오리치는 검은 기류의 가장 하단부에 닿아 있었다. 검은 기류의 하단부에는 어린아이 주먹만한, 어디서나 쉽게 찾아볼 수 있는 작은 돌덩이가 놓여 있었고 느린 속도로 회오리치며 돌아가는 검은 기류가 마치 돌덩이 속으로 빨려 들어가는 것 같았다.

"흐음……?"

돌덩이에 고정되듯 움직이지 않던 테라가 의아한 듯한 목소리와 함께 반대 편으로 고개를 돌렸다. 멀리서 치렁치렁한 하얀 옷차림을 한 노인과 금발의 엘프가 다가오는 모습이 보였다. 이스와 미넬이었다.

"재주도 좋군. 어떻게 찾은 것이지?"

테라의 물음에도 이십여 보 정도의 거리를 두고 땅에 내려선 이스는 대답을 하지 않고 지그시 바라만 봤다. 이스의 말을 기다리던 테라가 피식 하는 웃음소리와 함께 가래 끓는 듯한 목소리를 이었다.

"어떻게 찾은 것인지 물어보지 않겠다. 그리고 당신의 실력도 먼발 치에서 봤다. 그 나이에 대단한 실력을 가지고 있더군."

이번에도 이스에게선 아무런 대답이 나오지 않았다. 뭔가 생각에 잠 겨 있는지 미간만이 미세하게 일그러져 있었지만 정확한 감정을 읽기 엔 많은 어려움이 따랐다. 또다시 기다리지 못한 테라가 입을 열었다.

"돌아가라, 늙은이. 이제 얼마 남지 않은 생, 쓸데없는 일에 휘말리 지 말고 조용히 살다 가거라."

"어째서요?"

드디어 이스의 입이 열렸으나 이번에는 테라에게서 대답이 나오지 않았다. 조용히 이어지는 침묵 사이로 작은 돌덩이 속으로 빨려 들어 가는 검은 기류의 소리가 들려올 정도였다. 사이나는 조용히 이스를 지켜보고 있었고, 미넬은 이스에게서 한 걸음 물러서 두려운 눈초리로 테라와 그 옆에서 회오리치는 검은 기류를 주시했다.

"이스님!"

이스와 테라 사이에 흐르는 침묵을 깬 것은 이클립스였다. 한쪽 손 으로 처참하게 앞머리가 뜯긴 크레이스를 잡은 채 빠른 속도로 다가온 그가 이스의 곁에 내려섰다. 크레이스는 여전히 기절한 채였다.

"크흐흐."

자신을 따르던 크레이스의 처참한 모습에도 테라는 그저 흘낏 고개 를 한 번 돌렸을 뿐 이내 이스를 향해 낮은 웃음을 흘려댔다. 이스를 비웃는다고 생각한 이클립스가 잡고 있던 크레이스를 바닥에 집어 던 지듯 내려놓으며 테라에게 달려가려 했다. 하지만 이스의 팔이 어느새 그의 앞을 가로막았다.

"물러서 있거라, 진아야."

"하, 하지만……."

"미녤님도 물러서 계시지요."

생각 같아선 곧바로 달려들어 테라를 요절내고 싶었지만, 이클립스는 이내 고개를 숙여 보인 후 바닥에 쓰러져 있는 크레이스를 잡고 십여 걸음 뒤로 물러섰다. 미녤 역시 그의 뒤를 따랐다.

"한 번 더 물어봅시다."

이클립스와 미녤이 완전히 물러서자 이스가 팔을 들어 검은 기류가 소용돌이치는 돌덩이를 가리키며 말을 이었다.

"지금까지 저지른 일들이, 모두 그것을 위해서요?"

"그렇다면 어쩔 텐가?"

"그렇다면 그것이 두 번째 열쇠인 게요?"

이스의 물음에 테라는 쿡쿡거리는 낮은 웃음을 흘릴 뿐 대답하지 않았다. 웃음소리만으로는 그것이 긍정인지 부정인지 알 수 없었지만, 이스는 테라의 웃음을 긍정으로 받아들였다. 웃음소리가 마치 '제법인걸' 이라고 말하는 듯한 느낌이었다.

"후우……."

테라의 대답을 기다리던 이스는 긴 한숨을 내쉬며 고개를 흔들었다. 자신이라면 결코 하지 않았을 일이었다. 아무리 생의 가치를 위해 파괴신을 부활시키려 했지만 이렇게 엄청난 희생이 따를 줄은 미처 알지 못했다.

"무엇 때문에 파괴신을 부활시키려는 것이오?"

한동안 눈을 감고 한숨을 내쉬던 이스가 다시금 눈을 떴을 때 그의 미간에 파인 주름이 더욱 깊은 골을 만들고 있었다. 이스의 말이 이어졌다.

"그대의 능력이 뛰어나다는 점은 인정하는 바이나……."

테라를 향해 잠시 말을 잇던 이스가 그의 로브 윗부분을 바라보며 고개를 저었다. 테라의 힘 가지고는 어림도 없다는 무언의 말이었다. 그러나 테라의 대답은 비웃음이었다.

"크크크, 재미난 늙은이로군."

낮게 중얼거리면서도 테라는 힐끔힐끔 돌덩이를 바라보았다. 아직 준비가 덜된 모양인지 기다리는 빛이 역력했다.

"후우, 지금까지 다섯 번."

천천히 걸음을 옮겨 테라의 다섯 걸음 앞까지 걸어간 이스가 조용히 말을 이었다. 그의 목소리가 마치 한숨처럼 느껴졌다.

"지금까지 이 늙은이가 다른 이의 목숨을 취한 것이 정확하게 모두 다섯 번이오. 네 번은 젊은 날의 치기로, 그리고 나머지 한 번은… 완벽한 오해였소."

"크큭, 지금 나를 협박하는 것인가?"

이스가 거리를 좁히자 드디어 테라의 몸 주변에서 강렬한 기운이 흘러나왔다. 로브가 춤을 추듯 일렁였고 바닥은 마치 지진이 일어난 듯 흔들렸으며 주변 공기가 무겁게 가라앉았다. 그러나 이스의 표정은 조금도 바뀌지 않았다.

"이 늙은이가 또 오해를 하는 것인지 모르니… 그대가 살아야 하는 이유를 말해 보시오."

"크… 크큭, 크카카~"

어깨가 심하게 들썩일 정도로 커다랗게 웃음을 터뜨리는 테라였다.

그러나 그의 웃음은 이내 멈춰졌고 그 순간 둘 사이의 공기가 꿈틀거리며 엄청난 힘이 이스를 향해 밀려들었다. 눈 깜짝할 사이였으며 그 때까지 테라에게선 아무런 낌새도 없었다. 멀리 떨어져 있던 이클립스조차 테라의 공격을 눈치 채지 못하고 있었다.

스으으……

산들바람 같은 미세한 소리를 내며 쏘아진 테라의 공격에도 이스는 그저 뒷짐을 진 채였고 아무런 움직임도 보이지 않았다.

쿠우우.

이스의 주변이 둥그렇게 액체로 둘러싸인 듯 이상하게 꿈틀거렸다. 바닥이 움푹움푹 파여 들어가자 어느새 십여 걸음 더 떨어져 있던 이클립스의 미간이 잔뜩 일그러졌으며 미넬은 고통스런 표정으로 이클립스의 등 뒤에 붙듯이 몸을 피하고 있었다. 아무런 힘도 느껴지지 않을 것 같던 공격이 실로 가공할 위력을 담고 있었다. 그러나,

휘이이—

이스를 맹렬히 공격하던 이상한 꿈틀거림이 마치 처음부터 없었다는 듯 바람처럼 사라져 버렸다. 주변 바닥 모두가 완전히 녹아버렸으나 이스와 그의 어깨에 앉아 있는 사이나 모두 털끝 하나 다치지 않은 모습이었다.

"헉!!"

경악에 가득 찬 비명이 깊게 눌러써진 로브 사이로 터져 나왔다. 보잘것없는 일격으로 보였지만 조금 전의 공격은 테라가 혼신의 힘을 기울인 것이었고, 그의 최고 공격 기술이었다. 이스의 입이 열렸다.

"조금 전의 행동, 그대의 대답이라고 생각해도 되겠소?"

"네, 네놈은 누구냐?!"

테라는 대답 대신 커다랗게 고함침과 동시에 조금 전에 이스를 공격했던 것처럼 다시 공격을 시도했다. 그러나 몇 번을 시도하고 공격해 봐도 이스의 미간 사이의 골만 깊어질 뿐 아무런 타격도 주지 못했다.

"이, 이놈이……!"

더 이상 공격하는 것을 포기한 모양인지 테라는 이스를 향해 으르렁 거리며 검게 회오리치는 작은 돌덩이의 상태를 재빠르게 살폈다. 그러나 회오리가 많이 약해지기는 했으나 아직까지 없어지지는 않았다.

"이스님."

가만히 테라를 응시하고 있던 이스의 귀로 이클립스의 목소리가 들려왔다. 테라의 시선은 여전히 이스를 향해 있었다. 아마도 이스에게만 들릴 수 있도록 마법을 사용한 모양이었다. 이클립스의 목소리가 이어졌다.

"제 생각에는 저놈이 이 모든 일들을 꾸민 자 같습니다. 제가 잡고 있는 놈이 대신관의 목걸이에 대한 행방을 모를 수도 있고 저놈에게도 없을 수 있습니다. 그러니 죽이는 일은 차후로 미루는 것이 좋을 것 같습니다."

이클립스의 생각이 옳다고 생각했는지 이스는 보일 듯 말 듯 고개를 끄덕여 주었다.

그 순간 바닥에 놓여져 있던 작은 돌덩이 속으로 회오리치며 빨려 들어가던 검은 기류가 사라졌고, 계속 주시하고 있던 테라가 손을 뻗었다. 그때까지 기다란 로브만 보이던 곳에서 뼈만 남은 시커먼 손이 튀어나왔다. 마치 거북이의 피부 같은 꺼칠하고 작은 손이었으며 뾰족하고 날카로운 손톱 역시 시커먼 색이었다.

"아얏!"

거의 손 안에 들어오던 돌덩이가 눈 깜짝할 사이에 없어지자 비명 같은 외침을 토하며 여기저기 둘러보던 테라의 고개가 이스에게 멈춰졌다. 언제 가져갔는지 아무런 기척이 없었음에도 돌덩이는 이스의 손아귀에 들어 있었다.

"내놔라!!"

커다랗게 고함쳐 외치긴 했으나 테라는 오히려 한 걸음 뒤로 물러섰다. 자신의 최고 공격을 눈 하나 꿈쩍이지 않고 극복해 낸 이스였기에 그가 할 수 있는 일이라고는 격하게 고함치는 것뿐이었다.

"허어……."

손바닥 안에 가득 들어온 작은 돌덩이를 매만지면서 이스는 연신 고개를 흔들며 한숨을 내쉬었다. 돌덩이에선 지독한 사기(邪氣)가 느껴졌다. 보통 지독한 것이 아닌, 영검(靈劍)으로 보호되고 있는 이스의 살갗이 따끔거릴 정도의 엄청난 사기(邪氣)였다. 오랫동안 찌푸린 눈초리로 돌덩이를 보던 이스가 테라를 향해 고개를 돌려 입을 열었다.

"이것이 두 번째 열쇠요?"

"내놔라!"

한숨처럼 흘러나오는 이스의 물음에도 테라는 연신 '내놔라'라고 외칠 뿐 대답해 주지 않았다. 멀찌감치 물러서 이를 갈고 있던 이클립스가 다가왔다.

"이스님, 저런 놈에겐 아무리 물어봐서도 소용없습니다. 저런 건방진 놈들은 잡아서 족치면 불게 되어 있습니다."

"아무래도 네 말이 옳은 듯싶구나."

"큭……!"

이클립스와 이스의 대화를 듣던 테라가 둘을 노려보며 어깨와 팔을 부르르 떨었다. 기다란 로브 때문에 보이지는 않았으나 아마도 주먹을 쥐고 아쉬움을 달래는 것 같았다. 하지만 상대는 둘이었다. 이클립스 하나만으로도 상대하기 힘든 판국인데 믿을 수 없을 정도로 강력한 노인까지 함께 있으니 혼자 힘으로는 어떻게 할 수 없었다.

"빌어먹을!!"

한동안 몸을 떨며 아쉬움을 달래던 테라는 결국 도망을 택했다. 절로 욕지거리가 튀어나올 정도로 분노가 치솟았으나 지금으로선 후퇴만이 살길이었고 그것 이외엔 방법이 없었다.

"아, 아니?!"

테라에게서 갑작스레 비명이 터져 나왔다. 무언가에 깜짝 놀랐는지 두 팔을 번갈아 보는 테라의 팔이 미세하게 떨리고 있었다. 이스의 곁에 있던 이클립스가 커다랗게 웃으며 말을 이었다.

"크하하하! 멍청한 놈, 실컷 발버둥 쳐봐라. 네놈의 그 쓸데없는 마법은 더 이상 통하지 않을 것이니."

"무, 무슨 짓거리를……?!"

이클립스를 향해 중얼거리는 테라의 목소리에 심한 떨림이 느껴졌다. 실상 테라는 워프를 이용해 그의 아지트로 도망칠 생각이었다. 일단 도망친 연후에 이스 일행들에 대한 세밀한 조사를 거치고 돌덩이를 되찾을 계획이었다. 한데 워프가 통하지 않았다.

"네, 네놈이… 억?!"

이클립스가 한 짓인지 확인하려는 테라였으나 그의 말은 이어지지 않았다. 커다란 목소리로 외치듯 말을 잇던 그가 갑작스레 허리를 직각으로 꺾으며 바닥에 주저앉았고 이내 바닥에 완전히 엎어져 버렸다.

"어… 으어……."

"무리하지 마시오."

바닥에 쓰러져 신음을 흘리며 어떻게 해서든 몸을 움직이려는 테라를 향해 이스가 천천히 다가갔다. 테라는 물론 이클립스까지 아무것도 보지 못했으나 이스가 무형의 기운으로서 테라를 공격하고 움직이지 못하게 힘을 쓰고 있었다.

"그대에게 고통을 안겨줘 미안하오."

한 걸음 거리를 두고 걸음을 멈춘 이스가 지그시 바라보자 바닥에 엎어졌던 테라의 몸이 둥실 떠올랐다. 테라 스스로가 몸을 일으킨 것이 아닌 이스의 힘에 의해 떠올라진 것이다. 이스의 말이 이어졌다.

"그러나 그대가 지은 죄는 결코 용서받지 못할 것이오."

"크크… 큭……."

몸이 구속받고 속박돼 움직이지 못하면서도 테라는 웃음을 흘렸다. 지독하게 이어지는 끔찍한 고통 속에서도 그의 태도는 당당하고 의연해 보였다. 조금 전까지 이스의 힘에 놀라고 경악하던 그가 이런 모습을 보이자 이클립스의 얼굴이 멍하게 변할 정도였다. 끊길 듯 이어지는 웃음을 멈추고 테라가 말을 이었다.

"크큭, 나는 죄를 짓지 않았다. 그러니 벌을 받지 않아도 된다, 늙은이."

"네, 네놈은 눈이 없단 말인가!"

지금까지 줄곧 먼 거리에서 조용히 이스와 테라를 지켜보던 미넬이 커다랗게 외치며 달려왔다. 거리가 스무 걸음이나 떨어져 있었고 테라의 목소리는 고통을 참고 말하는 것이라 아주 작게 흘러나왔는데도 미넬은 모두 듣고 있었던 모양이다. 어쩌면 그녀의 커다란 귀가 한몫 단단히 했을지도 모를 일이었다. 울부짖는 듯한 미넬의 외침이 이어졌다.

"이 많은 생명들과 나무들을 죽여 버리고도 그런 말이 나온단 말인가?!"

"어디서 감히!! 나서지 마라, 엘프. 이스님께서 계신 곳이다. 너 따위 하이 엘프가 나설 자리가 아니다."

『물러서 있어요, 미넬. 저도 조용히 있잖아요.』

잔뜩 화가 난 표정으로 미넬이 검까지 꺼내 들자 이클립스가 무서운 얼굴을 하며 그녀의 앞을 가로막았고 지금까지 침묵을 지키고 있던 사이나까지 고개를 돌려 한마디 거들었다. 미넬은 결국 검을 집어넣으며 뒤로 물러섰다. 미넬이 물러서자 이스가 팔을 들어 주변을 가리키며 말했다.

"어찌하여 죄가 없단 말이오? 저분의 말씀처럼 눈이 있으면 주변을 잘 보시오. 저 많은 시체들이 누구 때문에 죽어갔다는 말이오?"

"크큭……."

이스의 물음에 테라는 비웃는 듯한 웃음을 흘릴 뿐 아무런 대꾸도 하지 않았다. 이클립스가 고개를 흔들며 이스에게 말했다.

"이스님, 저런 놈은… 응?!"

이스를 바라보며 말을 잇던 이클립스가 순간 미간을 찌푸리며 테라를 향해 고개를 돌렸다. 순간 그의 눈이 찢어질 것처럼 커다랗게 변해 버렸다.

투둑… 투두둑…….

테라의 로브 끝 부분이 소리를 내며 마치 얼음이 갈라지는 것처럼 금이 가고 있었고, 그것은 로브 전체로 빠른 속도로 번져 갔다. 깜짝 놀란 이클립스가 이스에게 고개를 돌렸다. 이스에 의해 잡혀 있으니 로브가 갈라지는 것도 그 때문이라고 생각해서였다. 하지만 이스의 표정은 이클립스보다 더욱 놀란 듯한 얼굴이었다.

"무, 무슨 짓이오?"

"크, 크큭……."

낮은 웃음을 시작으로 셀 수 없이 금이 갔던 테라의 몸이 먼지처럼 변하며 바닥으로 떨어졌다. 순식간이었다. 마치 원래부터 먼지였던 것처럼 테라의 몸 전체가 모래성 허물어지듯 사그라들었다.

"허어……?!"

너무도 놀라운 장면에 이스는 물론 이클립스와 사이나, 그리고 미넬까지 입을 벌린 채 멍한 표정으로 바닥을 바라보았다. 시커먼 가루가 수북이 쌓여 있었다.

"이, 이게 어찌 된 영문이란 말인가!"

충격이 큰 듯 일행 모두 한동안 움직이지 못하고 멍한 표정으로 바닥에 쌓인 시커먼 가루를 바라보았다. 하지만 가루에선 아무것도 느껴지지 않았고 이내 불어오는 바람에 힘없이 날아가 버렸다.

『자살… 한 걸까요, 이스님?』

어깨 위에 앉아 있던 사이나가 더듬거리는 목소리로 중얼거리며 돌아보았으나 이스에게선 아무런 대답도 나오지 않았다.

"자살 같은 것을 할 리가 없소."

『네?』

이스 대신 이클립스가 비릿한 미소를 지으며 대답했다. 작은 요정에 불과했고 아무런 힘도 사용할 수 없는 사이나였으나 그녀의 신분을 생각해서인지 이클립스의 대답은 하대가 아니었다.

"저놈은 파괴신의 열쇠를 모으고 있었소. 무슨 생각으로 그런 일을 한 것인지는 모르나, 분명 자살 따위를 할 놈이 아닌 것만은… 으음."

"왜 그러느냐?"

조용히 말을 잇던 이클립스가 갑작스레 조용해지자 이스가 고개를 돌렸다. 이클립스는 한껏 미간을 찌푸린 채 생각에 빠져 있는 듯했다. 그런 그의 모습에 이스는 대답을 재촉하지 않고 조용히 이클립스의 생각이 끝나기를 기다렸다.

"아닙니다, 이스님. 잠시 다른 생각을 조금……."

"그래."

한동안 생각에 잠겼던 이클립스가 고개를 흔들자 이스 역시 더 이상 묻지 않고 조용히 고개를 끄덕여 주었다.

'설마…….'

이클립스는 마지앙의 말을 떠올렸다. 지독한 고통에 이성이 마비된 채 흘러나왔던 '껍질'이라는 말이 갑작스레 떠올랐다. 하지만 그것만으로는 너무도 애매했다. 그의 말이 테라에 관한 이야기인지, 아니면 다른 이야기인지도 확신할 수 없었다.

"저놈이 깨어난 이후에 자세히 물어보면 알 수 있을 것입니다."

이클립스의 시선은 뒤쪽 바닥에 엎어져 있는 크레이스에게 닿아 있었다. 그나마 한 놈이라도 잡아서 다행이었다. 비록 테라만큼은 아니었지만 크레이스 역시 상당한 실력자였으니 이런 이상한 일들을 벌이는 이유를 어느 정도 알 수 있을 것이었다.

"그런데 진아야."

"네. 말씀하십시오, 이스님."

"이것이 두 번째 열쇠일까?"

들고 있던 돌덩이를 바라보던 이스가 그것을 이클립스에게 건네주었다. 짙은 황갈색이던 돌덩이가 이제는 탁한 묵빛으로 변해 있었다.

"아마도 그러리라고 생각하… 크윽!!"

돌덩이를 건네받은 순간 이클립스가 깜짝 놀라며 손을 뺐다. 다행히 돌덩이는 다시 이스의 손에 들어왔으나 그것을 바라보는 이클립스의 얼굴은 경악에 차 있었다. 조금 떨어져 있을 때에는 별다른 느낌이 없던 돌덩이에 불과했는데 손이 닿는 순간 전신이 번개에 감전된 것 같은 끔찍한 고통이 밀려들었다.

"그것참 지독한 것이로다. 돌멩이 하나가 이다지도 지독한 기운을 뿜어내다니 말이야. 괜찮은 게냐?"

"네, 괜찮습니다."

조용히 대답한 이클립스는 고개를 숙여 이스의 손아귀에 놓여 있는 돌덩이에 가까이 다가갔다. 손으로 만질 엄두가 나지 않은 모양이었다.

"확실히는 잘 모르겠습니다만, 이 정도까지 지독한 것이라면… 맞는 것 같습니다."

"그렇겠지?"

무슨 일인지 반문하는 이스의 표정이 사뭇 진지하고 침울해 보였다. 이스의 목적은 파괴신의 부활이었고 그와 한판 싸움을 벌이는 것이었다. 그리고 지금까지 많은 어려움 끝에 세 개의 열쇠 중 하나를 얻을 수 있었다. 한데도 그의 얼굴에선 좋아하는 기색을 찾을 수가 없었다.

"진아야."

묵빛 돌덩이를 잠시 바라보던 이스가 천천히 고개를 흔들며 이클립스에게 말을 이었다.

"아무래도 이것을 없애 버리는 것이 좋을 듯하구나."

"네?"

다시금 이클립스의 얼굴에 놀라움이 가득 피어올랐다. 그의 목적은 이스와는 달리 마계와 천계 사이에 정기적으로 일어나는 전쟁이었는데 많은 노력을 기울여도 찾을 수 없어 마지막으로 선택한 일이었다. 그러나 그것보다 더욱 그를 놀라게 한 것은 이스가 직접 포기하자고 말한 것이었다. 살아갈 목적을 잃어버린 사람처럼 행동하다 파괴신에 대한 언급이 있은 이후로 생기와 활기를 되찾은 그였는데 말이다.

"후후후, 이스님 마음대로 하십시오. 저는 이스님의 말씀을 따르겠습니다."

잠시 놀란 표정을 지어 보이던 이클립스가 이내 부드러운 미소를 머금었다. 오히려 잘된 일일 수 있었다. 천계와의 전쟁은 언제까지고 계속되겠지만, 그리고 언젠가는 자신도 죽임을 당하고 다음 대를 잇는 마족이 많은 원한을 짊어지겠지만, 파괴신을 부활시킨다면 그보다 더 큰 것을 잃을 것 같았다. 내색은 하지 않았지만 이클립스도 가끔 후회했었다. 자신의 원한과 욕심 때문에 다른 모든 이들이 없어져야 한다면 씻을 수 없는 오점을 남길 것 같았다. 이렇게 생각이 뒤바뀌게 된 것은 이클립스 스스로도 확실히 표현할 수 없었으나 이스와 리켄, 그리고 다른 일행들과 함께한 시간 때문인 듯하다고 생각했다.

"고맙구나."

시원스런 이클립스의 대답에 이스 역시 인자한 미소로 그를 바라보다 이내 돌덩이로 시선을 가져갔다. 지금 이 자리에서 없애려는 모양이었다.

"잠깐!!"

조용히 지켜보던 미넬이 갑작스레 달려들어 이스의 팔을 부여잡았다. 사뭇 다급하고 당황한 표정이었다.

"이것을 파괴하면 안 돼요!"

『어째서 안 된다는 말씀이신가요? 이런 것은 완전히 없애야 해요. 만약 일이 잘못돼서 이것이 그자들의 손에 들어가면……』

궁금해하는 이스보다 먼저 어깨에 앉아 있던 사이나가 황당하다는 표정으로 미넬을 바라보았다. 미넬이 사이나를 향해 세차게 고개를 흔들어 보인 후 말을 이었다.

"만약 지금 이것이 파괴신을 부활시킬 수 있는 두 번째 열쇠가 확실하다면, 그리고 이것을 여러분들이 없애 버린다면 어쩌면 그들은 이런 짓을 또다시 할지도 모릅니다."

"그 무슨 말도 안 되는… 썩 물러서지 못하는가!"

이클립스가 무서운 얼굴로 소리치며 미넬의 팔을 잡아끌자 이스가 나서서 그를 제지했다.

"조금 더 말씀을 들어보자꾸나. 계속 말씀해 보세요."

"제 생각일 뿐이지만… 이것이 세상에서 없어진다면 그들은 다시 이런 짓을… 사람들을 셀 수 없이 죽이면서 돌덩이를 만들 것 같아요. 그렇지 않고 이것이 계속 존재한다면, 세상에 두 번째 열쇠가 존재하는데 다시 만들 수는 없겠죠. 그러니… 꺅!"

"흥! 이 하이 엘프가."

더 이상 참지 못한 이클립스가 미넬의 목을 움켜잡았다. 자신만의 생각 때문에 쓸데없이 참견하는 것이 못마땅해 집어 던지려고 했다. 하지만 이스가 그의 팔을 지그시 잡으며 고개를 흔들었다.

"일리가 있는 말이지 않느냐."

"후우……"

미넬을 집어 던지려던 이클립스는 결국 한숨을 내쉬며 그녀를 놓아주었다. 이스가 기다란 소매 속에 돌덩이를 갈무리하며 말을 이었다.

"당분간 조용히 지켜보는 게 좋을 듯하겠구나. 아직 확실한 것은 없으니 말이다."

"알겠습니다. 그리하십시오."

"그나저나… 이 아이는 무슨 일인데 아직까지 보이지 않는 겐고? 무슨 일이 있는 것인가?"

말을 마친 이스가 천천히 고개를 돌렸다. 리켄과 디아루가 떠났던 방향이었다. 이클립스가 크레이스를 잡고 이스가 테라를 제압하며 제법 상당한 시간이 흘렀는데도 둘의 모습은 보이지 않았다.

"무슨 일이야 있겠습니까만… 한번 가보시렵니까?"

"그리하자."

이클립스는 차원 이동 홀을 만들어 리켄과 디아루가 있는 곳으로 향하려 했으나 그것이 만들어지지 않았다. 아마도 항 워프 마법 때문인 듯했다. 하는 수 없이 이스는 몸을 날렸고 이클립스는 아직 기절에서 깨어나지 못한 크레이스를 거칠게 잡아 이스의 뒤를 따랐다. 일행들이 몸을 날리고 조금의 시간이 지났을 때였다.

번쩍.

콰콰쾅!

리켄과 디아루의 기척이 느껴지는 방향에서 눈부신 빛의 기둥이 대지를 뚫고 하늘 높이 솟아오르며 커다란 폭발음이 터져 나왔다. 빛무리의 굵기가 건물 수십 채를 합쳐 놓은 것만큼이나 두꺼웠으며 그 위력 역시 어마어마했다. 폭발이 일어난 곳에선 수백 채의 집들이 먼지처럼 사라졌고 지진이 일어난 것처럼 지축이 울려댔다.

"아니?!"

"크윽!"

날아가던 일행은 자리에서 멈춘 채 팔을 들어 눈을 가렸으나 이스만은 눈을 감지 않았다. 그런 그의 얼굴로 걱정이 가득 피어올랐다.

"어서 가자!"

외치듯 커다랗게 입을 연 이스는 일행들의 대답을 기다리지 않았다. 눈 깜짝할 사이에 그의 몸이 조금씩 폭발이 사그라드는 곳을 향해 날아갔고 그 뒤를 이클립스가 따랐다. 이스도 그렇지만 이클립스의 속도역시 어마어마한 빠르기였다. 미넬이 눈을 가리고 있던 팔을 내렸을 땐 둘의 모습이 보이지 않을 정도였다.

"홍아야!"

"리켄~!!"

주위 몇백여 미터가 용암처럼 붉게 물들어 버린 대지 한가운데에 리켄과 디아루가 보이자 이스와 이클립스가 깜짝 놀란 표정으로 다가갔다. 디아루는 멀쩡한 모습이었으나 리켄은 그녀의 팔에 부축을 받고있었다. 그가 입고 있는 검붉은 옷이 여기저기 걸레처럼 찢어져 있었고 얼굴과 몸 이곳저곳에 심한 상처를 입었다.

"이, 이게 무슨 일이냐?"

"정신 차려, 리켄!"

이스와 이클립스의 커다란 목소리에 정신이 들었는지 리켄이 힘겹게 눈을 떴다. 하지만 그의 시선은 정면에 서 있는 이스의 어깨 너머였다.

"저, 저놈……."

"웅?!"

리켄의 시선에 이스와 이클립스가 서둘러 고개를 돌렸다. 대략 오십 보 밖으로 붉은 옷에 기다란 금발의 여인을 허리춤에 끼고 있는 인물의 모습이 보였다. 인간이라고 하기엔 상당히 크고 장대한 체구였으며 대략 3미터 정도의 키였다. 길쭉한 턱에 기다란 팔과 다리, 검정색 상하의에 같은 색의 기다란 로브를 걸친 모습이었다. 코는 뭉툭하고 입술은 두툼했으며 조금 처진 눈매와 까만 눈망울이 체구와 달리 위압적으로는 보이지 않았다. 그러나 이자를 바라보는 리켄의 눈초리가 사뭇 떨리는 것을 보면 상당한 힘의 소유자일 듯했다.

"너는 나서지 말고 홍아를 지키거라."

커다란 체구의 사내를 발견한 이클립스가 움직이려 하자 이스가 그의 앞을 가로막고 나섰다. 보통 상대가 아니었다. 이스가 지금까지 만났던, 기절해 쓰러진 크레이스와 테라 둘에게서는 지독한 기운이 느껴졌다. 비록 크레이스가 쓰러져 바닥에 누워 있었지만 그런 그에게서조차 테라와 엇비슷한 기운을 미약하지만 감지할 수 있었다. 한데 지금 나타난 3미터 키의 사내에게선 그 어떤 기운도 느껴지지 않았다.

"저, 저놈… 이상한 마법을 써요, 이스."

"그래, 알았으니 몸이나 추스르거라."

리켄의 말에도 이스는 큰 키의 사내에게 시선을 고정한 채 조금도 움직이지 않았다. 상대의 정확한 힘이 느껴지지 않았기에 방심하지 않으려는 행동이었다.

"그나저나 뭐 하고 있는 거야, 리켄. 어서 치료하지 않고?"

이스가 앞으로 나서자 이클립스는 곧장 긴장을 푼 듯한 얼굴로 다시 리켄을 돌아보았다. 이스가 나섰으니 아무런 문제가 없다고 생각한 행동이었다. 그에겐 이스의 작은 어깨와 등이 마치 세상에서 절대 뛰어

넘을 수 없는 벽처럼 느껴졌다. 이스에 대한 믿음이 얼마나 대단한지 알 수 있는 대목이었다.

"치료 마법이 통하지 않아요."

"뭐?!"

이클립스의 물음에 리켄 대신 디아루가 무서운 눈초리로 멀리 떨어져 있는 사내를 노려보며 대답했다.

"치료 마법만이 아니에요. 남편과 저는 본체로 돌아가려 했는데 그것도 되지 않았어요."

"그, 그럼 다른 마법 모두가?!"

"그건 아니에요. 공격 마법이나 방어 마법은 됐어요. 그렇지 않았다면 이렇게 살아 있지도 않았을 테니까요."

"그, 그런……!!"

이클립스의 얼굴이 어이없다는 표정이 돼버렸다. 현재 존재하는 드래곤들 중 최강인 리켄의 마법이 통하지 않는다는 것은 한 번도 생각지 않았던 일이었으며 그의 마법 실력은 드래곤 로드보다 뛰어났다. 비록 드래곤 로드에게 로드만의 특이한 마법이 있기는 했으나 실질적으로 서로 맞붙는다면 승리는 분명 리켄에게 돌아갈 것이라 생각했던 이클립스였다. 그렇기 때문에 이클립스에겐 디아루의 말이 마치 꿈속에서 흘러나오는 것 같은 착각이 정도였다. 오랫동안 큰 키의 사내를 살피던 이스가 흘깃 고개를 돌려 리켄에게 말했다.

"홍아야, 참을 만하니?"

"우에엥~ 아파 죽겠어요, 이스. 저놈 좀 혼내줘요."

"허허허."

칭얼거리는 듯한 리켄의 목소리에 굳어 있던 이스의 얼굴로 웃음꽃이 피어났고 이클립스 역시 보일 듯 말 듯한 미소를 지었다. 잔뜩 우는 목소리였으나 오히려 안심이 되어서였다.

"늙은이."

리켄과 잠시 말을 주고받던 이스를 향해 큰 키의 사내가 크레이스를 가리키며 입을 열었다. 마치 우물 속에서 들려오는 듯한 목소리였고 상당히 굵고 묵직한 음성이었다. 대단한 배포를 자랑하는 기사라도 순식간에 기가 꺾일 듯한 힘있는 목소리였으나 이스를 포함한 모두 태연한 표정이었다.

"그자와 네 옷 속에 가지고 있는 것을 넘겨라."

"그대는 누구시오?"

사내가 입을 열자 뒷짐을 진 채 느린 걸음으로 조금씩 앞으로 나아가 십여 보 거리를 두고 멈춰 선 이스가 말을 이었다.

"그대가 이 모든 일들을 저지른 것이오?"

지금까지 테라를 원흉으로 생각했던 이스였다. 이제껏 만난 자들 중 가장 강했던 인물이었고 두 번째 열쇠로 추정되는 것 역시 그의 옆에서 만들어졌기 때문이다. 그러나 새롭게 나타난 큰 키의 사내는 테라와는 비교조차 되지 않을 정도로 강해 보였다. 비록 겉으로 느껴지는 것은 아무것도 없었지만, 이스가 오래전 강호를 주유하며 만난 이런 부류의 고수들은 상상보다 몇 배는 강하고 상대하기 버거운 자들이었던 것이다. 이스의 물음에 사내가 무표정한 얼굴로 대답했다.

"내 이름은 가리트. 계약에 따라 움직일 뿐."

"계약이라… 그것이 어떤 계약인지 알 수 있겠소?"

"시끄럽군."

이스의 물음에 큰 키의 사내 가리트는 곧바로 손을 뻗었다. 순간 공기가 일렁이며 둥그런 형태의 반투명한 물질이 눈부신 속도로 쏘아졌다. 하지만 그것은 이스의 앞에서 아무런 흔적도 없이 사라져 버렸다. 가리트의 무표정하던 얼굴이 조금이지만 굳어졌다.

"그대는 인간인가?"

"그렇소이다."

보일 듯 말 듯 미간이 좁혀지고 경직된 듯했으나 가리트의 목소리는 조금도 변함이 없었다. 가리트의 말이 이어졌다.

"기회를 주겠다. 그대의 옷 속에 있는 것과 저 인간을 넘겨라. 그렇다면 조용히 물러가지."

"이 늙은이는 아직 당신의 대답을 듣지 못했소. 그리고 이자들과 연관이 있다면 그대를 용서할 생각 역시 없소."

"호……"

느린 어조로 이어지는 이스의 말에 가리트의 입술이 둥그렇게 모여들며 어색한 미소를 만들었다. 그러나 가소롭다는 빛이 역력하다는 것은 누구나 알 수 있었다.

"배포가 대단한 인간이군."

어색한 미소를 흘리던 가리트의 입이 열린 순간, 그의 눈초리가 매서운 빛을 발했으며 그와 동시에 이스가 있던 바닥에서 눈부신 빛의 기둥이 하늘 높이 솟구쳐 올랐다. 둘레는 그리 두껍지 않았으나 그 위력만큼은 대단했다. 녹아내렸던 바닥이 순식간에 움푹 파여들었고 멀리 떨어져 있던 이클립스와 디아루가 얼굴을 잔뜩 일그러뜨릴 정도였다. 그러나 빛무리가 사라지고 드러난 이스의 모습은 어디 한 군데 다친 곳이 보이지 않았다. 옷자락은 물론 기다란 수염과 머리카락 한 올 흐트러짐이 없었다.

"으음……."

이스와 가리트, 둘의 얼굴이 모두 굳어버렸다. 가리트는 이스의 무사함에 놀란 것이고 이스는 갑작스런 기습에 불편한 심정을 드러내고 있었다. 중원에서 이곳으로 도착한 이후 제법 힘을 쓴다는 자들은 모두 선제공격을 해댔다. 리켄이 그랬고 이클립스와 테라 역시 마찬가지였다.

이스에겐 이런 선제공격이, 그것도 아무런 말도 없이 갑작스레 공격하는 것이 익숙해지지 않았다. 중원을 활보할 당시에도 그가 만났던 고수들은 모두 가벼운 인사라도 취한 연후에 손을 썼고 그것은 마교나 사파, 그리고 흑도를 막론하고 모두 마찬가지였다.

"그대는 정녕 인간인가?"

굳은 표정으로 한동안 이스를 노려보던 가리트의 눈썹 언저리가 조금씩 흔들렸으며 미간 사이도 눈에 띄게 일그러져 있었다. 이스는 대답없이 미간을 더욱 일그러뜨렸고 가리트는 하늘을 향해 고개를 들었다.

"그대를 과소평가했다."

"아니?!"

가리트에게서 굵은 목소리가 흘러나온 순간 뒤쪽에서 디아루의 비명 같은 외침이 터져 나왔다. 이클립스가 급하게 숨을 들이키는 소리까지 들려왔다.

웅… 웅… 웅…….

하늘에서 갑작스레 이상한 소리가 들려왔다. 마치 두꺼운 강철이 울리며 흘러나오는 소리 같았다.

"허어, 그것참."

천천히 고개를 들고 하늘을 바라보던 이스에게서 탄식 같은 목소리가 흘러나왔다. 가리트와 비슷한 모습의 인물들이 하늘을 가득 메우며 모습을 드러냈다. 겉모습은 가리트와 흡사했으나 그들의 얼굴엔 시커먼 가면이 덮여 있었으며 어림잡아도 수천이 넘는 어마어마한 숫자가 이스를 중심으로 둥그런 형태를 이루고 있었다.

"이제 그대에겐 기회가 없다."

"기회라……."

가리트의 말에 그를 향해 시선을 내린 이스의 눈망울이 살기로 가득 찼다. 그저 뒷짐을 지고 조금 무섭게 눈을 치뜬 것 같았으나 그를 바라보던 가리트가 어깨를 움찔하며 뒤로 몇 걸음이나 물러설 정도의 어마어마한 살기가 이스의 눈에서 뿜어지고 있었다.

"이 늙은이 또한 이제… 더 이상의 기회를 주지 않을 것이야."

느릿느릿 흘러나오는 이스의 말에 가리트가 얼굴을 잔뜩 구기며 천천히 뒤로 물러섰다. 165cm 정도로 그리 크지 않은 이스의 키가 그에게는 마치 거대한 산처럼 느껴져 스스로가 물러서고 있다는 것을 의식하지 못했다.

"죄송합니다, 혜성 대사님."

흔들리는 눈망울로 조용히 입술을 들썩이던 이스가 뒷짐을 지고 있던 팔을 풀어 자연스럽게 내려뜨렸다.

"으응?"

가리트를 노려보던 이스가 돌연 하늘을 향해 고개를 들었다. 둥그렇게 모여 있는 이상한 자들 중심으로 눈부신 빛이 반짝이며 누군가가 새로이 모습을 드러냈다. 순간 이스의 등 뒤에서 이클립스의 커다란 외침이 터져 나오며 어마어마한 살기가 퍼져 나왔다.

"에… 리… 엘!!"

분노와 원한이 가득한 이클립스의 외침처럼 눈부신 빛이 사라지며 나타난 이는 발목 아래에서 출렁이는 기다란 금발에 수영복 같은 옷차림의 에리엘, 천계의 수장인 에리엘이었다.

외전 음유 시인의 노래

제국 쿠르디르드의 황도는 세이트란 대륙의 다른 어떤 도시들보다 크고 웅장했으며 많은 사람들로 북적거리는 곳이다. 아니, 대륙의 도시들과는 모든 점에서 비교 대상 자체가 될 수 없었다. 활력이 넘치는 경제와 튼실한 성벽이 둘러져 있는 뛰어난 방어 체계, 셀 수 없이 많은 병력들, 이 모든 것이 대륙의 최고 중에 최고였다.

기사가 되고자 황도로 모여드는 사람들과 보다 나은 일자리를 얻기 위해, 그리고 더욱 윤택한 삶을 위해 한 해에도 셀 수 없이 많은 사람들이 몰려드는 곳, 이곳이 바로 제국 쿠르디르드의 황도였다.

하지만 부작용도 따랐다. 도둑들이 점차 늘어나 도둑 길드의 숫자만도 수십여 개가 넘었으며, 환락가가 넘쳐 나 매춘부의 숫자를 파악하기도 힘들 지경이었으며 그에 따른 폭력배들과 암암리에 활동하는 어쌔신들까지 모여들었다. 황도의 치안을 담당하는 부서에서는 병사들의 숫자를 늘려 치안을 강화했으나 범죄는 끊이지 않고 일어났다. 도둑 길드나 어쌔신 길드 등과 같은 범죄 조직들과 권력자들 사이에 은밀한 거래가 오래도록 지속됐기에 도둑의 숫자는 거의 줄지 않고 오히려 늘어가는 추세였다.

빈민촌 역시 점차 늘어갔다. 단지 꿈을 위해 황도로 모여들었다 아무런 일자리도 얻지 못한 사람들이 부지기수로 생겨났으며, 무작정 올라왔다 아무것도 하지 못한 채 빈민가 한쪽 구석을 차지하는 사람들도 빠르게 늘어갔다.

어스름 저녁나절이 되자 높다란 건물들 사이로 짙은 어둠이 깔리며 밤의 시작을 알렸다. 늘어서 있는 건물들 모두 제법 커다란 크기였으나 때가 덕지덕지 붙어 있었고 눈 뜨고 보지 못할 온갖 낙서들이 즐비했으며 여기저기 금이 가고 부식돼 금방이라도 무너질 것 같은 건물들이 대부분이었다.

퍽! 퍽!

높다란 건물과 건물 사이에서 서너 명의 건장한 사내들이 누군가를 집단으로 구타하고 있었다. 빈민가인 이곳에선 좀처럼 보기 드문 장면이었다. 같은 처지의 사람들이기 때문에 어려움이 있을 때에는 자기 일처럼 도와주는 일이 대부분이었고 작은 싸움이 일어나도 몸싸움까지 번지는 일은 거의 없었다.

"까악… 까윽……."

무자비하게 몰아치는 것은 아니었으나 한 차례씩 발길질이 이어질 때면 어김없이 가녀린 어린아이의 비명이 터져 나왔다. 아무리 많게 봐줘도 10세를 겨우 넘겼을 어린아이의 목소리였다.

"이 더러운 것이!"

"우리가 이렇게 산다고 아무나 들어올 수 있을 것 같아?!"

"더러운 하프 엘프 따위가!"

"이젠 별게 다 무시하네."

발길질을 하며 끊임없이 욕지거리를 내뱉는 청년은 4명이었고, 모두 20세 전후였다. 그런 청년들 사이로 잔뜩 몸을 웅크린 채 바닥에 누워 있는 작은 꼬마 아이가 보였다. 여기저기 기운 자국이 가득한 시커먼 옷에 짧은 흑갈색 머리에 구릿빛 피부. 하지만 소녀의 귀는 보통 사람들보다 몇 배는 크고 뾰족했다. 사람들이 흔히 말하는 노예보다 못한 하프 엘프였다. 얼마나 맞았는지 소녀의 드러난 팔뚝과 목 언저리, 그리고 다리 부근은 시커먼 멍으로 가득했으며 부들부들 몸이 떨리고 있었다.

"야, 일어나지 못해!"

"이게 엄살을 피우네?!"

오랫동안 때린 것 같았음에도 청년들은 죽은 듯이 몸을 웅크리고 있는 소녀를 향해 끊임없이 발을 날리고 주먹을 뻗었다. 가끔 거리를 지나치던 행인들이 놀란 표정으로 골목 안으로 들어왔으나 소녀의 귀를 발견하고는 이내 못 본 척하며 몸을 돌려 버렸다. 사람들의 이런 반응에 청년들의 기세는 더욱 무서워졌고 그들의 얼굴로는 진한 살기까지 아른거렸다. 그러나 청년들의 기세는 오래가지 못했다.

"이봐."

누군가 골목 안으로 들어왔다. 큰 키와 넓은 어깨, 허리까지 내려올 것 같은 기다란 머리에 낡은 외투를 걸치고 있는 사내였다. 대략 20대 후반쯤으로 보이는 얼굴이었으나 광대뼈를 가리며 양 옆으로 흘러내린 머리카락 때문에 실제 나이보다는 조금 더 들어 보였다.

"무슨 짓이야, 어린아이한테!"

청년들 사이로 바닥에 잔뜩 웅크린 소녀의 기다란 귀를 발견하고도 사내는 몸을 돌리지 않았다. 오히려 추궁하는 눈초리로 무섭게 청년들을 쏘아보았다. 시원스런 눈초리와 검녹색 눈망울, 오뚝한 콧날과 얇은 입술에 여자의 턱처럼 날렵한 턱 선 때문에 그리 강하지 않을 것 같았으나 사내의 쏘아보는 눈초리에 무서운 기세로 소녀를 구타하던 청년들 모두가 순식간에 주눅이 들었다.

"세, 세리츠 형님."

"혀, 형님, 이건 하프 엘프입니다."

"자세히 보세요, 형님."

네 청년들은 쭈뼛거리며 조금씩 뒤로 물러서기는 했지만 모두들 손을 가리켜 쓰러진 소녀의 귀를 가리켰다. 소녀가 하프 엘프라는 점을 어떻게 해서든 알리려는 행동이었다. 하지만 청년들에게 세리츠라고 불리는 사내의 표정은 조금도 변하지 않았다. 찌푸린 눈초리로 세리츠가 말했다.

"그래서 죽일 생각이냐?"

"아, 아니오. 설마……."

"죽일 생각까지는……."

세리츠의 물음에 네 청년 중 두 명이 더듬거리며 대답했다. 하지만 나머지 둘은 정말 죽일 생각이었는지 세리츠의 눈치만 살폈다. 한껏 미간을 찡그린 세리츠가 무서운 표정으로 말을 이었다.

"니들 한 번만 더 이런 짓 하다가 걸리면……."

"아, 알았어요, 세리츠 형님."

"다시는……."

"그럼 안녕히 계세요."

청년들 모두 잔뜩 겁먹은 표정으로 골목 밖으로 달려나갔다.

세리츠의 직업은 황도 중심의 커다란 술집에서 악기를 연주하고 노래하며 살아가는 음유 시인이었다. 하지만 세리츠의 싸움 실력은 그의 감미로운 목소리보다 더욱 뛰어난 위력을 발휘했다. 들리는 소문으론 폭력 조직 한 곳을 단신으로 없애 버릴 정도라 했으며 실제로 거리를 지나치다 만나는 폭력 조직의 건달들 모두가 세리츠의 시선을 피하기에 급급했고, 어떤 이는 세리츠를 피해 그가 지나간 이후에 길을 나서는 자들도 있을 정도였다.

멀어지는 청년들의 모습에 세리츠는 피식 싱거운 웃음을 머금은 후 쓰러진 하프 엘프 소녀에게로 다가갔다.

"이런……."

공처럼 잔뜩 몸을 웅크린 소녀에게 세리츠가 슬쩍 손을 가져가자 소녀의 몸이 힘없이 옆으로 쓰러졌다. 고통을 이기지 못하고 기절한 모양이었다. 고작 10세 전후의 어린아이가 온몸이 멍투성이가 될 때까지 맞았으니 기절하지 않는다는 게 오히려 이상할 정도였다.

"후우, 어쩌다……."

소녀의 안쓰러운 모습을 바라보던 세리츠는 이내 쓰러진 소녀를 일으켜 업은 후 천천히 골목을 벗어났다.

"으윽……."

따스한 온기와 푹신한 시트의 느낌이 좋았으나 지독하게 밀려드는 통증에 소녀의 미간이 절로 일그러졌다.

"이제 정신이 드니?"

"아?!"

약긴 허스키하지만 상당히 부드러운 목소리가 들려오자 미간을 찌푸리며 신음을 흘리던 소녀가 깜짝 놀라며 자리에서 일어섰다. 커다란 검녹색 눈망울에 구릿빛 피부와 앙증맞은 입술이 귀엽고 깜찍했다. 하지만 소녀의 눈망울은 심하게 흔들리고 있었다. 공포와 두려움, 그리고 낯선 주변 모습에 겁을 집어먹은 듯했다.

작지만 깨끗한 시트와 푹신한 침대가 소녀의 눈에 가장 먼저 들어왔다. 그리 크지 않은 방이었다. 대략 10여 평 남짓한 크기였고 한쪽 벽으론 모닥불이 밝은 빛을 발하고 있었다. 벽에 금이 가고 나무를 덧댄 천장도 위태롭게 보였으나 전체적으로 정갈하고 정돈이 잘된 방이었다.

"그렇게 맞고도 하루 만에 일어나다니, 꼬맹이가 제법인데?"

"에… 누, 누구……?!"

다시금 들려오는 목소리에 주변을 둘러보던 소녀의 눈초리가 목소리의 주인공으로 향해졌다. 큰 키에 기다란 머리카락, 서글서글한 사내가 둥그런 접시에 김이 모락모락 나는 수프를 가지고 다가왔다. 소녀를 구해준 세리츠였다.

"이것 좀 먹어. 먹고 나면 좀 괜찮아질 거야."

"누, 누구신지……?"

부드러운 미소를 머금으며 세리츠가 접시를 내밀었지만 소녀는 더욱 경계하는 표정이었다. 후 하는 한숨을 내쉰 세리츠가 침대에 걸터앉으며 말을 이었다.

"꼬마야, 너 어디에서 왔니?"

"아……."

세리츠의 말에도 소녀는 상황 판단이 잘 되지 않는 듯 주변을 살피기에 여념이 없었다. 그리고 이내 팔다리에 약이 발라져 있고 붕대까지 감긴 모습을 발견하고는 서둘러 자리에서 일어나 머리를 조아렸다.

"살려주셔서 감사합니다, 나으리."

"하하하."

갑작스런 소녀의 인사에 세리츠는 어색한 미소를 띠며 낮은 웃음을 터뜨렸다. 소녀는 굽실거리는 것에 상당히 익숙한 듯했다. 고작 10세 정도의 소녀가 살기 위해 굽실거리는 것을 배운 것이다.

"저… 감사합니다만, 가, 가진 것이……."

한참 동안 머리를 조아리던 소녀가 몸을 일으켜 품속을 뒤졌다. 그러나 소녀가 입고 있던 옷은 전날까지 입었던 옷이 아닌 무릎께까지 내려오는 길고 풍성하고 깨끗한 셔츠 차림이었다. 아마도 세리츠가 입던 옷인 모양이었다.

"이걸 찾는가 보구나?"

소녀의 행동에 자리에서 일어난 세리츠가 벽 부근에 있는 선반 위에서 어린아이 주먹만한 작은 천 주머니를 가져왔다. 선반 한쪽 부근에 소녀가 입던 옷이 널려 있었다. 세리츠가 빨래를 한 것인지 다소 물기가 보이고 상당히 깨끗했으며 여기저기 기운 자국도 보였다.

세리츠에게서 천 주머니를 건네받은 소녀는 그것을 열고 뭔가를 꺼내 세리츠에게 내밀었다. 때가 잔뜩 묻은 동전이었다.

"저… 가, 가진 것이… 이, 이것밖에……."

"이런."

소녀의 작은 손 위에 제법 많은 동전이 놓여 있었다. 하지만 그것들을 모두 합쳐 봐야 1천 씰이 되지 않을 정도였다. 그러나 세리츠는 소녀의 손에서 1백 씰짜리 동전 하나를 집어 들었다. 그리곤 그것을 소녀에게 보여주며 말을 이었다.

"이것만 받을게, 꼬마야. 다른 사람에겐 작은 액수겠지만 네게는 전 재산의 10분의 1. 그렇다면 내가 가지고 있는 이 1백 씰짜리 동전은 내겐 행운의 동전이 되겠구나. 몸이 완전히 나을 때까지 이곳에서 지내거라."

"에……."

세리츠의 어이없는 말에 소녀는 반쯤 입을 벌리고 멍하게 그를 바라보았다. 사심이나 다른 목적이 있는 것 같지는 않았다. 자신 같은 양상한 하프 엘프 꼬마는 노예로 팔 수도 없었고 하프 엘프는 노예로 거래하지도 못했다. 1백 씰짜리 동전을 호주머니에 갈무리한 세리츠가 수프가 담긴 접시를 내밀며 입을 열었다.

"내 이름은 세리츠. 꼬마는 이름이 뭐니?"

"가, 감사합니다. 에, 에이프릴. 에이프릴 감마입니다."

"좋은 이름이구나."

활짝 웃어주며 접시를 건네는 세리츠의 말에도 에이프릴이라고 자신의 이름을 밝힌 소녀는 접시를 받지 않았다. 마치 죄인 같은 표정으로 에이프릴이 말했다.

"저… 어, 어째서 제게 이런 호의를… 저는 하프 엘프인데……."

"하하하. 난 그런 걸 상관하지 않는 사람이거든. 언제나 똑같은 사람만 있는 건 아니니까 너무 신경 쓰지 말고 먹어두렴. 먹어야 건강해지고 그래야 여기서 나갈 수 있을 테니까."

"가, 감사합니다, 나으리."

다시 한 번 깊숙이 머리를 숙인 에이프릴이 조심스레 접시를 받고 조금씩 입 안으로 수프를 떠 넣었다. 어머니와 헤어지고 몇 년 동안 쓰레기통을 뒤져 사람들이 먹다 남긴 것으로 해결했던 소녀에게 세리츠가 건네준 수프는 입에 넣자마자 녹아버리는 착각이 들 정도로 맛있었다.

"그럼 여기서 쉬고 있으렴."

잠시 수프를 먹는 에이프릴을 지켜보던 세리츠가 자리에서 일어나 한쪽 구석으로 걸어가 선반 옆에서 뭔가를 꺼내 들었다. 나무로 만들어진 자그마한 악기였다. 아래는 둥그런 모양이었고 그 위로 길쭉한 것이 이어져 있었으며 그 중앙 부근으로 대여섯 가닥의 가느다란 줄이 매어 있었다.

띠띵… 띠띵…….

악기를 잡은 세리츠가 작은 의자에 앉아 그것의 줄을 매만지자 아름다운 소리가 흘러나왔다.

에이프릴은 먹는 것도 멈추고 놀란 표정으로 세리츠를 바라보았다. 에이프릴의 시선을 느낀 세리츠가 그녀를 보며 대답했다.

"아, 이제 곧 일하러 가야 하거든. 이래 보여도 제법 인기있는 음유시인이란다. 후후후, 어때? 한 곡 들어볼래?"

"네."

에이프릴은 자신도 모르게 고개를 끄덕였다. 사실 그녀는 세리츠의 노래보다 악기의 아름다운 소리를 듣고 싶어 고개를 끄덕인 것이다.

"후후후. 그럼."

본격적으로 악기를 조율한 세리츠가 천천히 그것을 연주하며 노래를 부르기 시작했다. 순간 에이프릴은 수프를 떠먹기 위해 들고 있던 스푼을 떨어뜨렸다. 영롱한 악기 소리도 그렇지만 세리츠의 목소리는 사람의 목소리가 아닌 것 같았다. 노래가 계속될수록 어떨 땐 가슴이 따스해지고 어떨 땐 아파왔다.

한 하늘의 두 어리석음과 하나의 속삭임.
나의 빛으로 또 하나의 마음을 담아요.
어두운 지금과 빛나는 어제.
이젠 시작할 때가 됐나요.
저 하늘과 구름의 어둠을 당신은 아시나요.
어쩌면 시작하는 그리움을 또 하나의 당신은 이미 알고 있지요.
일상 속으로 들어서는 미지의 아픔과 저 심연의 존재에게.
이미 시작하고 있어요.
당신의 마음이.
당신의 어둠이.
두려워 말아요.
어쩌면 이미 정해진 거니까.
정해진 하늘을 어떻게 잊을 수 있겠어요.

어떤 내용인지, 무슨 의미를 담고 있는지조차 모르는 이상한 노랫말이었으나 어느새 에이프릴의 눈에서 눈물이 흘러내리고 있었다. 노래의 내용은 몰라도 세리츠가 연주하는 악기 소리와 완벽하게 어울리는 목소리를 듣고 있자 그녀도 모르게 눈물을 흘리고 있었다.
"하하하. 이런, 이런."
연주를 마친 세리츠가 눈물을 흘리는 에이프릴을 발견하고는 웃음을 터뜨렸다. 그의 노래를 술안주가 아닌 진심으로 들어준 이는 그리 많지 않았다.

"저, 정말… 아름다운 노래예요."

"하하. 감사합니다, 꼬마 숙녀님."

환하게 웃던 세리츠는 곧 자리에서 일어나 옷가지를 챙겨 입으며 여러 가지를 준비했다. 아직 날이 어두워지려면 몇 시간이 남았지만, 이곳에서 그가 일하는 곳까지 걸어가려면 족히 두 시간이 걸리기에 서두를 수밖에 없었다.

"나는 새벽에 들어올 것 같으니까 먼저 자렴."

"아, 네."

"후후."

준비를 마친 세리츠는 에이프릴을 향해 살짝 고개를 흔들어 보인 후 곧바로 문을 나섰고 이내 걸음을 재촉하는 그의 발자국 소리가 멀어졌다.

"아……."

에이프릴은 오랫동안이나 출입문에 시선을 고정한 채 움직이지 않았다. 방에는 그녀뿐이었다. 그렇다고 문 밖에서 열쇠를 잠근 것도 아니었다. 하프 엘프인 자신을 집에 들이고 음식과 옷까지 준 것, 거기다 하나뿐인 침대에 쉬도록 한 세리츠의 배려가 믿어지지 않았다.

꿈인 것 같은 이틀이 눈 깜짝할 사이에 지나가 버렸다. 그동안 에이프릴의 몸은 훨씬 가뿐해져 있었다. 몸에 가득한 멍은 여전했지만 감았던 붕대도 풀었고 팔다리를 움직일 때도 그리 고통이 느껴지지 않았다.

“에……?”

오늘은 잠에서 깨어났을 때 세리츠의 모습이 보이지 않았다. 지금까지 비록 이틀뿐이지만 그녀가 잠에서 깼을 땐 김이 모락모락 나는 빵과 수프를 건네주며 환한 미소를 지어 보이던 세리츠가 없자 에이프릴은 침대에서 내려와 옷을 갈아입었다. 이제 움직이는 데는 아무런 문제가 없으니 세리츠가 없을 때 이곳에서 나갈 생각이었다. 언제까지 신세만 질 수 없었고 세리츠의 얼굴을 보면 계속 이곳에 머물고 싶어질까 두려워서였다.

“아…….”

입고 있던 옷을 잘 개서 선반 위에 올려놓던 에이프릴이 잠시 움직임을 멈추고 뭔가를 바라보았다. 선반 위에 놓여진 세리츠의 악기였다. 집 밖으로 나설 땐, 시장에 가거나 잠시 나갈 때에도 그가 언제나 몸에 지니고 다니던 악기가 놓여 있자 에이프릴은 이상한 생각이 들었다. 하지만 그것도 잠시, 그녀는 어느새 악기를 향해 손을 뻗었다. 세리츠가 아끼는 물건을 함부로 만지면 안 될 것 같았지만 그것은 마음뿐이었다.

띠딩…….

악기를 잡은 에이프릴은 떠날 생각도 잊은 채 그것을 연주하며 세리츠가 불렀던 노래를 흥얼거렸다. 단 한 번밖에 보지 않았고, 한 번밖에 듣지 않았던 노랫말이었지만 그녀의 악기 연주는 제법 그럴듯했으며 흥얼거리는 목소리는 절로 감탄이 나올 정도였다.

“대단하구나. 역시 하프 엘프는 재주가 많다더니…….”

“앗!”

노래가 끝났을 때 세리츠의 목소리가 들려왔다. 언제 들어왔는지 문

앞에 서서 세리츠가 깜짝 놀란 표정으로 에이프릴을 바라보고 있었다. 세리츠가 들어오는 것도 몰랐던 에이프릴은 서둘러 악기를 내려놓고 바닥에 엎드려 용서를 구했다.

"죄, 죄송합니다, 나으리. 미천한 제가 잠시 헛것이 보였나 봅니다. 용서해 주시어요."

울먹이는 에이프릴의 목소리에 세리츠가 다가와 그녀의 어깨를 잡아 몸을 일으키며 말을 이었다.

"에이프릴, 너 노래해 보지 않을래?"

"네?"

"아무리 하프 엘프라도 에이프릴 정도의 목소리라면 일할 수 있는 곳을 내가 알아봐 줄 수 있어. 내가 아는 몇 군데 주점에도 하프 엘프가 노래를 부르거든. 뭐, 조금 더 가다듬고 해야겠지만 말이야."

"에?!"

눈물로 가득한 에이프릴의 눈이 한없이 커져만 갔다. 마치 꿈이라도 꾸는 듯한 표정이었다. 하프 엘프에게는 동냥조차 허용되지 않았다. 또한 길거리에서 작은 그릇을 놔두고 앉아 구걸할 순 있으나 그 누구도 하프 엘프에게는 한 푼조차 던져 주지 않았다. 일자리를 구하려 해도 에이프릴처럼 어려 보이는 아이에게는 할 수 있는 일조차 없었다.

"고, 고맙습니다. 고맙습니다, 나으리."

어째서 한 번도 만난 적이 없는 하프 엘프에게 이런 선심을 쓰는 것인지 궁금하고 이상했지만 에이프릴은 절실했다. 어머니를 되찾기 위해선 돈이 필요했고 돈을 벌기 위해선 일을 해야 했다. 하지만 그 어디에서도 그녀를 받아주는 곳이 없었고, 오히려 조금이라도 애원하면 주먹과 발길질이 쏟아졌다.

세리츠가 구해주던 날, 그때 역시 일자리를 구하러 갔다가 오히려 그곳의 종업원이었던 청년들에게 몰매를 맞은 것이다. 에이프릴은 앞으로 키가 조금 더 클 때까지는 일자리를 구하지 않을 생각까지 했었다.

"어, 어떻게 이 은혜를 갚아야 할지……."

"후후후."

에이프릴의 말에 세리츠는 웃음으로 대답을 대신하고는 바닥에 놓여진 악기를 집어 들며 말을 이었다.

"그럼 지금부터 시작해 볼까? 에이프릴도 각오 단단히 해야 할 거야. 목소리가 아무리 좋아도 노력하지 않고 게으름 부리면 그게 노래로 나타나거든."

"여, 열심히 하겠습니다. 감사해요."

에이프릴은 이렇게 노래를 배우기 시작했고 불과 2주일도 되지 않아 세리츠를 따라 작은 주점을 찾아갔다. 주점 주인은 에이프릴의 너무도 어린 모습과 하프 엘프라는 것이 사뭇 못마땅한 표정이었으나 그녀의 노래를 듣자 이내 고개를 끄덕이며 한 달에 2만 씰이라도 좋다면 오라고 말했다. 지금까지 동전 이외엔 만져 본 적이 없던 에이프릴은 뛸듯이 기뻐하며 몇 번이나 감사를 표했다.

"한 달에 2만 씰은 조금 적지만, 몇 년 있으면 올려줄 거야. 나도 처음엔 5만 씰부터 시작했거든."

"아니에요, 나으리. 절대로 적은 액수가 아니에요. 감사해요, 나으리."

"하하하. 그럼 오늘은 에이프릴 취직 기념으로 내가 멋지게 한턱

쏘지."

세리츠와 에이프릴은 활짝 웃는 얼굴로 천천히 집을 향해 걸음을 옮겼다. 길을 지나치는 사람들 중 가끔 에이프릴을 불쾌한 시선으로 바라보기는 했지만 세리츠와 함께여서인지 누구도 시비를 걸거나 주먹을 날리지 않았다.

"응?!"

얼마나 걸었을까, 그리 크지 않은 길로 접어들었을 때 갑자기 세리츠가 걸음을 멈췄다. 그런 그의 미간이 일그러질 대로 일그러져 있었다. 에이프릴은 서둘러 그의 시선을 쫓았다.

"에, 엘프."

대략 오십 보 밖의 큰 키에 30대 중반쯤으로 보이는 엘프에게 세리츠의 시선이 닿아 있었다. 이마 한쪽 구석으로 X자형 흉터가 있었으나 상당한 미남형 얼굴이었고 짙은 녹색 상하의와 같은 색의 기다란 코트 차림이 강한 인상을 풍기는 엘프였다.

황도에서 엘프를 보는 것은 그리 어렵지 않은 일이었다. 엘프들은 대산맥에 마을을 두고 살아가고 있지만 자주 모습을 드러냈는데, 그들의 날렵한 실력에 용병으로 고용하는 귀족들도 제법 많아 정착해 살아가는 엘프도 상당했다.

"에이프릴."

"네?"

한동안 엘프를 바라보던 세리츠가 심각한 표정으로 에이프릴을 돌아보았다. 그리곤 어깨 위에 메고 있던 악기 가방을 풀어 그녀에게 건네주었다.

"이것… 이제부터 에이프릴이 가져. 그리고 내 방 서랍 밑에 보면 작은 상자가 있어. 그것도 에이프릴이 가져가."

"무, 무슨……?"

에이프릴은 멍한 표정으로 말을 잇지 못했다. 너무도 갑작스러웠고 세리츠의 의도가 무엇인지조차 알 수 없었다. 하지만 세리츠는 악기 가방을 에이프릴에게 안겨준 후 곧바로 달려나갔다. 그가 바라보던 엘프는 작은 골목으로 접어들었고 그 뒤를 세리츠가 쫓았다.

"나, 나으리?!"

악기 가방을 엉거주춤하게 받아 든 에이프릴이 세리츠를 불러봤지만 그는 고개조차 돌리지 않은 채 골목으로 접어들었다. 잠시 머뭇거리던 에이프릴은 이내 세리츠가 사라진 방향을 향해 달려갔다.

"무슨 일인가, 인간?"

골목을 한참 지나 인적이 한적한 작은 공터가 나타나자 세리츠와 엘프의 모습이 눈에 들어왔다. 엘프는 매서운 눈초리로 세리츠를 노려보고 있었으며 그의 손엔 날렵한 검이 들려져 있었다.

"후후후."

엘프의 물음에도 세리츠는 낮은 웃음을 흘릴 뿐 아무런 대답도 하지 않았다. 그런 그의 손엔 두 개의 단검이 들려 있었다. 날의 길이는 그리 길지 않았으나 두께는 손바닥만했으며 멀리서 봐도 그 예리함이 절로 느껴질 정도였다.

"나는 인간과 싸우기 위해 이곳에 찾아온 것이 아니다. 그리고 그대 정도의 실력 가지고는 나를 이길 수 없을 것이다. 물러서라, 인간."

"웃기지 마라."

엘프의 말이 끝남과 동시에 세리츠가 몸을 날렸다. 서로 다섯 걸음 정도의 거리를 두고 있었던 것이 일순간에 좁혀졌다. 황도의 건달들이 피해 갈 정도로 세리츠의 실력은 눈이 돌아갈 정도였다.

채채챙!

이내 쇠와 쇠가 부딪치는 소리가 작은 공터를 가득 메웠다. 어스름 해가 지기 시작해서인지 주변 공터엔 긴 그림자가 생기기 시작했다. 하지만 불꽃이 사방으로 튀며 그림자 사이사이에서 붉은 빛을 튀겨댔다.

"대단한 실력이나 더 이상 계속한다면 나도 가만있지 않을 것이다, 인간."

믿을 수 없을 정도로 몰아치는 세리츠였지만 기다란 황금빛 머리칼을 나부끼며 쉽게쉽게 공격을 막아내는 엘프의 움직임에는 여유까지 느껴졌다. 부서질 듯 이를 앙다문 채 끊임없이 공격만 해대는 세리츠와는 달리 조용한 어조로 말까지 하는 엘프였다. 세리츠의 실력이 대단하고 놀라웠지만 누가 봐도 실력 차이가 상당했다.

"그만 하라!"

지금까지 무표정한 얼굴로 세리츠를 상대하던 엘프가 미간을 찌푸리며 검을 휘둘렀다. 순간 세리츠는 빠르게 뒤로 물러섰다 두 개의 단검을 가슴 앞에 모은 채 무섭게 달려갔다. 방어를 생각하지 않고 오로지 엘프를 죽이기 위한 공격이었다.

채챙~

"크윽!!"

무서운 빠르기였으나 엘프의 대응 역시 눈에 보이지 않을 속도였다. 엄청난 속도로 쏘아지는 두 개의 단검 중 하나를 쳐내 하늘로 띄워 버렸다. 손등이 찢어지고 피가 튀었지만 세리츠는 곧바로 단검을 찔러

넣기 위해 몸을 틀었고 엘프 역시 용서치 않고 그의 목을 향해 검을 휘둘렀다. 공터의 한쪽 골목에서 조용히 지켜보던 에이프릴이 참지 못하고 튀어나왔다.

"세리츠님~!!"

푹.

"으으음……."

에이프릴의 입에서 세리츠의 이름이 외쳐진 순간 검이 살 속으로 파고드는 끔찍한 소리와 누군가의 진한 신음이 흘러나왔다.

"하아……."

골목에서 깜짝 놀란 표정으로 달려나오던 에이프릴에게서 안도의 한숨이 흘러나왔다. 세리츠는 죽지 않았다. 누가 봐도 상대가 되지 않을 것 같았으나 세리츠의 단검이 엘프의 복부에 깊숙이 박혀 있었고 엘프의 검은 세리츠의 목에 살짝 닿아 있을 뿐이었다.

"세리츠… 세리츠 폴리언?"

아픔도 잊었는지 세리츠를 향해 중얼거리는 엘프의 눈망울이 심하게 요동 치고 있었다. 둘이 알고 있는 사이인 듯했다. 엘프의 복부 깊숙이 박아 넣은 단검에서 손을 뗀 세리츠가 한 걸음 뒤로 물러서 두 손으로 머리칼을 뒤로 젖히며 말을 이었다.

"맞다. 내 이름이 바로 세리츠 폴리언이다."

"아……."

엘프와 에이프릴의 눈이 찢어질 것처럼 커다랗게 확대됐다. 심한 바람이 불어도 조금의 흔들림도 보이지 않던 세리츠의 머리카락이 뒤로 젖혀지며 끔찍한 흉터가 나타났다. 귀가 있어야 할 자리에 아무것도 보이지 않았다. 아니, 귀 대신 그것을 칼로 도려낸 듯한 상처가 나타났다.

"재미있지? 귀만 자르니까 사람들이 하프 엘프로 보지 않더군. 후후후."

"아아, 어째서 네가 황도에… 어째서… 고향을 떠난……?"

잔인한 미소를 지으며 살기 가득한 눈초리로 노려보는 세리츠에게 엘프가 힘겹게 말을 이었다.

"안나, 안나는 어디에……?"

"그 더러운 입으로 누구의 이름을 들먹이는가?!"

"크윽."

더 이상 버티기 힘들었는지 엘프가 바닥에 한쪽 무릎을 꿇었다. 하지만 그의 시선은 여전히 세리츠에게 머물렀다.

"아, 안나… 안나는 어떻게 됐니? 안나는……."

"들먹이지 말라고 했다! 버릴 땐 언제고 이제 죽을 때가 되니 생각나는가?"

"크윽… 아, 알려다오… 제발… 안나, 안나는?"

조금씩 바닥으로 허물어지는 엘프가 조금씩 앞으로 기어오며 세리츠의 바지를 붙잡았다. 이를 갈며 차버리려 발을 들썩이던 세리츠는 이내 고개를 돌려 버리고 외치듯이 대답했다.

"어머니는 네놈이 버렸던 20년 전에 병으로 돌아가셨다!"

"뭐……?!"

세리츠의 얼굴을 올려다보던 엘프의 눈에서 눈물이 흘러내렸다. 또한 고개를 돌리고 있던 세리츠의 질끈 감겨진 눈에서도 뜨거운 눈물이 떨어져 바닥을 적셨다.

"지난 20년간… 너와 안나를 찾아 대륙을… 떠돌아다녔다. 크으……."

흐느끼던 엘프의 몸이 바닥으로 쓰러졌다. 조금이라도 세리츠를 바라보려 앞으로 쓰러지는 몸을 간신히 뒤집은 엘프가 말을 이었다.

"너와… 너와 안나를 떠난 이후… 나에겐 후회… 만… 찾아왔다. 언제나… 언제나 너와 안나의 얼굴이 떠나지 않았다……."

"어, 어디서 거짓말을 하는 것인가?!"

와락 달려들어 엘프의 멱살을 붙잡아 올린 세리츠의 두 손이 부들부들 떨리고 있었다. 엘프의 말이 이어졌다.

"내가… 내가 잘못했다… 미안하다, 아들아……."

"익……!!"

조금씩 엘프의 눈이 감겼다. 하얀 이를 드러내며 무섭게 노려보던 세리츠가 서둘러 몸을 움직여 엘프의 배에 박힌 단검을 뽑아낸 후 지혈했으나 이미 돌이킬 수 있는 상태가 아니었다.

"많이… 컸구나……."

힘겹게 팔을 들어 세리츠의 얼굴을 쓰다듬는 엘프의 얼굴로 보일 듯말 듯한 미소가 피어올랐다. 세리츠는 더 이상 지혈할 생각도 잊은 채 눈물을 흘리며 엘프를 바라보았다.

"그러고 보니… 아, 안나를 많이 닮았구나……."

"아, 안 돼~!!"

힘겹게 뜨고 있던 눈이 감기며 고개가 꺾여진 순간 세리츠의 커다란 울부짖음이 터져 나왔다. 멀리서 조용히 지켜보던 에이프릴도 눈물을 흘렸다.

며칠 후 수레에 엘프의 시신을 싣고 세리츠는 황도를 벗어났다. 멀리까지 배웅한 에이프릴이 그에게 악기를 내밀었지만 그는 고개를 흔들며 이미 준 것이니 자신의 것이 아니라 했다.

"어디… 가시는 거예요?"

"고향. 어머니께서 계신 곳."

성문 밖까지 배웅 나온 에이프릴의 물음에 세리츠는 힘없이 대답하며 부드러운 미소를 보여주었다.

"또… 뵐 수 있을까요?"

"글쎄……."

수레에 관을 실은 세리츠는 더 이상 고개를 돌리지 않고 조용히 말을 몰았다. 전 재산을 털어 산 말과 수레였고 관이었지만 말은 완전히 늙은 말이었고 수레는 위태위태했으며 관 역시 볼품없는 나무로 만들어진 것이었다.

"참, 에이프릴?"

"네?"

멀어지던 수레 위에서 세리츠가 고개를 돌리며 말을 이었다.

"어머니를 찾는다고 했지?"

"네."

"꼭 만날 수 있도록 기도할게."

"고맙습니다. 건강하세요."

"너도."

손을 흔들며 환한 미소를 지어 보이던 세리츠는 이내 고개를 돌려 수레를 몰았다. 에이프릴은 수레가 보이지 않을 때까지 바라보았다. 세리츠는 악기 가방에 상당한 액수를 넣어두었었다. 가장 싼 말과 마차, 그리고 관을 산 것 모두가 최대한 돈을 아껴 에이프릴에게 건네주기 위함이었다.

"네, 반드시 만날게요. 고맙습니다. 이 은혜는 절대로 잊지 않을게요."

오래도록 수레가 사라진 방향을 바라보던 에이프릴은 깊숙이 고개를 숙인 후 천천히 몸을 돌려 어머니가 있는 황도로 향했다. 세리츠가 힘을 불어넣어 줘서인지 오래지 않아 어머니와 만날 것 같았다.

〈3권 끝〉

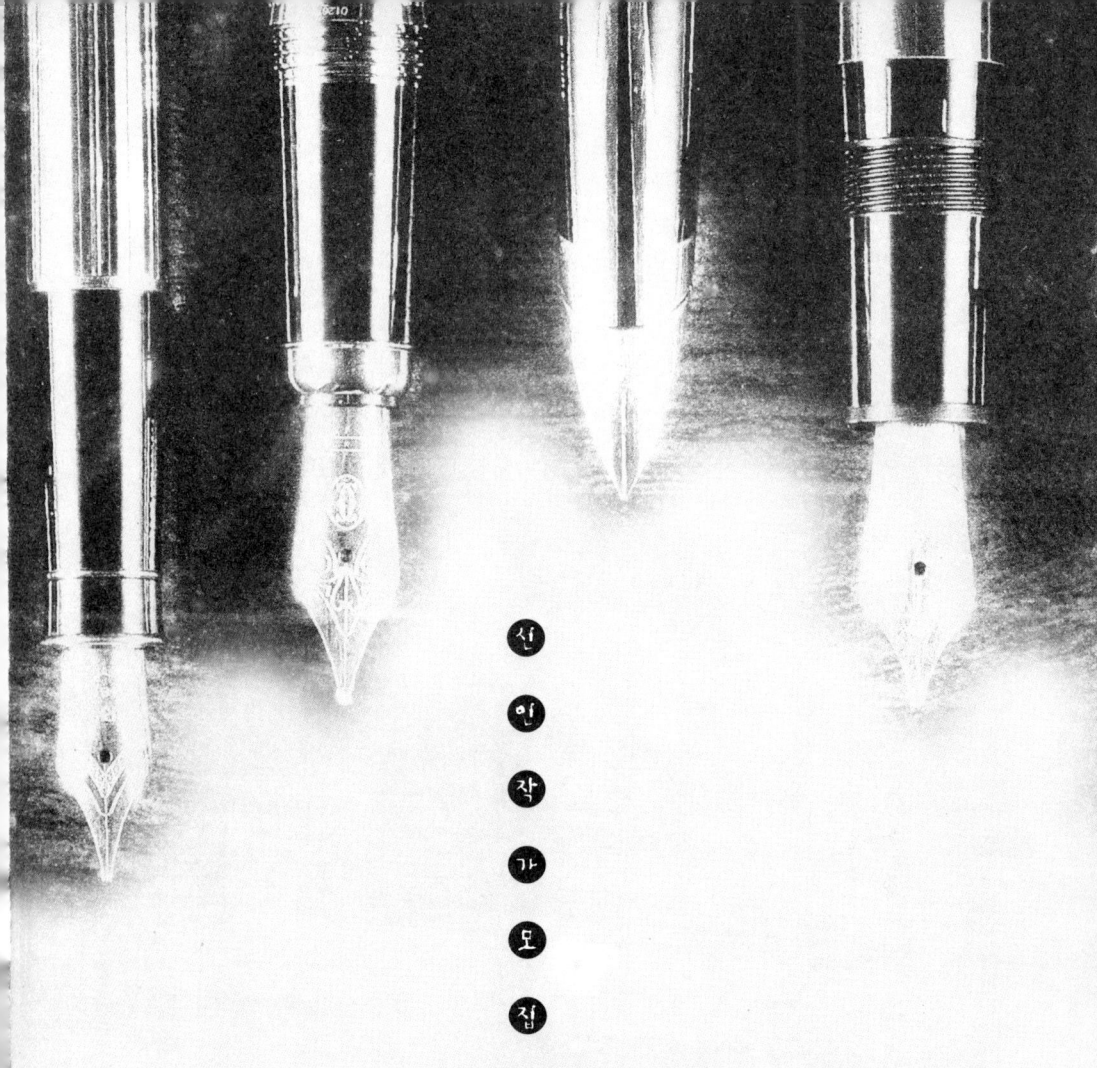

신인작가모집

시작이 반이라고 했습니다.
작가의 길에 대한 보이지 않는 벽을 과감히 깨뜨리십시오!
청어람은 작가 지망생 여러분들의
멋진 방향타가 되어드리겠습니다.

저희 도서출판 청어람에서는
소설 신인 작가분들을 모집합니다.
판타지와 무협을 사랑하시는 분들의 많은 참여를 바랍니다.
소정의 원고(A4용지 150매)를 메일이나 우편으로 보내주시면
검토 후 출판 여부를 알려드리겠습니다.

주소:경기도 부천시 원미구 심곡1동 350-1 남성B/D 3F 우편번호420-011
TEL:032-656-4452 · FAX:032-656-4453
http://www.chungeoram.com
e-mail:chungeoram@chungeoram.com